Publicado originalmente em 1957

A TESTEMUNHA OCULAR DO CRIME

AGATHA CHRISTIE

· TRADUÇÃO DE ·
Érico Assis

Rio de Janeiro, 2023

Título original: *4.50 From Paddington*
Copyright © 1957 Agatha Christie Limited. All rights reserved.
Copyright de tradução © 2022 Harper Collins Brasil

THE AC MONOGRAM AGATHA CHRISTIE and MARPLE are registered trademarks of Agatha Christie Limited in the UK and/or elsewhere. All rights reserved.

Todos os direitos desta publicação são reservados à Casa dos Livros Editora LTDA. Nenhuma parte desta obra pode ser apropriada e estocada em sistema de banco de dados ou processo similar, em qualquer forma ou meio, seja eletrônico, de fotocópia, gravação etc., sem a permissão do detentor do copyright.

Diretora editorial: *Raquel Cozer*

Gerente editorial: *Alice Mello*

Editora: *Lara Berruezo*

Assistência editorial: *Anna Clara Gonçalves e Camila Carneiro*

Copidesque: *Julia Vianna*

Revisão: *Raïtsa Leal*

Design gráfico de capa e miolo: *Túlio Cerquize*

Imagem de capa: *Myth of Selene and Endymion by OmegaDarling*

Diagramação: *Abreu's System*

Dados Internacionais de Catalogação na Publicação (CIP)
(Câmara Brasileira do Livro, SP, Brasil)

Christie, Agatha, 1890-1976
 A testemunha ocular do crime / Agatha Christie ; tradução Érico Assis. – 1. ed. – Rio de Janeiro: Harper Collins Brasil, 2022.

 Tradução original: 4.50 from Paddington
 ISBN 978-65-5511-356-3

 1. Ficção inglesa I. Título.

22-110255　　　　　　　　　　　　　　　　　　　　CDD: 823

Eliete Marques da Silva – Bibliotecária – CRB-8/9380

Os pontos de vista desta obra são de responsabilidade de seu autor, não refletindo necessariamente a posição da HarperCollins Brasil, da HarperCollins Publishers ou de sua equipe editorial.

HarperCollins Brasil é uma marca licenciada à Casa dos Livros Editora LTDA.
Todos os direitos reservados à Casa dos Livros Editora LTDA.
Rua da Quitanda, 86, sala 601A – Centro
Rio de Janeiro, RJ – CEP 20091-005
Tel.: (21) 3175-1030
www.harpercollins.com.br

Capítulo 1

Mrs. McGillicuddy caminhava esbaforida pela plataforma, no rastro do carregador que levava sua valise. Ela era baixinha e corpulenta; o carregador era alto e dava passos largos. Mrs. McGillicuddy também estava sobrecarregada pela quantidade de embrulhos que trazia, resultado de um dia de compras para o Natal. Era desequilibrada, portanto, a corrida entre os dois. O carregador fez uma curva ao final da plataforma, enquanto Mrs. McGillicuddy ainda estava na reta.

Naquele momento, a plataforma de número 1 não estava absurdamente lotada, já que um trem havia acabado de sair. Mas na terra de ninguém logo à frente, uma multidão ambulante vagueava com pressa em várias direções, saindo e entrando do metrô, dos achados e perdidos, das casas de chá, dos serviços de informação ao passageiro, dos quadros de horário e das duas vias de acesso ao mundo lá fora: Chegadas e Partidas.

Mrs. McGillicuddy e seus embrulhos sofreram esbarrões de todos os lados, mas enfim ela conseguiu chegar à entrada da plataforma 3. Deixou um dos pacotes aos seus pés para localizar dentro da bolsa a passagem que lhe garantiria salvo-conduto pelo segurança fardado e de cara séria ao portão.

Naquele instante, uma voz, rouca mas com requinte, pôs-se a falar do alto-falante.

— O trem à plataforma 3 — disse a voz — sairá às 16h50 com destino a Brackhampton, Milchester, Waverton, Carvil Junction, Roxeter e estações até Chadmouth. Passageiros com destino a Brackhampton e Milchester devem optar pelos vagões finais. Passageiros com destino a Vanequay devem fazer baldeação em Roxeter.

A voz desligou-se com um clique. Depois, retomou os comunicados para anunciar a chegada, à plataforma 9, do trem das 16h35 proveniente de Birmingham e Wolverhampton.

Mrs. McGillicuddy encontrou sua passagem e a apresentou. O homem perfurou o bilhete e murmurou:

— À direita, formação de trás.

Mrs. McGillicuddy seguiu pela plataforma a passos arrastados e encontrou seu carregador com expressão de tédio e olhos voltados para o nada em frente à porta do vagão da terceira classe.

— Aqui está, madame.

— Estou na primeira classe — disse Mrs. McGillicuddy.

— A senhora não me avisou — resmungou o carregador. Os olhos dele correram com um quê de desprezo pelo casaco de tweed cinza-mesclado que ela vestia, de aparência masculina.

Mrs. McGillicuddy, que *havia* avisado, não discutiu. Infelizmente, estava sem fôlego.

O carregador recuperou a valise e seguiu direto até o vagão contíguo, onde Mrs. McGillicuddy foi instalada em solitário esplendor. O trem das 16h50 não era tão lotado, pois a clientela da primeira classe preferia o expresso matinal, mais veloz, ou o das 18h40, que contava com um vagão-restaurante. Mrs. McGillicuddy entregou a gorjeta ao carregador, diante da qual ele fez uma cara decepcionada — considerou-a mais condizente com viajantes da terceira classe do que da primeira. Mrs. McGillicuddy, embora disposta a gastar em uma viagem mais aconchegante após uma jornada noturna do norte e um dia fervoroso em compras, nunca havia sido dada a oferecer gorjetas extravagantes.

Ela se acomodou nas almofadas felpudas, deu um suspiro e abriu uma revista. Cinco minutos depois, ouviu-se os silvos e o trem começou a andar. A revista escorregou de suas mãos, sua cabeça caiu de lado e, passados três minutos, ela estava cochilando. Dormiu 35 minutos e acordou renovada. Reacomodando o chapéu que ficara enviesado, ela se aprumou no assento e, pela janela, ficou assistindo o que conseguia distinguir da paisagem da zona rural enquanto o trem seguia. Era um dia muito escuro e enevoado de dezembro. O Natal chegaria em cinco dias. Londres estava sombria e lúgubre; o interior não estava muito melhor, embora por vezes ficasse mais animador ao se avistar grupamentos de luzes, quando o trem passava a todo vapor por cidadezinhas e estações.

— Último chá — anunciou um cabineiro após abrir a porta do corredor como um gênio da lâmpada.

Mrs. McGillicuddy já havia tomado seu chá em uma grande loja de departamento. No momento, estava plenamente satisfeita. O cabineiro seguiu pelo corredor proferindo seu brado enfadonho. Mrs. McGillicuddy ergueu os olhos ao bagageiro, onde estavam depositados todos os embrulhos, com uma expressão satisfeita. As toalhas de rosto estavam a preço excelente e eram exatamente o que Margaret queria; a pistola espacial para Robby e o coelho para Jean eram muito adequados; o casaquinho para a noite era mesmo do que ela precisava: quente, mas elegante. E o pulôver para Hector... sua mente se estendeu a aprovar a sensatez em todas as aquisições.

Seu olhar satisfeito voltou-se à janela. Um trem vindo na direção oposta passou forte e estridente, fazendo as janelas tremerem e dando-lhe um susto. O trem fez um estrépito sobre as chaves de mudança e passou reto por uma estação.

De repente o comboio começou a desacerelar, possivelmente para atender à sinalização. Passou alguns minutos se arrastando até parar, mas logo retomou o passo. Outro trem no sentido contrário passou por eles, mas com menos veemência do que o primeiro. O trem de Mrs. McGillicuddy voltou a ganhar velocidade. Naquele instante, mais um trem, também rumo ao interior, fez a curva para alinhar-se ao dela, causando um efeito alarmante por um momento. Os dois trens ficaram por algum tempo emparelhados, às vezes um mais à frente, às vezes o outro. Mrs. McGillicuddy olhava da sua janela para as janelas dos vagões paralelos. A maioria das cortinas estava abaixada, mas vez ou outra se enxergava os viajantes de lá. O outro trem não estava cheio e havia vários vagões vazios.

No instante em que se instalou a ilusão de que os dois trens estavam estacionados, a cortina de um dos vagões subiu de um estalo. Mrs. McGillicuddy olhou para a cabine de primeira classe e suas luzes acesas, a poucos metros.

Em seguida, com um arquejo, quase se pôs de pé.

De costas tanto para a janela quanto para ela, via-se um homem. As mãos dele circundavam o pescoço de uma mulher que o encarava. Ele a estrangulava de forma lenta e impiedosa. Os olhos dela se projetavam das órbitas. Seu rosto estava roxo e congestionado. Enquanto Mrs. McGillicuddy assistia, fascinada, o fim chegou; o corpo perdeu a rigidez e se derramou nas mãos do homem.

No mesmo instante, o trem de Mrs. McGillicuddy voltou a perder velocidade e o outro começou a ganhar. O outro trem passou à frente e em questão de instantes havia sumido de vista.

A mão de Mrs. McGillicuddy subiu quase automaticamente ao freio de emergência, mas parou no ar, hesitante. Afinal, de que adiantaria puxar o freio do trem no qual *ela* estava viajando? O horror do que havia testemunhado de tão perto e as circunstâncias incomuns a deixaram paralisada. *Alguma* medida fazia-se necessária, e de imediato. Mas qual?

A porta de sua cabine foi aberta e um bilheteiro disse:

— Passagem, por favor.

Mrs. McGillicuddy virou-se para ele com fervor:

— Uma mulher foi estrangulada — disse ela. — No trem que acabou de passar. Eu vi.

O bilheteiro ficou observando-a em dúvida.

— Perdão, madame?

— Um homem estrangulou uma mulher! No trem. Eu vi. Vi por aqui. — Ela apontou para a janela.

O bilheteiro fez uma expressão forte de desconfiança.

— Estrangulou? — perguntou ele, incrédulo.

— Sim, *estrangulou!* Eu estou dizendo que vi. O senhor *tem* que fazer alguma coisa *rápido!*

O bilheteiro tossiu e pediu desculpas.

— A senhora não acredita que pode ter tirado um cochilo e, hum... — Ele interrompeu a frase por polidez.

— Sim, eu tirei um cochilo. Mas se o senhor pensa que foi um sonho, se engana. Estou dizendo que eu *vi.*

Os olhos do bilheteiro recaíram sobre a revista aberta em cima do assento. Na página exposta, uma garota era estrangulada por alguém enquanto um homem com um revólver ameaçava os dois de uma porta aberta.

O bilheteiro falou em tom persuasivo:

— A senhora não acha que estava lendo uma história que lhe causou impressão e que, após cair no sono, acordou um tanto confusa...

Mrs. McGillicuddy interrompeu o homem.

— *Eu vi* — repetiu ela. — Eu estava acordada tal como o senhor está. Olhei pela minha janela, vi a janela do trem ao lado e havia um homem estrangulando uma mulher. O que eu quero saber é o seguinte: que atitude o senhor vai tomar?

— Bom, madame...

— O senhor *vai* tomar uma atitude, não vai?

O bilheteiro deu um suspiro de relutância e olhou para o relógio de pulso.

— Chegaremos a Brackhampton em exatamente sete minutos. Vou comunicar o que a senhora me disse. Em que direção ia o trem que a senhora comentou?

— Na mesma direção, é óbvio. O senhor não imagina que eu teria como testemunhar algo desse tipo em um trem que passasse a toda velocidade na direção contrária, não é mesmo?

O rosto do bilheteiro exibiu uma expressão de quem achava que Mrs. McGillicuddy era perfeitamente capaz de ver qualquer coisa em qualquer lugar, se assim quisesse. Mas sustentou a polidez.

— Pode confiar em mim, madame — disse ele. — Informarei sua declaração às autoridades. Talvez seja melhor eu anotar seu nome e endereço... caso precisemos...

Mrs. McGillicuddy ditou o endereço onde estaria nos próximos dias e o endereço de sua residência na Escócia. O homem anotou e depois se retirou com ares de dever cumprido, de quem soube lidar com uma amostra incômoda da clientela.

Mrs. McGillicuddy continuou de sobrancelhas franzidas e um tanto insatisfeita. Será que o bilheteiro ia informar às autoridades o que ela havia denunciado? Ou quis ele apenas acalmá-la? Ela supunha que havia várias mulheres de idade viajando por aí plenamente convictas de que haviam desmascarado complôs comunistas, que corriam o risco de serem assassinadas, que viam discos voadores e espaçonaves ocultas e que informavam homicídios que nunca haviam acontecido. Se o homem a tratasse como mais uma dessas...

O trem começava a perder velocidade, passando por chaves de mudança e pelas luzes intensas de uma cidade grande.

Mrs. McGillicuddy abriu sua bolsa, tirou um recibo — tudo que conseguiu encontrar —, fez uma anotação rápida no verso com uma caneta esferográfica, enfiou-a num envelope que tinha por sorte, fechou e escreveu nele.

O trem chegou lentamente à plataforma lotada. A costumeira voz ubíqua entoava:

— O trem que chega à plataforma 1 parte às 17h38 com direção a Milchester, Waverton, Roxeter e estações até Chadmouth. Passageiros com destino a Market Basing, por favor embarcar no trem que aguarda na plataforma 3. Na abertura número 1, trem com destino a Carbury, com paradas.

Mrs. McGillicuddy ficou olhando a plataforma acima, nervosa. Os passageiros eram muitos e os carregadores, pouquíssimos. Ah, ali vinha um! Ela lhe fez um sinal impositivo.

— Carregador! Por favor, leve isto agora mesmo ao gabinete do Chefe da Estação.

Ela lhe entregou um envelope, junto a um xelim.

Então, com um suspiro, Mrs. McGillicuddy se acomodou. Havia feito o que lhe era possível. Sua mente deteve-se por um instante naquele xelim, arrependida... *sixpence* teria sido o suficiente...

Sua mente retornou à cena que havia testemunhado. Um horror, um horror... Ela era mulher de nervos fortes, mas estremeceu. Que acontecimento estranho e fantástico a se suceder logo com ela, Elspeth McGillicuddy! Se não houvesse acontecido de a cortina do vagão subir... Mas assim eram, afinal, os atos da divina providência.

A providência decidira que ela, Elspeth McGillicuddy, seria testemunha ocular de um crime. Seus lábios formaram uma linha reta.

Vozes gritaram, apitos soaram, portas bateram. O trem das 17h38 saiu lentamente da estação de Brackhampton. Uma hora e cinco minutos depois, parou em Milchester.

Mrs. McGillicuddy recolheu seus embrulhos e sua valise para sair. Espiou a plataforma de cima a baixo. Sua mente reiterou o juízo prévio: faltavam carregadores. Os que estavam por lá pareciam ocupados com sacolas de correio e com os vagões bagageiros. Hoje em dia esperava-se que o próprio passageiro carregasse sua bagagem. Oras, ela não tinha como carregar a valise, o guarda-chuva e tantos pacotes. Teria que aguardar. A certa altura conseguiu um carregador.

— Táxi?

— Creio que haverá um à minha espera.

À frente da estação Milchester, um taxista que vinha assistindo à saída do trem tomou a frente. Ele falava com voz suave e sotaque regional.

— Seria Mrs. McGillicuddy? Para St. Mary Mead?

Mrs. McGillicuddy confirmou sua identidade. O carregador foi compensado de forma adequada, embora não considerável. O carro com Mrs. McGillicuddy, sua valise e embrulhos partiram noite adentro. O percurso era de nove milhas. No carro, empertigada, Mrs. McGillicuddy não conseguia relaxar. Estava ansiosa por expressar suas emoções. O táxi enfim chegou à rua familiar do vilarejo e finalmente estacionou em seu destino; Mrs. McGillicuddy saiu e fez a trilha de tijolinhos até a porta. O motorista depositou as caixas do lado de dentro assim que uma criada de idade abriu a porta. Mrs. McGillicuddy passou reto pelo vestíbulo até onde lhe aguardava, à porta aberta de uma sala de estar, sua anfitriã; uma dama frágil e de idade avançada.

— Elspeth!
— Jane!

Elas trocaram beijos e, sem preâmbulos ou circunlóquios, Mrs. McGillicuddy desatou-se a falar.

— Jane, Jane! — anunciou ela. — Acabei de testemunhar um *assassinato!*

Capítulo 2

Fiel aos preceitos que lhe foram repassados pela mãe e pela avó — a saber: que uma dama de verdade não fica chocada nem surpresa —, Miss Marple apenas ergueu as sobrancelhas e fez que não com a cabeça enquanto comentava:

— *Quanta* agonia, Elspeth. E *tão* inesperado. Você precisa me contar tudo *neste instante*.

Era exatamente o que Mrs. McGillicuddy queria. Deixando que a anfitriã a conduzisse para mais perto da lareira, ela se sentou, tirou as luvas e se lançou em narrativa vivaz.

Miss Marple ouviu com toda a atenção. Quando Mrs. McGillicuddy finalmente fez uma pausa para respirar, Miss Marple pronunciou-se com decisão.

— Creio que o melhor a se fazer, minha cara, é você subir, tirar o chapéu e lavar o rosto. Depois vamos jantar. *Não* discutiremos o assunto durante a refeição. Em seguida, podemos retomar com detalhes e discuti-lo em todos os seus ângulos.

Mrs. McGillicuddy aquiesceu à sugestão. As duas senhoras jantaram e, enquanto comiam, conversaram a respeito de diversos aspectos da vida que se vivia no vilarejo de St. Mary Mead. Miss Marple comentou a desconfiança geral quanto ao novo organista da igreja, o escândalo recente com a mulher do farmacêutico e a hostilidade entre a diretora escolar e o instituto do vilarejo. Depois, cada uma falou sobre seu jardim.

— Peônias — disse Miss Marple ao levantar-se da mesa — são as mais imprevisíveis. Ou elas vingam ou não vingam. Mas *quando* se firmam, passam o resto da vida do seu lado, por assim dizer. E hoje em dia existem em variedades das mais exuberantes.

As duas se acomodaram de novo perto da lareira. Miss Marple tirou duas taças Waterford de um armário de canto e, de outro, uma garrafa.

— Esta noite você não tomará café, Elspeth — disse ela. — Você já está agitada (não à toa!) e provavelmente não iria dormir. Eu prescrevo uma taça de meu vinho de ervas, e, mais tarde, quem sabe, uma xícara de chá de camomila.

Tendo Mrs. McGillicuddy concordado com as disposições, Miss Marple serviu o vinho.

— Jane — disse Mrs. McGillicuddy, ao provar a bebida com prazer —, *você* não acha que eu possa ter sonhado ou imaginado, acha?

— É certo que não — disse Miss Marple com entusiasmo.

Mrs. McGillicuddy deu um suspiro de alívio.

— Aquele bilheteiro — disse ela — achou que sim. Muito educado, mesmo assim...

— Eu creio, Elspeth, que foi bastante natural dadas as circunstâncias. Soou, e de fato foi, uma história muito improvável. E ele não a conhecia. Não tenho dúvida alguma de que você viu o que me diz que viu. É extraordinário... mas não foge do possível. Lembro de mim mesma, curiosa quando um trem passou paralelo ao em que eu estava viajando, notando que retrato vivaz e íntimo se tinha do que acontecia em um ou dois dos vagões. Lembro uma vez de uma garotinha brincando com um urso de pelúcia, que de repente jogou de propósito contra um senhor gordo que estava dormindo no canto; ele se levantou indignado e os outros passageiros acharam muita graça. Assisti a tudo com muita clareza. Logo depois, eu poderia descrever exatamente como eram e o que estavam vestindo.

Mrs. McGillicuddy assentiu com gratidão.
— Foi do mesmo jeito.
— Como já disse, o homem estava de costas para você. Então você não viu o rosto dele?
— Não.
— E a mulher, consegue descrevê-la? Jovem, velha?
— Mais para jovem. Entre seus 30 e 35, eu diria. Não tenho como ser mais precisa.
— Bonita?
— Também não teria como dizer. O rosto dela estava todo contorcido e...

Miss Marple falou depressa:
— Sim, sim, entendo muito bem. Como estava vestida?
— Ela vestia uma espécie de casaco de peles em tom mais claro. Não usava chapéu. Era loira.
— E não havia nada de distinto que você recorde quanto ao homem?

Mrs. McGillicuddy levou algum tempo para pensar antes de responder.
— Ele era meio alto... e moreno, creio. Usava um casaco grosso, de modo que eu não saberia julgar o porte. — Desanimada, ela complementou: — Não é muita coisa, não é?
— É *alguma* coisa — disse Miss Marple, que fez uma pausa antes de prosseguir. — No seu entendimento, você tem plena certeza de que a moça... *morreu?*
— Sim, tenho certeza de que morreu. A língua saiu da boca e... eu prefiro não falar disso...
— Claro que não, claro que não — falou Miss Marple com pressa. — Creio que saberemos mais pela manhã.
— Pela manhã?
— Eu imagino que estará nos jornais matutinos. Depois de agredir e matar essa mulher, o homem ficou com um cadáver em mãos. O que ele faria? Supostamente, deixaria o trem às pressas na primeira estação. A propósito, sabe me dizer se era um vagão com corredor?

— Não, não era.

— Isso sugere um trem que não iria muito longe. É quase certo que teria parado em Brackhampton. Digamos que ele sai do trem em Brackhampton, quem sabe deixando o corpo em um assento de canto, com o rosto oculto pela gola de peles para retardar a descoberta. Sim... creio que ele fez isso. Mas é evidente que em algum momento será descoberto... Eu dou quase por certo que a notícia de um cadáver encontrado em um trem chegaria aos jornais matutinos. Veremos.

Mas não se viu nada nos jornais.

Depois de se certificarem da omissão, Miss Marple e Mrs. McGillicuddy encerraram o café da manhã em silêncio. As duas estavam refletindo.

Depois do café, deram uma volta no jardim. Mas, naquele dia, o que costumava ser um passatempo cativante se deu um tanto sem vontade. Miss Marple chegou a chamar atenção às espécies novas e raras que havia adquirido para seu círculo de pedras, mas o fez quase como se sua mente estivesse em outro lugar. E Mrs. McGillicuddy, embora lhe fosse contumaz, não contra-atacou com suas aquisições mais recentes.

— O jardim não está como devia — disse Miss Marple, ainda com a voz distraída. — O Dr. Haydock me proibiu terminantemente de me curvar ou ajoelhar... e o que a pessoa pode fazer que *não* envolva se curvar ou se ajoelhar? Tem o velho Edwards, é claro... mas ele é *tão* teimoso. De fazer tantos bicos por aí, eles pegam maus hábitos, começam a tomar muito chá, a tagarelar... e trabalhar, *nada*.

— Ah, eu entendo — disse Mrs. McGillicuddy. — Não há dúvida de que eu estou *proibida* de me curvar, mas, na verdade, principalmente após as refeições... e por ter ganhado um pouco de peso — ela conferiu suas proporções volumosas — costuma me dar azia.

O silêncio se instalou. Mrs. McGillicuddy plantou os pés com firmeza, parou e virou-se para a amiga.

— *Então?* — perguntou ela.

Era uma só palavra, pequena e insignificante, mas que adquiriu pleno sentido no tom de voz de Mrs. McGillicuddy. E Miss Marple entendeu aquele sentido com perfeição.

— Eu sei — disse ela.

As duas senhoras se olharam.

— Eu creio — continuou Miss Marple — que podemos ir à delegacia e conversar com o Sargento Cornish. Ele é inteligente, paciente, eu o conheço muito bem e ele também me conhece. Creio que vai nos escutar e repassar a informação às partes devidas.

Assim, por volta de 45 minutos depois, Miss Marple e Mrs. McGillicuddy estavam conversando com um homem sério e jovial entre seus 30 e 40 anos, que ouviu atentamente o que as duas tinham a dizer.

Frank Cornish recebeu Miss Marple com cordialidade e até deferência. Ele dispôs cadeiras para as duas senhoras e disse:

— Em que posso lhe ajudar, Miss Marple?

Ela respondeu de pronto:

— Eu gostaria que o senhor escutasse, por favor, a história de minha amiga, Mrs. McGillicuddy.

O Sargento Cornish escutou. Ao final da narrativa, ele passou alguns instantes em silêncio. Então disse:

— É uma história extraordinária. — Seus olhos, sem deixar aparentar, haviam feito uma avaliação de Mrs. McGillicuddy enquanto ela relatava o ocorrido.

No geral, sua avaliação era favorável. Uma mulher sensata, apta a contar uma história com clareza; não era, até onde ele podia julgar, mulher de larga imaginação nem histérica. No mais, Miss Marple aparentava acreditar na exatidão da história da amiga e ele conhecia Miss Marple muito bem. Todos em St. Mary Mead conheciam Miss Marple; meiga e hesitante nas aparências, mas, por dentro, tão afiada e arguta quanto se podia ser.

Ele pigarreou antes de falar.

— É claro — disse ele — que a senhora pode estar enganada... embora, veja bem, eu não esteja dizendo que a senhora *está*. Mas é *possível*. Há muitas traquinagens por aí... talvez não tenha sido um caso sério nem fatal.

— Eu sei o que vi — disse Mrs. McGillicuddy, inflexível.

"Ela não arreda o pé", pensou Frank Cornish, "e eu diria que, improvável ou não, a senhora pode estar certa."

Em voz alta, ele disse:

— A senhora informou aos responsáveis pela linha férrea, agora veio informar a mim. É o procedimento devido e pode ter confiança de que vou instaurar uma investigação.

Ele fez uma pausa. Miss Marple assentiu delicadamente, satisfeita. Mrs. McGillicuddy não estava tão satisfeita, mas não disse nada. O Sargento Cornish dirigiu-se a Miss Marple, não tanto porque queria ouvir o que ela pensava, mas porque queria ouvir o que ela ia dizer.

— Se considerarmos que os fatos são tais como relatados — disse ele —, o que a senhora diria que aconteceu com o corpo?

— Parece que há apenas duas possibilidades — disse Miss Marple sem hesitar. — A mais *provável,* é claro, é de que o corpo tenha ficado no trem. Mas agora isso parece improvável, pois teria sido encontrado em algum momento da noite passada por outro passageiro ou pelos funcionários da ferrovia no último destino.

Frank Cornish concordou.

— A única outra ação à disposição do assassino seria remover o corpo do trem enquanto ainda estivesse na linha. Eu imagino que o corpo ainda deva estar próximo aos trilhos, ainda não encontrado, mesmo que pareça um tanto improvável. Até onde consigo imaginar, não haveria outra solução.

— Já li a respeito de corpos dentro de baús — disse Mrs. McGillicuddy —, mas hoje em dia ninguém viaja com baús, apenas valises, e não há como colocar um corpo numa valise.

— É verdade — disse Cornish. — Concordo com as duas. O corpo, se é que há um corpo, já deve ter sido descoberto, ou muito em breve será. Eu as avisarei se houver quaisquer avanços... embora eu ouse arriscar que as senhoras lerão nos jornais. Existe a possibilidade, é claro, de que a mulher, embora agredida de forma violenta, não esteja morta. Talvez ela tenha saído do trem com os próprios pés.

— Dificilmente sairia sem ajuda — disse Miss Marple. — E, se fosse o caso, seria notada. Um homem ajudando uma mulher que ele diz doente.

— Sim, alguém perceberia — disse Cornish. — Também haveria registro se uma mulher tivesse sido encontrada inconsciente ou passando mal em um vagão e houvesse sido levada para o hospital. Creio que as senhoras podem ficar tranquilas de que ouvirão a respeito em pouquíssimo tempo.

Mas dois dias se passaram. Na noite seguinte, Miss Marple recebeu uma mensagem do Sargento Cornish.

Em relação ao assunto a respeito do qual a senhora me consultou, impetramos investigação plena e não obtivemos resultado. Não se encontrou cadáver feminino. Nenhum hospital tratou uma paciente como a que as senhoras descreveram e não há registro de mulher que tenha sofrido choque ou passado mal, nem que tenha deixado uma estação com apoio de um homem. A senhora pode ter confiança de que investigamos a fundo. Acredito que sua amiga possa ter testemunhado uma cena tal como ela descreveu, mas que não tenha sido tão severa quanto supôs.

Capítulo 3

— Não foi tão severa? Que disparate! — disse Mrs. McGillicuddy. — Foi um homicídio!

Ela olhou para Miss Marple com olhar desafiador e Miss Marple a encarou de volta.

— Pode dizer, Jane — falou Mrs. McGillicuddy. — Diga que eu me enganei! Que imaginei tudo! É isso que você está pensando, não é?

— *Qualquer pessoa* pode se enganar — comentou Miss Marple com toda polidez. — Qualquer uma, Elspeth... até você. Creio que devamos levar essa ideia em consideração. Mas saiba que eu ainda creio que você *não* se enganou... Você usa óculos de leitura, mas tem ótima visão a distância. E o que viu lhe causou grande impressão. Você estava muito chocada quando chegou a minha casa.

— Eu nunca vou me esquecer do que vi — disse Mrs. McGillicuddy, estremecendo. — O problema é que eu não sei o que posso fazer!

— Não creio — disse Miss Marple, pensativa — que exista algo que você possa fazer. — (Se Mrs. McGillicuddy estivesse atenta ao tom de voz da amiga, talvez houvesse notado uma leve ênfase na palavra *você*.) — Você informou o que viu, tanto aos funcionários da companhia ferroviária quanto à polícia. Não há mais nada que possa fazer.

— De certo modo, é um alívio — disse Mrs. McGillicuddy — pois, como você sabe, viajo ao Ceilão logo após o Natal. Vou ficar com Roderick e não quero adiar a visita. Tenho ansiado por essa viagem há muito tempo. Mas é evidente que eu *adiaria* se achasse que é meu dever — complementou, diligente.

— Tenho certeza de que adiaria, Elspeth. Mas, como eu disse, creio que você já fez tudo que podia.

— Agora cabe à polícia — disse Mrs. McGillicuddy. — E se a polícia é burra...

Miss Marple fez uma forte negativa com a cabeça.

— Não, não — disse ela —, a polícia não é burra. E é justamente por isso que o caso é interessante, não é?

Mrs. McGillicuddy olhou para ela sem entender. Miss Marple reafirmou seu parecer quanto à amiga: uma mulher de excelentes princípios e imaginação nula.

— O que queremos descobrir — disse Miss Marple — é o que aconteceu de fato.

— Ela foi assassinada.

— Sim, mas *quem* a matou? E *por quê?* E o que aconteceu com o corpo? Onde estará?

— Cabe à polícia descobrir.

— Exatamente. E eles *não* descobriram. Isso significa que o homem foi esperto, não é mesmo? Muito esperto. Não consigo imaginar, veja bem — Miss Marple franziu as sobrancelhas — *como* ele teria se livrado do corpo... Ele mata uma mulher em um arroubo passional... Não deve ter sido premeditado, pois ninguém decide matar uma mulher em circunstâncias como essa, poucos minutos antes de chegar a uma estação de grande porte. Não, deve ter sido uma desavença, por ciúme ou algo do tipo... e aí, como eu disse, ele fica lá, com um cadáver em mãos, a ponto de chegar numa estação de trem. O que *poderia* ser feito além de, como eu disse no início, escorar o corpo em um canto com o rosto escondido, como se a falecida estivesse dormindo, e desembarcar do trem o mais rápido possível? Não vejo outra possibilidade... Mas deve haver...

Miss Marple estava absorta.

Mrs. McGillicuddy disse duas frases antes de chamar atenção de Miss Marple.

— Está ficando surda, Jane.

— Um pouquinho, quem sabe. Sinto que as pessoas não pronunciam mais cada palavra como faziam antes. Mas, neste caso, não é que eu não tenha escutado. Infelizmente eu não estava prestando atenção.

— Acabei de perguntar a respeito dos trens para Londres amanhã. À tarde seria bom? Vou visitar Margaret e ela está me esperando apenas para a hora do chá.

— Elspeth, você se importaria em pegar o trem das 12h15? Podemos almoçar mais cedo.

— Certamente, e...

Miss Marple prosseguiu, abafando as palavras da amiga:

— Além disso, será que Margaret se importaria caso você não chegasse para o chá, mas sim por volta das, digamos, dezenove horas?

Mrs. McGillicuddy olhou para a amiga com curiosidade.

— O que você tem em mente, Jane?

— Eu sugiro, Elspeth, que nós duas viajemos juntas até Londres e que voltemos a Brackhampton no mesmo trem que você pegou no outro dia. Depois você, partindo de Brackhampton, voltaria a Londres e eu viria para cá, tal como você fez. *Eu,* é claro, que pagaria pelas *passagens* — Miss Marple salientou este ponto com veemência.

Mrs. McGillicuddy ignorou o aspecto financeiro.

— Mas o que você está esperando, Jane? — perguntou ela. — Outro homicídio?

— De modo algum — disse Miss Marple, chocada. — Mas confesso que gostaria de ver por mim mesma, com sua orientação, a... a... como é difícil encontrar o termo correto... a *localização* do crime.

Conforme combinado, no dia seguinte Miss Marple e Mrs. McGillicuddy encontravam-se em assentos opostos de um vagão de primeira classe que saiu acelerado de Londres às 16h50, partindo da estação Paddington. A estação estava ainda mais lotada do que na sexta-feira anterior, já que agora restavam apenas dois dias para o Natal. O trem das 16h50 estava relativamente tranquilo, contudo, ao menos na parte traseira.

Nesta ocasião, nenhum trem emparelhou-se com o delas, nem este com outro trem. A certos intervalos passavam trens na direção de Londres. Em duas ocasiões, os trens no sentido contrário passaram em alta velocidade. Vez por outra Mrs. McGillicuddy consultava o relógio de pulso, pensativa.

— É difícil dizer quando... passamos por uma estação que eu reconheça... — Mas elas estavam passando continuamente por estações.

— Devemos chegar a Brackhampton em cinco minutos — disse Miss Marple.

Um bilheteiro apareceu na porta. Miss Marple ergueu o olhar, inquisitiva. Mrs. McGillicuddy fez um não com a cabeça. Não era o mesmo bilheteiro. Ele perfurou as passagens das duas e seguiu um tanto cambaleante, dado que o trem havia entrado numa longa curva. Perdeu velocidade durante o trecho.

— Creio que estejamos chegando a Brackhampton — comentou Mrs. McGillicuddy.

— Estamos chegando aos arredores da cidade, creio — concluiu Miss Marple.

Havia luzes piscando do lado de fora, alguns prédios, vez por outra o vislumbre de ruas e bondes. A velocidade do comboio ficou ainda menor. Elas começaram a passar por bifurcações.

— Chegaremos em um minuto — disse Mrs. McGillicuddy — e não vejo como esta viagem pode ter nos ajudado *no que quer que seja*. Você teve alguma impressão, Jane?

— Sinto dizer que não — respondeu Miss Marple, com voz um tanto duvidosa.

— Que triste desperdício de dinheiro — disse Mrs. McGillicuddy, mas com menos reprovação do que diria se ela mesma estivesse custeando as passagens. Miss Marple fora firme neste aspecto.

— De qualquer maneira — disse Miss Marple —, a pessoa gosta de ver com os próprios olhos onde aconteceu um fato. Este trem está com poucos minutos de atraso. O seu chegou na hora na sexta-feira?

— Creio que sim. Não prestei atenção.

O trem chegou lentamente na plataforma movimentada da estação de Brackhampton. O alto-falante anunciou com uma voz rouca, portas abriram e fecharam, pessoas entraram e saíram, deambulando por todos os lados. O cenário era bem movimentado.

"Seria fácil para o assassino", pensou Miss Marple, "misturar-se à multidão e deixar a estação no meio daquela massa de gente, ou mesmo escolher outro vagão e seguir no trem até onde quer que fosse seu ponto final. É fácil ser um passageiro homem entre muitos. Já não é tão fácil fazer um corpo sumir. Aquele corpo devia estar *em algum lugar.*"

Mrs. McGillicuddy havia desembarcado. Agora ela falava da plataforma, pela janela aberta.

— Você se cuide, Jane — disse ela. — Não vá pegar um resfriado. Esta época do ano é traiçoeira e você não é mais uma moça.

— Eu sei — disse Miss Marple.

— E deixe esse assunto para lá. Fizemos tudo que era possível.

Miss Marple assentiu e disse:

— Não fique parada no frio, Elspeth. Ou é você que vai pegar um resfriado. Tome um bom chá no restaurante. Você tem tempo: doze minutos até seu trem voltar à cidade.

— Creio que vou. Até a próxima, Jane.

— Até, Elspeth. Feliz Natal. Espero que Margaret esteja bem. Aproveite o Ceilão e dê minhas lembranças a Roderick... se é que ele se lembra de mim, o que duvido.

— É claro que ele se lembra de você. E muito bem. Você o ajudou com alguma coisa quando ele estava no colégio. Tinha a ver com dinheiro que estava sumindo do armário. Ele nunca esqueceu.

— Ah, *verdade!* — disse Miss Marple.

Mrs. McGillicuddy lhe deu as costas, ouviu-se um apito e o trem começou a andar. Miss Marple ficou observando o corpo atarracado da amiga ganhar distância. Elspeth poderia viajar ao Ceilão de consciência tranquila. Havia cumprido seu dever e estava dispensada de quaisquer obrigações.

Miss Marple não se acomodou conforme o trem começou a ganhar velocidade. Ela ficou ereta na poltrona e se dedicou a raciocinar, de expressão séria. Embora fosse vaga e imprecisa na fala, na mente era nítida e incisiva. Ela tinha um problema a resolver, o problema de como iria agir; e, de um modo talvez estranho, a situação se apresentava a ela, tal como fora a Mrs. McGillicuddy, como questão de dever.

Mrs. McGillicuddy dissera que elas duas haviam feito tudo que era possível. Era verdade para Mrs. McGillicuddy, mas Miss Marple não se sentia tão segura quanto a si mesma.

Às vezes era uma questão de a pessoa utilizar os dons especiais que tinha... Mas podia ser arrogância. Afinal, o que ela *poderia* fazer? As palavras da amiga voltaram à mente: "Você não é mais uma moça..."

Impassível como um general planejando sua campanha ou um contador avaliando uma firma, Miss Marple ponderou e registrou em mente os fatos a favor e contra prolongar seu envolvimento. Do lado "a favor" havia os seguintes:

1. *Minha experiência de longa data com a vida e a natureza do ser humano.*
2. *Sir Henry Clithering e seu afilhado (agora na Scotland Yard, creio eu), que foi muito gentil no caso de Little Paddocks.*
3. *O segundo filho de meu sobrinho Raymond, David, o qual tenho quase certeza de que trabalha na Companhia Ferroviária Britânica.*
4. *O filho de Griselda, Leonard, que entende muito de mapas.*

Miss Marple revisou seus prós e aprovou-os. Eram todos muito necessários para reforçar as debilidades nos contras: sua debilidade corporal, em particular.

"Não é como se eu pudesse ficar andando por todo o lado, fazendo investigações e descobrindo coisas", pensou Miss Marple.

Sim, esta era a objeção-chave: sua idade e fragilidade. Embora, para a idade, sua saúde estivesse bem, ela *era* velha. E se o Dr. Haydock a havia proibido rigorosamente de praticar a jardinagem, seria difícil que ele aprovasse sua saída no encalço de um assassino. Pois, na prática, era isso que ela planejava — e era ali que estava seu subterfúgio. Se até o momento os homicídios lhe haviam sido, por assim dizer, impostos, neste caso era ela que estava propositalmente indo atrás de um deles. E ela não tinha certeza de que era o que queria... Ela estava velha. Velha e cansada. Naquele momento, ao fim de um dia cansativo, sentia enorme relutância em embarcar em qualquer iniciativa que fosse. Ela não queria nada além de chegar em casa, sentar-se ao lado da lareira com uma bela bandeja de jantar, depois ir para a cama e no dia seguinte ficar andando pelo jardim, podando uma e outra coisinha, fazendo uma leve arrumação, sem se abaixar, sem se exceder...

— Estou muito velha para mais aventuras — disse Miss Marple a si, observando distraidamente pela janela a curva que a ferrovia fazia num aterro...

Uma curva...

Algo muito suave se agitou em sua mente... Pouco depois de o bilheteiro perfurar as passagens dela e de Elspeth...

Aquilo a fez pensar em algo. Apenas uma ideia. Uma ideia totalmente diferente...

Um tom rosado subiu ao rosto de Miss Marple. De repente, ela não sentia cansaço algum!

— Amanhã de manhã vou me corresponder com David — disse em voz alta.

E, ao mesmo tempo, outro recurso valioso pipocou em sua mente.

"Mas é claro! Minha fiel Florence!"

Miss Marple definiu seu plano de campanha metodicamente, deixando a devida reserva para o período de Natal, que certamente seria um fator de atraso.

Ela se correspondeu com o sobrinho-neto, David West, combinando uma mensagem de Natal a uma solicitação urgente de informações.

Felizmente ela fora convidada para o jantar de Natal do presbitério, tal como nos anos anteriores, e ali conseguiu tratar com o jovem Leonard, de visita para as festas de fim de ano, a respeito de mapas.

Leonard era aficionado por mapas de todos os tipos. O motivo da pergunta de Miss Marple a respeito de um mapa de grande escala sobre uma região em específico não despertou nenhum tipo de indagação. Ele costumava discursar sobre a cartografia com fluência e anotou para ela o que melhor atenderia seus fins. Aliás, fez mais. Descobriu que tinha um desses mapas em sua mapoteca e o emprestou a Miss Marple, que prometeu ter o máximo de cuidado e devolvê-lo assim que possível.

— Mapas — comentou a mãe dele, Griselda, a qual, embora tivesse um filho adulto, ainda conservava uma aparência estranhamente moça e viçosa para morar no velho e surrado presbitério. — O que ela quer saber de mapas? Oras, para *que* ela quer essa coisa?

— Não sei — respondeu o jovem Leonard — acho que ela não disse.

— Agora eu me pergunto... — disse Griselda. — Isso me soa muito suspeito... Na idade em que ela está, essa velhinha devia parar com essas coisas.

Leonard perguntou que tipo de coisas e Griselda respondeu de forma esquiva:

— Ah, de meter o bedelho nas coisas. Por que *mapas*, hein?
Passado algum tempo, Miss Marple recebeu uma carta do sobrinho-neto David West. Ela dizia, afetuosamente:

Querida tia Jane. O que a senhora anda fazendo? Consegui a informação que me pediu. Apenas dois trens se encaixariam: o das 16h33 e o das dezessete horas. O primeiro é um trem lento que para em Haling Broadway, Barwell Heath, Brackhampton e depois segue para Market Basing. O das dezessete é o expresso do País de Gales, que vai a Cardiff, Newport e Swansea. O primeiro pode ser ultrapassado pelo trem das 16h50, embora a previsão de chegada a Brackhampton seja de cinco minutos antes e o segundo passa pelo trem das 16h50 pouco antes de Brackhampton.

Será que sinto o cheiro de um escândalo no vilarejo envolvendo alguma figura maliciosa? Teria a senhora, voltando de uma maratona de compras no trem das 16h50, observado a esposa do prefeito nos braços do diretor de Vigilância Sanitária no trem passante? Mas que importância tem qual seria o trem? Um fim de semana em Porthcawl, quem sabe? Agradeço pelo pulôver. Era bem o que eu queria. Como está o jardim? Pouco movimentado nesta época do ano, imagino.

Afetuosamente,
David

Miss Marple sorriu um pouco, depois ficou pensando na informação que lhe havia sido apresentada. Mrs. McGillicuddy havia dado certeza de que o vagão não tinha corredor. Portanto... não era o expresso até Swansea. Supunha-se que era o das 16h33.

Além disso, parecia inevitável ela ter que viajar mais. Miss Marple deu um suspiro, mas fez seus planos.

Ela foi a Londres tal como havia feito antes, no trem das 12h15, mas desta vez voltou não no das 16h50, mas no das 16h33, que ia até Brackhampton. A jornada não teve intercorrências, mas ela percebeu certos detalhes. O trem não estava lotado: 16h33 antecipava a hora do rush vespertina. Nos vagões da primeira classe, via-se apenas um ocupante: um senhor de muita idade lendo a *New Statesman*. Miss Marple viajava em um compartimento vazio e, nas duas paradas, Haling Broadway e Barwell Heath, inclinou-se pela janela para observar os passageiros que entravam e saíam do trem. Um pequeno contingente da terceira classe embarcou em Haling Broadway. Em Barwell Heath, vários da terceira classe desembarcaram. Ninguém entrou nem saiu do vagão da primeira classe, fora o idoso carregando sua *New Statesman*.

Conforme o trem se aproximou de Brackhampton, fazendo uma curva nos trilhos, Miss Marple pôs-se de pé e experimentou ficar com as costas para a janela na qual ela havia baixado a cortina.

Sim, ela concluiu: o impulso da curva repentina nos trilhos e a redução da velocidade tirava o equilíbrio da pessoa diante da janela; assim, era bem possível que a cortina se abrisse. Ela espiou o céu noturno. Estava mais claro do que quando Mrs. McGillicuddy havia feito o mesmo trajeto. Havia acabado de escurecer, mas havia pouco a se enxergar. Para fazer observações, ela teria que realizar o trajeto durante o dia.

No dia seguinte, Miss Marple tomou o primeiro trem da manhã, comprou quatro fronhas de linho (regateou bastante!), para combinar sua investigação ao suprimento de necessidades caseiras, e voltou de trem, saindo de Paddington às 12h15. Viu-se mais uma vez sozinha no vagão da primeira classe. "Esses impostos", pensou Miss Marple, "é tudo por causa disso. Ninguém mais consegue pagar primeira classe, fora homens de negócios na hora do rush. Imagino que eles possam cobrar da firma."

Por volta de quinze minutos antes da previsão de chegada em Brackhampton, Miss Marple tirou o mapa que Leonard havia lhe providenciado e começou a observar o interior inglês. Ela havia analisado o mapa cuidadosamente de antemão e, depois de notar o nome de uma estação pela qual haviam passado, logo ela conseguiu identificar onde estava quando o trem começou a reduzir para fazer uma curva. Era uma curva considerável. Miss Marple, com o nariz grudado na janela, analisou o chão (o trem estava passando sobre um barranco de altura considerável) com toda atenção. Dividiu sua concentração entre a paisagem lá fora e o mapa até que o trem finalmente chegou a Brackhampton.

Naquela noite ela escreveu e postou uma carta endereçada a Miss Florence Hill, da Madison Road número 4, Brackhampton... Na manhã seguinte, enquanto ia à biblioteca do condado, perscrutou a lista telefônica e o dicionário geográfico de Brackhampton, assim como um livro com a história do condado.

Até agora nada havia contradito a ideia muito vaga e imprecisa que havia lhe ocorrido. O que ela tinha imaginado era possível. Mais que isso ela não faria.

Mas o passo seguinte dependia de ação, muita ação. O tipo de ação para a qual ela era fisicamente incapaz. Caso quisesse provar ou derrubar sua teoria de maneira definitiva, ela precisaria de ajuda de outra fonte. A pergunta era: de quem? Miss Marple repassou vários nomes e possibilidades, rejeitando todos com um gesto de irritação. As pessoas inteligentes e em cuja perspicácia ela podia confiar eram muito ocupadas. Não só tinham empregos de importância diversa, mas suas horas de lazer costumavam ser aquinhoadas com grande antemão. Os ignorantes que tinham tempo de sobra eram, na visão de Miss Marple, inúteis.

Ela ficou pensando, cada vez mais irritada e perplexa.

De repente sua testa desanuviou. Ela exprimiu um nome em voz alta.

— Mas é claro! — disse Miss Marple. — *Lucy Eyelesbarrow!*

Capítulo 4

O nome de Lucy Eyelesbarrow já era bastante difundido em alguns círculos.

Lucy Eyelesbarrow tinha 32 anos. Detentora de um diploma de Matemática em Oxford, era reconhecida por sua inteligência e havia confiança de que seguiria uma carreira acadêmica de distinção.

Mas Lucy Eyelesbarrow, além do brilhantismo acadêmico, tinha um cerne de bom senso. Ela não conseguia deixar de observar que uma vida ilustre na universidade seria mal remunerada. Não tinha vontade alguma de lecionar e apreciava o contato com mentes não tão brilhantes quanto a dela. Em suma, ela tinha o pendor pelas pessoas, por todo tipo de pessoa — e não gostava de ficar o tempo todo no mesmo círculo. Além disso, ela não tinha vergonha de gostar de dinheiro. E para ganhar dinheiro, a pessoa tem que explorar uma escassez.

Lucy Eyelesbarrow encontrou uma escassez séria à primeira vista: a carência de todo tipo de trabalho doméstico especializado. Para surpresa de seus amigos e colegas da academia, Lucy Eyelesbarrow entrou no ramo dos serviços domésticos.

Seu sucesso foi imediato e garantido. Alguns anos depois ela já era conhecida em todas as Ilhas Britânicas. Virou costume as esposas comunicarem com alegria aos maridos:

"Não vai ter problema. Eu *posso* acompanhá-lo na viagem aos Estados Unidos. *Eu tenho Lucy Eyelesbarrow!*" O sentido de contratar Lucy Eyelesbarrow era de que, assim que ela entrava em uma casa, qualquer preocupação, nervosismo ou trabalho duro saíam porta afora. Lucy Eyelesbarrow fazia tudo, cuidava de tudo, organizava tudo. Era competentíssima em todos os âmbitos imagináveis. Ela cuidava de pais idosos, aceitava tomar conta de crianças pequenas, tratava os enfermos, era divina na cozinha, acertava-se com os outros empregados velhos e difíceis de lidar com os quais pudesse encontrar na casa (em geral não encontrava), tinha tato com gente intratável, apaziguava beberrões, era maravilhosa com cães. O melhor de tudo é que ela nunca dava bola para o *que* tinha que fazer. Ela esfregava o chão da cozinha, mexia na terra do jardim, limpava a sujeira dos cachorros. Ela carregava carvão!

Uma de suas regras era nunca aceitar serviço por longo período. A duração normalmente era de uma quinzena; um mês, em circunstâncias especialíssimas. E você teria que pagar mundos e fundos por aquela quinzena! *Porém,* era uma quinzena em que sua vida seria o paraíso. Você podia relaxar plenamente, viajar para o exterior, ficar em casa, fazer o que bem entendesse, segura de que tudo estava bem no que tangia à esfera doméstica, pois estava nas aptas mãos de Lucy Eyelesbarrow.

Naturalmente, a demanda por seus serviços era enorme. Se quisesse, ela poderia ter a agenda cheia por três anos à frente. Já haviam lhe oferecido quantias enormes para ficar fixa em algumas casas. Mas Lucy não tinha intenção de tornar-se fixa, tampouco fazia agenda por mais do que seis meses à frente. E, dentro desses seis meses, sem o conhecimento de suas clamorosas clientes, ela sempre agendava períodos de ócio nos quais tirava curtas e luxuosas férias (já que ela não gastava em mais nada e era muito bem paga e sustentada) ou aceitava qualquer encargo de curto prazo que lhe desse na veneta, seja por motivo de seu caráter ou porque ela gostava de pessoas. Já que hoje gozava da possibilidade de selecionar entre as ruidosas requerentes dos seus serviços, frequentemente ela optava pela preferência pessoal. O mero dinheiro não comprava os serviços de Lucy Eyelesbarrow. Ela tinha condições de ser seleta e era mesmo. Gostava muito da vida que levava e nela encontrava uma fonte contínua de diversão.

Lucy Eyelesbarrow leu e releu a carta de Miss Marple. Ela havia conhecido Miss Marple dois anos antes, quando teve os serviços contratados pelo romancista Raymond West para cuidar de sua tia idosa que se recuperava de uma pneumonia. Lucy havia aceitado a função e dirigiu-se a St. Mary Mead. Gostara muito de Miss Marple. Quanto à própria Miss Marple, assim que vislumbrou pela janela do quarto que Lucy Eyelesbarrow estava sulcando a terra do jeito correto para plantar ervilha-de-cheiro, recostou-se nos travesseiros e deu um suspiro de alívio. Comeu as refeições tão frugais quanto tentadoras que Lucy lhe trazia e ouviu, surpresa e contentada, as histórias que sua criada idosa e irritadiça contava a respeito de como "ensinei a Miss Eyelesbarrow um ponto do crochê que ela nunca tinha ouvido falar! Ficou muito agradecida, a moça". E ainda surpreendeu o médico com a velocidade da recuperação da doença.

Miss Marple escreveu perguntando se Miss Eyelesbarrow poderia assumir uma certa tarefa; uma tarefa atípica. Miss Eyelesbarrow poderia marcar um encontro no qual elas poderiam discutir o assunto?

Lucy Eyelesbarrow franziu as sobrancelhas por um instante enquanto pensava. A realidade era que ela estava com a agenda cheia. Mas a palavra *atípica* e suas lembranças quanto à personalidade de Miss Marple tomaram a frente, então ela telefonou para a senhorinha de imediato, explicando que não teria como ir a St. Mary Mead, dado que estava trabalhando, mas que estaria livre das catorze às dezesseis horas na tarde seguinte e poderia encontrar-se com Miss Marple em Londres, onde ela quisesse. Sugeriu seu próprio clube, um estabelecimento simples cuja vantagem eram várias salinhas escuras que costumavam ficar vazias.

Miss Marple aceitou a sugestão e o encontro se deu no dia seguinte.

Elas trocaram cumprimentos; Lucy Eyelesbarrow conduziu sua convidada à salinha mais escura que havia e disse:

— Sinto dizer que estou bastante ocupada no momento. Mesmo assim, talvez a senhora queira me contar sobre a tarefa de que gostaria que eu me encarregasse?

— É muito simples, na verdade — respondeu Miss Marple. — Atípica, mas simples. Quero que a senhorita encontre um corpo.

Por um instante, passou pela mente de Lucy a desconfiança de que Miss Marple estaria desvairada da cabeça. Ela recusou a ideia, porém. Miss Marple era eminentemente sã. Ela queria dizer exatamente o que disse.

— Que tipo de corpo? — perguntou Lucy Eyelesbarrow, com compostura admirável.

— O corpo de uma mulher — respondeu Miss Marple. — O corpo de uma mulher que foi assassinada... estrangulada, na verdade... em um trem.

As sobrancelhas de Lucy ergueram-se um pouco.

— Bom, é certo que é atípico. Conte-me mais.

Miss Marple contou. Lucy Eyelesbarrow escutou atentamente, sem interrompê-la. Ao final, disse:

— Tudo depende do que sua amiga viu... ou pensa que viu...?

Ela deixou a frase inacabada, em tom de pergunta.

— Elspeth McGillicuddy não é de imaginar coisas — disse Miss Marple. — Por isso estou me baseando no que ela disse. Caso fosse Dorothy Cartwright... aí a questão seria *outra*. Dorothy sempre inventa boas histórias e é comum que acredite no que diz, que geralmente tem *fundamento* nos fatos, mas nunca mais do que isso. Elspeth, por outro lado, é o tipo de mulher que tem dificuldade em crer que algo extraordinário ou desproposital *possa* acontecer. Ela é praticamente o inverso de sugestionável; quase uma pedra dura.

— Compreendo — respondeu Lucy, pensativa. — Bom, então aceitemos tudo que ela viu. Onde eu me encaixo?

— Fiquei muito impressionada com a senhorita — respondeu Miss Marple — e veja que, hoje em dia, não tenho força física para sair por aí fazendo as coisas.

— A senhora quer que eu faça uma investigação? Esse tipo de coisa? Mas a polícia já não fez? Ou a senhora acha que foram negligentes?

— Não, não — disse Miss Marple. — Eles não foram negligentes. Eu apenas tenho uma teoria em relação ao corpo da mulher. Ele tem que estar em *algum lugar*. Se não foi encontrado no trem, deve ter sido jogado ou atirado do trem. No entanto, ele não foi encontrado em nenhum ponto próximo aos trilhos. Então eu fiz o mesmo trajeto para ver se havia algum ponto onde o corpo pudesse ter sido jogado do trem sem que fosse encontrado próximo à via férrea. E havia um lugar assim. A via faz uma grande curva antes de entrar em Brackhampton, à beira de um grande barranco. Se um corpo fosse jogado ali, quando o trem estivesse inclinado na curva, eu *creio* que seria lançado barranco abaixo.

— Mas ainda assim seria encontrado, não? Mesmo no pé do barranco?

— Sim, sim. Mas teria sido tirado de lá... Chegaremos a esse ponto em um instante. Este é o ponto no mapa.

Lucy inclinou-se para analisar o local que o dedo de Miss Marple apontava.

— Hoje fica bem nos arredores de Brackhampton — disse Miss Marple —, mas originalmente era uma casa de campo com um terreno extenso, bastante pasto, e que continua lá, intocada. Está cercada por conjuntos residenciais e casinhas suburbanas. Chama-se Rutherford Hall. Foi construída por um homem chamado Crackenthorpe, um industrial muito rico, em 1884. O filho do primeiro Crackenthorpe, hoje homem de idade, ainda mora lá, creio eu, com a filha. Os trilhos circundam quase metade do terreno.

— E a senhora quer que eu faça... o quê?

Miss Marple respondeu de pronto.

— Quero que consiga um cargo nesta casa. Todos estão sempre aos brados querendo serviços domésticos com eficiência. Não creio que será difícil.

— Não, creio que não.

— Soube que, na cidade, Mr. Crackenthorpe é considerado um tanto quanto sovina. Caso a senhorita aceite um salário mais baixo, eu compenso o valor devido e, creio eu, posso ir muito além dos seus valores atuais.

— Em função do nível de dificuldade?

— Não tanto da dificuldade, mas do perigo. Pode ser *perigoso,* como você há de saber. Achei justo avisá-la.

— Não creio — falou Lucy, pensativa — que a ideia de perigo vá me dissuadir.

— Não achei que iria — disse Miss Marple. — A senhorita não é esse tipo de pessoa.

— Eu me atrevo a dizer que a senhora considerou que esse aspecto fosse me atrair. Eu me deparei com pouquíssimos perigos na vida. Mas a senhora acredita mesmo que pode ser perigoso?

— Alguém — ressaltou Miss Marple — cometeu um crime com muito êxito. Não houve alarido, nenhuma desconfiança de fato. Duas senhoras de idade contaram uma história um tanto improvável, a polícia investigou e não descobriu nada. Então está tudo muito calmo, muito tranquilo. Não creio que esse alguém, seja quem for, vai gostar de ter alguém remexendo no assunto. Principalmente se a senhorita tiver êxito.

— O que exatamente devo procurar?

— Quaisquer sinais no barranco. Restos de roupas, arbustos quebrados... esse tipo de coisa.

Lucy assentiu.

— E depois?

— Eu estarei bem perto — respondeu Miss Marple. — Uma antiga criada, minha fiel Florence, mora em Brackhampton. Ela passou anos cuidando dos pais idosos. Os dois já faleceram e agora ela tem inquilinos. Todos são pessoas de respeito. Ela já fez os preparativos para me receber em um quarto. Vai cuidar de mim com toda dedicação e sinto que eu devo ficar por perto. Sugiro que a senhorita comente que tem uma tia de idade que mora na vizinhança e que gostaria de um cargo próximo, e que estipule um número razoável de horas vagas para poder vê-la com frequência.

Lucy assentiu de novo.

— Eu *ia* viajar a Taormina depois de amanhã — disse ela. — Mas as férias podem esperar. Só posso prometer três semanas, porém. Depois disso, estou com a agenda lotada.

— Três semanas será tempo de sobra — disse Miss Marple. — Se não encontrarmos nada em três semanas, podemos tratar toda esta situação como um grande engano.

Miss Marple foi embora e Lucy, depois de um instante de reflexão, telefonou para o cartório de Brackhampton, cuja gerente ela conhecia muito bem. Explicou que gostaria de um cargo na região para ficar perto de sua "tia". Depois de recusar vários locais mais desejáveis, com certa dificuldade, mas usando boa dose de tato, houve menção a Rutherford Hall.

— Exatamente o tipo de casa que eu gostaria — falou Lucy com segurança.

O Cartório telefonou para Miss Crackenthorpe, que por sua vez telefonou para Lucy.

Dois dias depois, Lucy partiu de Londres a caminho de Rutherford Hall.

Dirigindo o próprio carrinho, Lucy Eyelesbarrow passou por uma dupla de portões de ferro imponentes. Assim que passava dali, se via o que antes era um pequeno chalé, que agora parecia absolutamente abandonado, seja por ter sofrido algum dano na guerra ou por mera negligência, não havia como saber. Um caminho longo e serpenteante passava por moitas de rododendros sombrios até chegar à mansão. Lucy prendeu a respiração quando viu a casa, uma espécie de Castelo de Windsor em miniatura. Os degraus de pedra em frente à porta precisavam de alguns cuidados e o cascalho estava verde de plantinhas que cresciam no meio.

Lucy bateu uma aldrava antiquada, de ferro fundido, e seu fragor ressoou com ecos porta adentro. Uma mulher desleixada abriu a porta limpando as mãos no avental e lhe dirigiu um olhar de desconfiança.

— Está sendo esperada, não está? — questionou ela. — Senhorita Não-sei-o-quê-Barrow, ela me disse.

— Exatamente — respondeu Lucy.

A mansão era assustadoramente gelada. Sua guia a conduziu por um salão escuro e abriu a porta à direita. Para surpresa de Lucy, era uma sala de estar bastante agradável, com livros e poltronas cobertas com chita.

— Vou avisar que você chegou — disse a mulher, que fechou a porta e foi embora depois de olhar para Lucy com reprovação profunda.

Passados alguns minutos, a porta se abriu de novo. Desde o primeiro instante, Lucy soube que gostava de Emma Crackenthorpe.

Emma era uma mulher de meia-idade sem características marcantes. Não era nem muito bonita nem sem graça, vestia-se de forma ajuizada, com tweed e um pulôver, os cabelos escuros eram penteados para trás, seus olhos de eram cor de avelã e sua voz era agradável. Ela disse:

— Miss Eyelesbarrow?

E estendeu a mão. Foi quando pareceu em dúvida.

— Eu me pergunto — ponderou ela — se esta posição é o que a senhorita está procurando de fato. Não quero uma governanta, se é que me entende, para supervisionar as tarefas domésticas. Quero alguém que se encarregue delas.

Lucy respondeu que era justamente o que a maioria das pessoas precisava.

Emma Crackenthorpe falou em tom de desculpas:

— Pois muitos acham, como a senhorita sabe, que uma leve espanada dá conta do serviço. Mas passar o espanador eu mesma passo.

— Entendo muito bem — disse Lucy. — A senhora quer a comida feita, roupas lavadas, arrumação da casa e carvão na caldeira. Tudo bem. É o que eu faço. Não tenho medo algum do trabalho.

— Preciso dizer que é uma casa grande e com inconvenientes. Habitamos apenas uma parte, eu e meu pai. Ele está praticamente inválido. Vivemos muito tranquilos e temos um fogão AGA. Tenho vários irmãos, mas eles não aparecem com frequência. Temos duas empregadas que não residem aqui, Mrs. Kidder pela manhã e Mrs. Hart três dias por semana, para limpar a prataria e essas coisas. A senhorita dispõe de condução própria?

— Sim. Meu carro pode ficar ao sol se não houver onde guardar. Está acostumado.

— Ah, temos os estábulos sobrando. Não há problema.

Emma Crackenthorpe franziu a testa por um instante, depois disse:

— Eyelesbarrow... que nome incomum. Alguns amigos me contaram de uma Lucy Eyelesbarrow... talvez os Kennedy?

— Sim, eu trabalhei com eles em North Devon quando Mrs. Kennedy estava para dar à luz.

Mrs. Crackenthorpe sorriu.

— Lembro que eles me contaram que nunca se sentiram mais bem tratados do que quando a senhorita estava cuidando de tudo. Mas fiquei com a impressão de que a senhorita cobrava valores assustadores. A quantia que eu mencionei...

— É apropriada — disse Lucy. — O caso é que quero ficar perto de Brackhampton. Tenho uma tia idosa em estado de saúde crítica e quero ficar a uma distância segura. Por isso que o pagamento foi uma consideração secundária. Não posso ficar sem fazer nada. Isto é, se eu puder ter um período de folga durante o dia...?

— Ah, é claro. Todas as tardes, até as seis, se desejar?

— Parece perfeito.

Miss Crackenthorpe hesitou um segundo antes de dizer:

— Meu pai é idoso e um tanto... difícil, às vezes. Ele é muito atento às economias e às vezes diz coisas que incomodam. Eu não gostaria...

Lucy a interrompeu de imediato:

— Sou bem acostumada com idosos de todos os tipos — disse. — Sempre dou um jeito de me acertar com eles.

Emma Crackenthorpe pareceu aliviada.

"Problemas com o pai!", Lucy diagnosticou. "Aposto que é um velho intratável."

Ela foi colocada em um grande quarto escuro que um pequeno aquecedor elétrico quase não conseguia esquentar, e foi apresentada à casa, uma mansão vasta e desconfortável. Quando elas passaram por uma das portas, uma voz rugiu:

— É você, Emma? Trouxe a menina nova? Traga-a aqui. Quero olhar para ela.

Emma enrubesceu e voltou-se para Lucy com expressão pesarosa.

As duas mulheres adentraram o quarto, com estofados opulentos em veludo escuro, janelas estreitas que deixavam entrar pouquíssima luz e mobília vitoriana em mogno.

Mr. Crackenthorpe, o idoso, estava esticado sobre uma cadeira de inválido, com uma bengala com castão de prata a seu lado.

Era um homem grande e descarnado, com pele que pendia em pregas. Tinha um rosto que lembrava um buldogue, com um queixo pugnaz. O cabelo era escuro e espesso, salpicado de cinza, e os olhos pequenos pareciam cheios de desconfiança.

— Deixe-me dar uma olhada em você, menina.

Lucy avançou, serena e sorridente.

— Só tem uma coisa que você precisa entender antes de tudo. Não é porque moramos numa mansão que somos ricos. *Não* somos. Vivemos na simplicidade. Entendeu? *Simplicidade!* Não adianta nada chegar aqui cheia de pompas. Tenha sempre em mente que merluza é um peixe tão bom quanto o linguado. Não tolero desperdícios. Moro aqui porque meu pai construiu a casa e eu gosto dela. Depois que eu morrer, se quiserem, eles podem até vender. Acredito que queiram. Não ligam para a família. A casa tem fundações sólidas, é robusta e temos bastante terreno em volta. É o que nos dá privacidade. Daria muito dinheiro se fosse vendida para construtoras, mas não enquanto *eu* estiver vivo. Só vão me tirar daqui quando eu estiver de canela esticada.

Ele encarou Lucy.

— Sua casa é seu castelo — disse Lucy.

— Está rindo de mim?

— Claro que não. Penso que é muito interessante ter uma casa de interior cercada pela cidade.

— Deveras. Não se vê outra casa daqui, não é? Só pastos com vacas. E bem no meio de Brackhampton. Dá para escutar um pouco do trânsito quando o vento está para lá. No mais, ainda é interior.

Ele complementou, sem pausa ou mudança de tom, agora dirigindo-se à filha:

— Telefone para aquele médico imbecil. Pode avisar que o remédio não serviu para nada.

Lucy e Emma retiraram-se. Ele gritou com elas:

— E não deixe aquela empregada que fica fungando o tempo todo entrar aqui. Ela bagunçou meus livros.

Lucy perguntou:

— Faz muito tempo que Mr. Crackenthorpe está inválido?

Emma respondeu de forma evasiva:

— Ah, faz anos... A cozinha é aqui.

A cozinha era gigantesca. Havia um fogão grande e vazio em desuso. Um fogão AGA estava ao lado, modesto.

Lucy perguntou os horários das refeições e conferiu a despensa. Depois falou em tom animado com Emma Crackenthorpe:

— Agora já sei de tudo. Não se incomode mais. Deixe tudo comigo.

Emma Crackenthorpe deu um suspiro de alívio quando se retirou para dormir.

— Os Kennedy tinham plena razão — comentou. — Ela é maravilhosa.

Lucy acordou às seis na manhã seguinte. Arrumou a casa, preparou legumes, organizou, cozinhou e serviu o café da manhã. Junto a Mrs. Kidder, arrumou as camas e, às onze horas, elas se sentaram para tomar um chá com biscoitos na cozinha. Mitigada pelo fato de Lucy "não ter nariz empinado" e também pela pungência e doçura do chá, Mrs. Kidder relaxou e começou a fofocar. Era uma mulher pequena e magra de olhos ríspidos e lábios fechados.

— É um velho *muquirana*. As coisas que a patroa aguenta! E mesmo assim ela não é de todo oprimida. Quando precisa, sabe se virar. Quando os cavalheiros vêm, ela sempre serve algo bom para comer.

— Os cavalheiros?

— Sim. Era uma família grande. O mais velho, Mr. Edmund, esse morreu na guerra. Depois tem Mr. Cedric, que mora longe, não sei onde. Não se casou. Pinta quadros no estrangeiro. Mr. Harold mora em Londres. Casou-se com a filha de um conde. Depois, Mr. Alfred, que tem bons modos, mas é meio que a ovelha desgarrada da família, já se meteu em encrencas aqui e ali. E o marido de Miss Edith, Mr. Bryan, sempre muito gentil aquele senhor. Ela faleceu faz anos, mas ele ficou com a família. E temos o pequeno Alexandre, o garotinho de Miss Edith. Está na escola, sempre vem aqui para as férias; Miss Emma tem adoração pelo menino.

Lucy digeriu toda a informação e seguiu a servir chá à informante. Por fim, com relutância, Mrs. Kidder pôs-se de pé.

— Parece que a gente se deu um belo de um intervalo hoje de manhã, não foi? — comentou ela, pensativa. — Quer uma mão com as batatas, minha filha?

— Já estão prontas.

— Oras, mas você não deixa a tábua esfriar! Bom, como parece que não há mais nada para fazer, eu vou andando.

Mrs. Kidder foi embora e Lucy, tendo tempo de sobra, passou um esfregão na mesa da cozinha como ansiava fazer havia tempos, mas vinha protelando para não ofender Mrs. Kidder — cuja função era justamente esta. Depois ela limpou a prataria até ficar com um brilho radiante. Preparou o almoço, limpou a mesa, lavou a louça e, às 14h30, estava pronta para iniciar as investigações. Já havia preparado tudo para o chá e deixado numa bandeja com sanduíches, pão e manteiga cobertos com um guardanapo úmido para que não ficassem secos.

Passeou um pouco pelos jardins, o que seria visto como normal. A horta caseira tinha poucos vegetais. As estufas estavam em ruínas. Todas as trilhas estavam lotadas de ervas daninhas. Um canto do jardim próximo à casa era a única parte que se via livre de ervas daninhas e em condições aceitáveis, o que Lucy suspeitava que fosse obra de Emma. O jardineiro era um senhor muito idoso, um tanto surdo, que apenas fingia que trabalhava. Lucy teve uma conversa agradável com ele. O senhor morava em uma choupana adjacente à grande estrebaria.

Saindo da estrebaria, um caminho aos fundos conduzia pelo gramado, que era cercado pelos dois lados, e passava por um viaduto da ferrovia para uma pequena alameda.

Com frequência um trem passava ribombando pela via principal sobre o arco da ferrovia. Lucy ficou assistindo aos trens diminuindo a velocidade para a curva acentuada que contornava o terreno dos Crackenthorpe. Ela passou sob o viaduto e entrou na alameda. Parecia um caminho pouco acessado. De um lado havia o barranco da ferrovia, do outro um muro alto que cercava prédios de fábricas. Lucy seguiu a via até sair em uma rua de casinhas. Ela ouvia o zunir alto do trânsito da rua principal, bem próximo. Conferiu seu relógio. Uma mulher saiu de uma casa próxima e Lucy a deteve.

— Com licença, sabe me dizer se há um telefone público por aqui?

— Na agência dos correios, dobrando a esquina.

Lucy a agradeceu e foi andando até chegar aos correios, que era um misto de lojinha e agência postal. Havia uma cabine de telefone do lado. Ela entrou e fez a ligação. Pediu para falar com Miss Marple. Uma mulher respondeu em voz alta e severa:

— Ela está descansando. E eu é que não vou incomodar! Ela tem que descansar... é uma senhora de idade! Quem eu digo que telefonou?

— Miss Eyelesbarrow. Não há necessidade de incomodá-la. Apenas avise que cheguei e que está tudo bem e que eu me comunico assim que houver notícias.

Ela retornou o telefone ao gancho e seguiu de volta a Rutherford Hall.

Capítulo 5

— Imagino que não há problema se eu treinar algumas tacadas no gramado, há? — perguntou Lucy.

— Não, não, de forma alguma. A senhorita gosta de golfe?

— Não sou muito boa, mas gosto de manter a prática. É um exercício que me agrada mais do que sair para uma caminhada.

— Não há por onde caminhar fora deste lugar — resmungou Mr. Crackenthorpe. — Nada que não calçadas e essas casinhas apertadas e miseráveis. Querem tomar minhas terras para construir mais. Só vão conseguir depois que eu morrer. E eu não vou morrer para agradar ninguém. É isso que eu digo: não quero agradar *ninguém!*

Emma Crackenthorpe falou com toda suavidade:

— Oras, pai.

— Eu *sei* o que pensam. Eu *sei* o que esperam. Todos. Cedric e aquela raposa velha, Harold, com cara de convencido. Quanto a Alfred, ainda me pergunto por que ainda não tentou me passar para o lado de lá. Não tenho certeza de que não foi o que ele tentou no Natal. Eu passei mal de repente. O velho Quimper ficou confuso. Ele me fez perguntas com cuidado para que ninguém mais ouvisse.

— Todos têm problemas digestivos uma vez que outra, pai.

— Tudo bem, tudo bem, pode dizer que eu comi demais! É isso que você quer. E *por que* eu comi demais? Porque era muita comida na mesa, comida demais. Um desperdício, uma extravagância. E isso me lembra... Você. Você, minha jovem. Você me serviu cinco batatas no almoço. Batatas das grandes. Duas já bastam para qualquer um. Portanto, na próxima, não me sirva mais que quatro. A que veio a mais foi desperdiçada.

— Não foi desperdiçada, Mr. Crackenthorpe. Meu plano era usar em uma tortilha à noite.

— Urgh!

Enquanto Lucy saía do quarto carregando a bandeja de café, ela o ouviu dizer: "Mulherzinha ardilosa, sempre com uma resposta na ponta da língua. Mas cozinha bem... e tem sua formosura".

Lucy Eyelesbarrow pegou um taco leve entre os que havia tido a previdência de trazer consigo e saiu andando pelo gramado depois de escalar a cerca.

Começou com uma série de tacadas. Depois de mais ou menos cinco minutos, uma bola, aparentemente defeituosa, foi parar na lateral do barranco sobre a via férrea. Lucy foi até lá e começou a procurar. Virou-se para olhar para a casa. Estava distante e ninguém tinha o mínimo interesse no que ela estava fazendo. Continuou na busca pela bola. De vez em quando dava tacadas do barranco para o gramado. Ao longo da tarde, conseguiu percorrer aproximadamente um terço do barranco. Nada. Continuou dando tacadas até voltar à mansão.

Então, no dia seguinte, Lucy encontrou algo. Um arbusto de uma árvore espinhos que crescia mais ou menos meio barranco acima havia sido arrancado. Havia pedacinhos esparramados por perto. Lucy analisou a árvore. Empalado em um dos espinhos havia um pedaço de pele. Quase da mesma cor da madeira, um tom marrom-claro. Lucy ficou um instante observando, depois pegou uma tesoura do bolso e o cortou cuidadosamente ao meio. Colocou a metade que havia cortado em um envelope que trazia no bolso. Ela desceu a encosta íngreme ainda tentando encontrar algo mais. Olhou com atenção as touceiras no campo. Achou que havia identificado uma trilha que alguém havia feito caminhando pela grama alta. Mas estava muito apagada... não ficava evidente como a trilha que ela mesma havia deixado. Devia ter sido feita há algum tempo e era muito vaga para ela ter certeza de que não era meramente sua imaginação.

Lucy começou a procurar com cuidado na grama ao pé do barranco, pouco abaixo do espinheiro partido. Em seguida, teve uma recompensa. Encontrou um pó compacto esmaltado bem chinfrim. Enrolou no seu lenço e o colocou no bolso. Vasculhou mais um pouco, mas não encontrou nada mais.

Na tarde seguinte, entrou no carro e foi visitar sua tia aposentada. Emma Crackenthorpe lhe disse com muita gentileza:

— Não precisa se apressar. Só precisaremos da senhorita perto da hora do jantar.

— Obrigada, mas estarei de volta no máximo até as dezoito horas.

A Madison Road número 4 era uma casinha qualquer numa ruela qualquer. Tinha cortinas de babados de Nottingham, muito asseadas, uma soleira branca que reluzia e uma aldrava de latão bem polida. A porta foi aberta por uma mulher alta com cara de poucos amigos, vestindo preto e com um imenso coque de cabelos cinzentos.

Ela olhou Lucy de cima a baixo, desconfiada, enquanto a conduzia a Miss Marple.

Miss Marple ocupava a sala de estar dos fundos, que dava para um pequeno e bem cuidado jardim. Era uma saleta arrumada até demais, com vários tapetinhos e guardanapos, enfeites de porcelana, mobília jacobina de grande porte e duas samambaias em vasos. Miss Marple estava sentada numa poltrona perto da lareira, ocupada com seu crochê.

Lucy entrou e fechou a porta. Sentou-se na poltrona em frente a Miss Marple.

— Veja só! — disse ela. — Parece que a senhora estava certa.

Ela apresentou suas descobertas e deu detalhes de como as havia encontrado.

Um leve rubor de entendimento apareceu nas bochechas de Miss Marple.

— Talvez eu não devesse me sentir assim — falou ela — mas *como* é gratificante formular uma teoria e obter as provas de que está correta!

Ela passou a unha no pedacinho de pele.

— Elspeth disse que a mulher estava vestindo um casaco de pele claro. Imagino que o estojo estivesse no bolso do casaco e caiu quando o corpo rolou barranco abaixo. Não tem nada de especial, ao meu ver, mas talvez ajude. A senhorita não tirou toda a pele?

— Não, deixei metade no espinhal.

Miss Marple assentiu em aprovação.

— Fez bem. Você é muito inteligente, minha cara. A polícia vai querer conferir de imediato.

— A senhora vai à polícia... apenas com isto?

— Bom, não vou exatamente agora... — ponderou Miss Marple. — Antes, creio eu, seria melhor encontrar o corpo, não acha?

— Sim, mas não seria pedir demais? Digo, considerando que sua estimativa esteja correta. O assassino jogou o corpo do trem, depois supostamente desembarcou em Brackhampton e em algum momento, provavelmente na mesma noite, veio e removeu o corpo. Mas o que aconteceu depois? Ele pode ter levado para *qualquer lugar*.

— *Qualquer* lugar, não — retrucou Miss Marple. — Creio que você não me acompanhou até a conclusão lógica, minha cara Miss Eyelesbarrow.

— Pode me chamar de Lucy. Por que não em qualquer lugar?

— Porque, se fosse assim, seria muito mais fácil ter assassinado a moça em um lugar afastado e levado o corpo de lá. Você não considerou...

Lucy a interrompeu.

— Está me dizendo... a senhora quer dizer... que foi um crime premeditado?

— De início achei que não — respondeu Miss Marple. — Não é algo que se pense... naturalmente. Parecia que havia ocorrido uma desavença, que o homem perdeu o controle, estrangulou a moça e depois teve que lidar com o problema de lidar com o corpo, tudo em questão de minutos. Mas é muita coincidência, de fato, que ele tenha assassinado a moça em um surto passional, aí olhado pela janela e descoberto que o trem ia fazer uma curva exatamente no ponto onde ele podia desovar o corpo, e que *ainda* seria um lugar onde ele teria como encontrar o corpo depois! Se ele a tivesse jogado ali por acaso, não tomaria mais nenhuma atitude e o corpo teria sido encontrado há tempos.

Ela fez uma pausa. Lucy a encarou.

— Veja que — falou Miss Marple, pensativa — é uma forma muito esperta de planejar um crime... e creio que o crime tenha sido planejado com meticulosidade. Há algo de muito anônimo em um trem. Se ele a tivesse matado onde ela morava, ou onde estava hospedada, alguém poderia tê-lo notado entrar e sair. Ou, se ele a tivesse levado para fora da cidade de carro, alguém talvez notasse o veículo, a placa ou o modelo. Mas um trem é um local carregado de estranhos que vêm e vão. Em um vagão sem corredor, sozinho com ela, seria muito fácil. Sobretudo se você considerar que ele sabia exatamente o que faria em seguida. Ele sabia... ele *devia* saber... a respeito de Rutherford Hall. A posição geográfica, como é isolado, incomum. Uma ilha cercada por vias férreas.

— É exatamente assim — disse Lucy. — É um anacronismo, uma coisa fora de época. O agito da vida urbana segue ao redor do terreno, mas nem o toca. Os comerciantes chegam de manhã com as entregas e é isso.

— Então supomos, como você disse, que o assassino chegou a Rutherford Hall naquela noite. Já estava escuro quando o corpo caiu e era provável que ninguém o encontrasse até o dia seguinte.

— De fato.

— O assassino viria... como? De carro? Por qual caminho? Lucy ficou pensando.

— Há uma estrada de chão que corre junto ao muro de uma fábrica. Ele provavelmente viria por ali, dobraria no viaduto e seguiria pela via de acesso dos fundos. Depois poderia pular a cerca, seguir pelo pé do barranco até encontrar o corpo e o carregar até o carro.

— E depois — prosseguiu Miss Marple — ele o levaria a algum lugar que tivesse sido escolhido de antemão. Foi tudo pensado, sabia? E eu não creio, como já disse, que ele retiraria o corpo de Rutherford Hall, ou, se fosse o caso, não levaria muito longe. O óbvio, imagino eu, seria enterrar por perto.

Ela lançou um olhar inquisitivo a Lucy.

— Creio que sim — falou Lucy, reflexiva. — Mas não seria tão fácil quanto parece.

Miss Marple concordou.

— Ele não poderia enterrar no gramado. Daria muito trabalho e ficaria à vista. Talvez em um lugar onde a terra já estivesse revolvida?

— A horta caseira, quem sabe... mas fica muito perto do casebre do jardineiro. Ele é velho e surdo... mas ainda assim seria arriscado.

— Há um cachorro na casa?

— Não.

— Então em um galpão, quem sabe? Ou em um depósito?

— Seria mais simples e mais rápido... Há muitas edificações sem uso; chiqueiros caindo aos pedaços, salas de arreios, oficinas das quais ninguém chega perto. Ou quem sabe ele tenha enfiado o corpo num emaranhado de rododendros ou arbustos por lá.

Miss Marple assentiu.

— Sim, creio que seja *bem* mais provável.

Depois de uma batida na porta, a inflexível Florence entrou com uma bandeja.

— Que bom que a senhora recebe visitas — disse ela a Miss Marple. — Preparei os bolinhos de que tanto gosta.

— Florence sempre prepara bolinhos deliciosos para o chá — disse Miss Marple.

Florence, agradecida, franziu o rosto até formar um sorriso inesperado e saiu do recinto.

— Eu creio, minha cara — disse Miss Marple —, que não devamos falar de homicídio durante o chá. Que assunto *desagradável!*

Depois do chá, Lucy se levantou.

— Vou voltar — falou ela. — Como já disse à senhora, não há ninguém morando em Rutherford Hall que possa ser o homem que procuramos. Há apenas um idoso e uma mulher de meia-idade, fora um jardineiro velho e surdo.

— Eu não disse que ele *mora* no local — explicou Miss Marple. — O que eu quero dizer é que ele é uma pessoa que conhece bem Rutherford Hall. Mas podemos tratar disso depois que você encontrar o corpo.

— A senhora parece muito confiante de que eu *vou* encontrar — disse Lucy. — Eu não me sinto tão otimista.

— Tenho certeza de que terá sucesso, minha cara Lucy. Você é uma pessoa eficientíssima.

— Em algumas áreas sim, mas nunca tive experiência procurando cadáveres.

— Creio que seja preciso apenas um pouco de bom senso — disse Miss Marple, a título de incentivo.

Lucy olhou para ela, depois riu. Miss Marple retornou um sorriso.

Lucy começou a trabalhar sistematicamente na tarde seguinte.

Ela bisbilhotou alpendres, esmiuçou as roseiras que arrodeavam os velhos chiqueiros e estava espiando a sala das caldeiras sob a estufa quando ouviu uma tosse seca e virou-se para ver o velho Hillman, o jardineiro, olhando para ela com ar de reprovação.

— A moça se cuide para não cair e se machucar. — Ele a alertou. — Essa escada aí não é das boas, não, e eu vi que a moça subiu no sótão, mas o piso também não é dos bons, não.

Lucy teve o cuidado de não demonstrar qualquer constrangimento.

— Imagino que o senhor me ache muito intrometida — disse ela em tom alegre. — Eu estava pensando se podia fazer algo com este lugar... cultivar cogumelos para o mercado, essas coisas. Parece que foi tudo largado de mão.

— Coisa do patrão. Não quer gastar um tostão que seja. Dois homens e um moleque e isso aqui melhorava. Mas ele não quer saber. Ah, não quer. Eu tive que fazer de tudo pra ele comprar um cortador de grama com motor. O homem queria que eu cortasse toda a grama da frente à mão, imagine.

— Mas se o espaço revertesse alguma renda... com alguns reparos...

— Não tem como lugar desses render... tá largado demais. E ele não dá bola. Só quer saber de poupar. A senhorita sabe muito bem o que vai acontecer depois que ele se for. Os mais moços vão vender o mais rápido que der. Só tão esperando que ele bata as botas. Vão tirar uma boa duma grana quando ele morrer, pelo que eu ouvi.

— Imagino que ele seja muito rico — disse Lucy.

— Docinhos Crackenthorpe, eles são os donos. O velho que começou, o pai de Mr. Crackenthorpe. Era muito atinado, pelo que contam. Fez fortuna e construiu este lugar. Duro que nem pedra, como se diz, e nunca esquecia desfeita. Mesmo assim, *ele* era mão aberta. De sovina não tinha nada. Decepcionado com os dois filhos, dizem por aí. Deu educação pra eles e criou pra serem cavalheiros: Oxford e tudo mais. Mas aí ficaram metidos demais pra assumir o negócio. O mais moço se casou com uma atriz e se esborrachou num acidente de carro porque tava bebendo. O mais velho, o patrão, nunca foi o favorito do pai. Viajava muito pro exterior, comprava estátua pagã e mandava entregar em casa. Não era tão pão-duro quando moço... foi uma coisa que pegou mais na meia-idade. Ele e o pai nunca se acertaram mesmo, pelo que me contaram.

Lucy digeriu aquela informação fazendo ar de interesse cortês. O velho encostou-se na parede e preparou-se para dar sequência à saga familiar. Preferia conversar a trabalhar.

— Morreu antes da guerra, o velho patrão. Tinha um humor tenebroso. Não suportava ser contrariado.

— Foi depois que ele morreu que o atual Mr. Crackenthorpe veio morar aqui?

— Sim, ele e a família. Já tavam crescidos na época.

— Mas, oras... Ah, entendi, o senhor se refere à guerra de 1914.

— Não, não. Morreu em 1928, isso que eu tava falando.

Lucy imaginou que 1928 se qualificava como "antes da guerra", embora não fosse um termo que ela usaria no caso. Ela disse:

— Bom, imagino que o senhor queira seguir com o trabalho. Não vou atrapalhar.

— Ah — disse o velho Hillman, sem entusiasmo algum —, não tem muita coisa pra se fazer nessa hora, não. A luz é ruim.

Lucy voltou à mansão, fazendo uma pausa no caminho para investigar uma capoeira de bétulas e azaleias que parecia muito adequada.

Encontrou Emma Crackenthorpe em pé no saguão da casa, lendo uma carta. O correio da tarde havia acabado de chegar.

— Meu sobrinho chega amanhã... com um amigo do colégio. O quarto de Alexander é o que fica logo acima do alpendre. O quarto ao lado pode ser o de James Stoddart-West. Eles usarão o banheiro logo à frente.

— Sim, Miss Crackenthorpe. Vou preparar os quartos.

— Eles chegarão pela manhã, antes do almoço. — Ela fez uma pausa. — Imagino que estarão com fome.

— Aposto que sim — disse Lucy. — O que a senhorita acha de rosbife? E uma torta de melaço, quem sabe?

— Alexander gosta muito de torta de melaço.

Os dois meninos chegaram na manhã seguinte. Os dois tinham cabelos bem penteados, rosto suspeitosamente angelical e educação perfeita. Alexander Eastley tinha cabelos claros e olhos azuis, Stoddart-West era moreno e usava óculos.

Durante o almoço, os meninos assumiram uma expressão séria, discutindo acontecimentos do mundo esportivo e vez ou outra fazendo referências às últimas ficções espaciais. A conduta de ambos era como a de professores idosos discutindo utensílios paleolíticos. Comparada aos dois, Lucy sentia-se uma jovem.

A peça de carne desapareceu em questão de segundos e a torta de melaço foi consumida até não sobrar migalha.

Mr. Crackenthorpe resmungou:

— Se eu deixasse, vocês dois comeriam a casa inteira.

Os olhos azuis de Alexander fitaram-no com reprovação.

— Se não tiver como comprar carne podemos comer pão e queijo, vovô.

— Comprar? Eu tenho como *comprar*. Não gosto é de desperdícios.

— Não desperdiçamos nada, senhor — disse Stoddart-West, olhando para o prato que depunha claramente o que dizia.

— Vocês comem o dobro do que eu como, garotos.

— Estamos em fase de crescimento — explicou Alexander. — Precisamos consumir muita proteína.

O velho resmungou.

Quando os dois rapazes saíram da mesa, Lucy ouviu Alexander pedir desculpas ao amigo:

— Não dê atenção a meu avô. Ele está de dieta ou uma coisa assim e fica muito chateado. Ele é maldoso também. Deve ser um desses complexos de alguma coisa.

Stoddart-West, compreensivo, respondeu:

— Eu tinha uma tia que sempre achava que ia falir. Mas ela tinha pilhas de dinheiro. Era patológico, disse o médico. Pegou a bola de futebol, Alex?

Depois de tirar a mesa e lavar a louça do almoço, Lucy saiu. Ela ouvia os garotos gritando ao longe no gramado. Resolveu ir na direção oposta, descendo a via de acesso da frente, e a partir dali se meteu nas massas de arbustos de rododendros. Começou a procurar com atenção, segurando as folhas e espiando dentro. Passou de moita em moita, sistematicamente, e estava remexendo uma delas com um taco de golfe quando a voz educada de Alexander Eastley lhe deu um susto.

— Procurando alguma coisa, Miss Eyelesbarrow?

— Uma bola de golfe — respondeu Lucy prontamente. — Várias bolas de golfe, aliás. Venho praticando minhas tacadas à tarde e perdi várias bolas. Hoje é o meu dia de encontrar pelo menos algumas.

— Vamos ajudar — disse Alexander, obedientemente.

— Muito gentil de sua parte. Achei que estivessem jogando futebol.

— Não tem como *continuar* jogando — explicou Stoddart-West. — Com esse calor não há como. A senhorita costuma jogar golfe?

— Aprecio muito. Não tenho muitas oportunidades.

— Imagino que não. A senhorita que cozinha aqui, não é?

— Sim.

— Foi a senhorita que preparou o almoço de hoje?

— Sim. Estava bom?

— Estava mágico — respondeu Alexander. — Na escola nos dão umas carnes horríveis, secas. Eu adoro um bife rosado e suculento. A torta de melaço também estava danada de boa.

— Vocês têm que me contar do que mais gostam.

— Podemos comer merengue de maçã um dia desses? É a comida que eu mais gosto no mundo.

— É claro.

Alexander deu um suspiro de felicidade.

— Tem um jogo de minigolfe debaixo da escada — disse ele. — Podíamos armar no jardim e dar umas tacadas. O que acha, Stodders?

— Demais! — disse Stoddard-West com um sotaque australiano.

— Ele não é australiano de verdade — explicou Alexander com educação. — Mas está ensaiando para falar desse jeito caso seus parentes o levem para assistir ao Campeonato de Críquete no ano que vem.

Com o incentivo de Lucy, eles foram pegar o jogo de minigolfe. Mais tarde, quando voltava para a casa, ela os encontrou preparando o jogo no jardim e discutindo a posição dos números.

— Não queremos igual a um relógio — disse Stoddard-West. — Isso é coisa de criança. Queremos fazer um circuito. Buracos de longe e de perto. Que pena que os números estão com tanta ferrugem. Mal dá para enxergar.

— Eles precisam de um pouquinho de tinta — disse Lucy. — Amanhã vocês podem comprar e pintar.

— Boa ideia. — O rosto de Alexander se iluminou. — Ei, eu acho que tem umas latas de tinta velha no celeiro grande. Os pintores deixaram lá ano passado. Vamos ver?

— O que é o celeiro grande? — perguntou Lucy.

Alexander apontou uma grande construção de pedra a pouca distância da casa, perto da via de acesso do fundo.

— É bem antigo — disse ele. — Vovô chama de celeiro da goteira e diz que é elisabetano, mas isso é para se exibir. Era da fazenda que ficava aqui antes. Meu bisavô derrubou e construiu essa casa horrível.

Em seguida, ele complementou:

— Boa parte da coleção do vovô fica no celeiro. Coisas que ele mandou trazer do exterior quando era moço. A maior parte é coisa bem feia. Às vezes usam o celeiro grande para torneios de uíste e essas coisas. Coisas do Instituto Feminino e eventos para arrecadar fundos. Venha ver.

Lucy os acompanhou com toda disposição.

O celeiro tinha uma porta de carvalho crivada de pregos.

Alexander ergueu a mão e descolou uma chave num prego pouco abaixo da hera à direita do alto da porta. Ele a girou na fechadura, empurrou a porta e os três entraram.

À primeira vista, Lucy sentiu que estava num museu particularmente horrendo. O busto de dois imperadores romanos em mármore a encaravam com olhos esbugalhados; via-se um imenso sarcófago de um período da decadência greco-romana; uma Vênus de sorriso afetado sobre um pedestal agarrava suas roupas em queda. Ao lado dessas obras de arte, via-se mesas de cavalete, cadeiras empilhadas e quinquilharia em geral, como um cortador de grama enferrujado, dois baldes, assentos de carro carcomidos por traças e um banco de jardim verde, de ferro, sem uma perna.

— Acho que eu vi tinta por aqui — falou Alexander, absorto.

Ele foi até um canto e puxou uma cortina em frangalhos que o escondia.

Encontraram latas de tinta e pincéis, estes últimos secos e duros.

— Vocês vão precisar de solvente — disse Lucy.

Não encontraram, porém, nada de terebintina. Os meninos sugeriram sair de bicicleta para comprar, e Lucy apoiou a ideia. "Pintar os números de minigolfe os distrairia por bastante tempo", pensou.

Os meninos saíram e a deixaram sozinha no celeiro.

— Cabia bem uma arrumação — murmurou ela.

— Eu não me daria ao trabalho. — Foi a recomendação de Alexander. — Eles limpam quando vão usar para alguma coisa, mas praticamente nunca usam nesta época do ano.

— Eu penduro a chave na porta quando sair? É ali que fica?

— Sim. Não tem nada para afanar daqui, sabe? Ninguém ia querer esses trecos de mármore e, além disso, cada um pesa uma tonelada.

Lucy concordou com ele. Ela não tinha como admirar o gosto artístico de Mr. Crackenthorpe. Ele parecia ter um instinto infalível para escolher os piores exemplares do período que fosse.

Ela continuou olhando ao redor depois que os meninos se foram. Seus olhos detiveram-se no sarcófago e ali ficaram.

O sarcófago...

O ar no celeiro era meio mofado, como se estivesse fechado havia muito tempo. Ela foi até o sarcófago. Tinha uma tampa pesada e bem fechada. Lucy ficou olhando e especulando.

Então saiu do celeiro, foi até a cozinha, achou um pé de cabra dos pesados e voltou.

Não foi fácil, mas Lucy trabalhou com obstinação.

Aos poucos a tampa começou a levantar, forçada pelo pé de cabra.

Ela foi erguida o bastante para Lucy enxergar o que havia dentro...

Capítulo 6

Minutos depois, Lucy, pálida, saiu do celeiro, trancou a porta e colocou a chave de volta no seu prego.

Ela foi com pressa aos estábulos, tirou o carro e desceu a via de acesso traseira. Parou na agência dos correios no fim da rua. Entrou na cabine telefônica, inseriu as moedas e discou.

— Desejo falar com Miss Marple.

— Ela está descansando, moça. É a Miss Eyelesbarrow, não é?

— Sim.

— Não vou incomodá-la, moça, mas não vou mesmo. Miss Marple é uma senhora de idade e precisa de descanso.

— A senhora vai ter que incomodá-la, sim. É urgente.

— Eu não...

— Por favor, faça de uma vez o que eu pedi.

Quando Lucy queria, sua voz podia ser incisiva como aço. E Florence reconhecia uma autoridade ao se deparar com uma.

A voz de Miss Marple pronunciou-se em seguida.

— Sim, Lucy?

Lucy respirou fundo.

— A senhora tinha razão — disse ela. — Eu encontrei.

— O corpo de uma mulher?

— Sim. Uma mulher com casaco de pele. Está num sarcófago de pedra numa espécie de celeiro ou museu perto da casa. O que a senhora quer que eu faça? Creio que eu devia informar a polícia.

— Sim. Você tem que informar à polícia. Imediatamente.

— Mas... e o restante? E a senhora? A primeira coisa que vão querer saber é *por que* eu usei um pé de cabra para abrir uma tampa que pesa toneladas sem qualquer motivo aparente. Quer que eu invente uma desculpa? Eu posso.

— Não. Eu creio — começou Miss Marple com a voz delicada, mas séria — que a única coisa a se fazer é contar toda a verdade.

— A seu respeito?

— A respeito de tudo.

Um sorriso repentino rompeu o branco do rosto de Lucy.

— Da minha parte será bastante simples — disse ela. — Mas imagino que eles terão dificuldade em acreditar!

Ela desligou, esperou um instante, depois telefonou para falar com a delegacia.

— Acabo de descobrir um cadáver dentro um sarcófago no celeiro grande de Rutherford Hall.

— Como é que é?

Lucy repetiu sua afirmação e, prevendo a pergunta seguinte, deixou seu nome.

Ela fez o caminho de volta a Rutherford Hall, guardou o carro e entrou na casa.

Parou no saguão por um instante e ficou pensando.

Então fez um aceno breve mas firme com a cabeça e foi para a biblioteca, onde Miss Crackenthorpe estava ajudando o pai a fazer as palavras cruzadas do *The Times*.

— Posso falar com a senhorita por um instante, Miss Crackenthorpe?

Emma ergueu o olhar com uma sombra de apreensão no rosto. "A apreensão", pensou Lucy, "é puramente doméstica." Era com aquele tom que as empregadas prestativas costumavam anunciar sua despedida iminente.

— Oras, garota, fale! Pode falar — disse o velho Mr. Crackenthorpe, irritado.

Lucy disse a Emma:

— Gostaria de falar com a senhorita a sós, por favor.

— Que absurdo — disse Mr. Crackenthorpe. — Você diga agora mesmo o que tem que dizer.

— Só um instante, pai. — Emma levantou-se e foi na direção da porta.

— Que absurdo. Ela que espere — vociferou o idoso.

— Infelizmente isto não pode esperar — disse Lucy.

Mr. Crackenthorpe falou:

— Quanta impertinência!

Emma saiu da biblioteca para o saguão. Lucy a seguiu e fechou a porta após passar.

— Sim? — perguntou Emma. — O que houve? Se acha que estamos com serviço demais por causa dos garotos, eu posso ajudá-la e...

— Não é nada disso — respondeu Lucy. — Eu não queria falar diante de seu pai porque sei que ele é inválido e pode lhe causar um choque. É o seguinte: acabo de descobrir o corpo de uma mulher morta dentro daquele sarcófago no celeiro grande.

Emma Crackenthorpe a encarou.

— Dentro do sarcófago? Uma mulher morta? Impossível!

— Infelizmente é verdade. Eu telefonei para a polícia. Eles vão chegar a qualquer instante.

Um leve rubor subiu ao rosto de Emma.

— Você devia ter me contado... antes de notificar a polícia.

— Sinto muito — disse Lucy.

— Eu não a ouvi telefonar... — O olhar de Emma voltou-se para o telefone na mesa do vestíbulo.

— Eu telefonei da agência dos correios descendo a estrada.

— Que estranho. Por que não fez a ligação daqui?

Lucy raciocinou rápido.

— Eu tive medo de que os garotos estivessem por perto... que pudessem ouvir... se eu ligasse do saguão.

— Eu entendo... Sim... Entendo... Eles estão vindo? A polícia, no caso?

— Já chegaram — respondeu Lucy, quando, com um guincho de freios, um carro parou na porta da frente e a campainha ressoou casa adentro.

— Eu sinto muito, muitíssimo... de ter que pedir isto à senhorita — disse o Inspetor Bacon.

Com a mão por baixo do braço dela, ele conduziu Emma Crackenthorpe até sair do celeiro. O rosto dela estava empalidecido, com aspecto de doente, mas Emma caminhou firme e ereta.

— Tenho toda certeza de que nunca vi esta mulher na vida.

— Somos muito gratos, Miss Crackenthorpe. É só o que eu queria saber. Gostaria de se deitar, quem sabe?

— Eu preciso falar com meu pai. Telefonei para o Dr. Quimper assim que ouvi falar da situação e o médico está com ele neste momento.

Dr. Quimper saiu da biblioteca enquanto eles cruzavam o saguão. Era um homem alto e afável, com um jeito despreocupado e informal que os pacientes consideravam animador.

Ele e o inspetor acenaram com a cabeça um para o outro.

— Miss Crackenthorpe desempenhou uma função desagradável com muita coragem — disse Bacon.

— Muito bem, Emma — disse o médico, com tapinhas no ombro dela. — Eu sei que você aguenta. Sempre soube. Seu pai está bem. Entre, converse com ele, depois vá à sala de jantar e tome um copo de conhaque. É a minha prescrição.

Emma sorriu para ele, agradecida, e entrou na biblioteca.

— É uma mulher muito boa e honesta — disse o médico, observando-a ir embora. — É lastimável que nunca tenha se casado. A punição por ser mulher em uma família de homens. A outra irmã conseguiu ir embora e creio que se casou aos 17. E esta é uma mulher muito bonita. Teria tido muito êxito como esposa e mãe.

— Muito dedicada ao pai, creio eu — disse o Inspetor Bacon.

— Ela não é tão devota... mas tem os instintos que algumas mulheres têm, de agradar os homens em sua vida. Ela percebe que o pai gosta de ser inválido, então ela permite que ele o seja. É a mesma coisa com os irmãos. Cedric acha que é bom pintor. Aquele outro... Harold... ele pensa que ela depende das opiniões sensatas dele. Ela se choca com as histórias que Alfred conta dos seus grandes negócios. Ah, é uma mulher esperta. De boba não tem nada. Bom, precisa de mim para algo mais? Quer que eu dê uma olhada no cadáver agora que Johnstone acabou — Johnstone era o médico-legista da polícia — para conferir se é um de meus erros médicos?

— Sim, eu gostaria que o doutor desse uma olhada. Queremos que ela seja identificada. Imagino que seja impossível para o velho Mr. Crackenthorpe, não? Um esforço muito grande?

— Esforço? Que disparate! Ele nunca perdoaria nem a mim nem ao senhor se não o deixássemos dar uma espiada. Ele está irrequieto. A coisa mais empolgante que acontece com ele em uns quinze anos... *e* não vai lhe custar nada!

— Não há nada de errado com ele, não é?

— Está com 72 anos — respondeu o médico. — É o único problema que ele tem, mais nada. Sente pontadas reumáticas uma vez ou outra... mas quem não sente? Diz que é artrite. Tem palpitações depois das refeições, como bem devia, e atribui tudo ao "coração". Mas sempre faz o que bem entende! Tenho vários pacientes assim. Os que ficam doentes de verdade geralmente insistem que estão muito bem. Mas vamos lá, vamos dar uma olhada nesse cadáver. Desagradável, imagino?

— Johnson estima que ela esteja morta há quinze dias, no máximo três semanas.

— Deveras desagradável, então.

O médico parou perto do sarcófago e olhou com curiosidade sincera, mantendo a compostura profissional diante do que havia chamado de "desagradável".

— Nunca a vi antes. Não foi paciente minha. Não me lembro de tê-la visto em Brackhampton. Ela deve ter sido muito bonita... hum... *alguém* estava com ela na mira.

Eles voltaram ao ar livre. Doutor Quimper olhou para o galpão.

— Acharam no... como é que chamam... no celeiro grande... num sarcófago! Incrível! Quem a encontrou?

— Miss Lucy Eyelesbarrow.

— Ah, a nova governanta? Por que *ela* estava mexendo nos sarcófagos?

— É justamente isso — o Inspetor Bacon falou de rosto sério — o que eu vou perguntar. Mas, quanto ao Mr. Crackenthorpe. O doutor poderia...?

— Vou trazê-lo aqui.

Mr. Crackenthorpe, enrolado em cachecóis, veio caminhando sem perder tempo com o médico ao seu lado.

— Que desgraça — disse ele. — Que desgraça total! Eu trouxe este sarcófago de Florença em... deixe-me ver... deve ter sido em 1908... ou 1909?

— Prepare-se. — O médico o alertou. — Não vai ser bonito, como imagina.

— Por mais que eu esteja doente, tenho que cumprir meu dever, não tenho?

A breve visita ao celeiro grande acabou, contudo, sendo longa o suficiente. Mr. Crackenthorpe saiu com os pés arrastados, voltando ao ar livre com velocidade incrível.

— Nunca a vi na minha vida! — disse ele. — O que isso significa? Que desgraça. Agora lembrei: não foi em Florença. Foi em Nápoles. Um exemplar belíssimo. E uma imbecil tinha que aparecer e ser morta aí dentro!

Ele se agarrou às dobras da sobrecasaca pelo lado esquerdo.

— É demais para mim... Meu coração... Onde está Emma? Doutor...

Doutor Quimper segurou-o pelo braço.

— O senhor vai ficar bem — disse ele. — Vou prescrever um pequeno estimulante. Conhaque.

Eles voltaram juntos para a casa.

— Senhor. Por favor, senhor.

Inspetor Bacon se virou. Dois meninos haviam chegado de bicicleta, esbaforidos. Exibiam semblante suplicante.

— Por favor, senhor. Podemos ver o corpo?

— Não, não podem — respondeu o Inspetor Bacon.

— Ah, senhor, *por favor,* senhor. Nunca se sabe. Talvez saibamos quem era. Ah, por favor, senhor, seja nosso amigo. Não é justo. Temos um assassinato bem aqui no nosso celeiro. É o tipo de oportunidade que nunca mais vai se ter. Seja nosso amigo, senhor.

— Quem são vocês?

— Eu sou Alexander Eastley e este é meu amigo, James Stoddard-West.

— Já viram uma loira usando um casaco de pele de esquilo tingido, de cor clara, aqui por perto?

— Não consigo lembrar direito — disse Alexander, astuto. — Se eu pudesse dar uma olhada...

— Entre com eles, Sanders — disse o Inspetor Bacon ao policial que estava perto da porta do celeiro. — Só se é jovem uma vez!

— Ah, senhor, obrigado, senhor. — Os dois rapazes ficaram ruidosos. — É *muito* gentil de sua parte, senhor.

Bacon virou-se para a casa.

— E agora — disse ele a si mesmo, inflexível — vamos ter uma conversa Miss Lucy Eyelesbarrow!

Depois de conduzir a polícia ao celeiro grande e dar um breve relato do que havia feito, Lucy retirou-se para o plano de fundo. Não tinha, porém, ilusão alguma de que a polícia tivesse encerrado com ela.

Era noite quando ela havia terminado de preparar batatas para fritar e chegou a informação de que o Inspetor Bacon requisitava sua presença. Deixando de lado a grande tigela de água fria e sal na qual as fatias de batata estavam descansando, Lucy acompanhou o policial até onde o inspetor a aguardava. Ela se sentou e respondeu às perguntas com compostura.

Deu seu nome e endereço em Londres e complementou por vontade própria:

— Posso passar nomes e endereços de referências, caso o senhor queira saber mais sobre minha pessoa.

Os nomes eram de muito respeito. Um almirante da Marinha, o reitor de uma faculdade de Oxford e uma *Dame* do Império Britânico. Mesmo sem querer, Inspetor Bacon ficou impressionado.

— Então, Miss Eyelesbarrow, a senhorita foi ao celeiro grande procurar tintas. É isso mesmo? E, depois de encontrar as tintas, a senhorita pegou um pé de cabra, forçou a tampa daquele sarcófago e encontrou o corpo. O que estava procurando no sarcófago?

— Estava procurando um corpo — respondeu Lucy.

— A senhorita estava procurando um corpo... e encontrou! Esta história não lhe parece um tanto atípica?

— Ah, sim, mas ela é atípica. Quem sabe o senhor me permita explicar.

— Com toda a certeza é melhor que explique.

Lucy lhe fez uma reconstituição precisa dos fatos que haviam conduzido a sua fantástica descoberta.

O inspetor resumiu tudo com indignação.

— A senhorita foi contratada por uma senhora de idade para conseguir um cargo nesta mansão, a fim de vasculhar a casa e o terreno em busca de um *cadáver?* É isso mesmo?

— Sim, é isso.

— Quem é esta senhora?

— Miss Jane Marple. No momento ela está residindo na Madison Road número 4.

O inspetor anotou.

— A senhorita espera mesmo que eu acredite nesta história?

Lucy falou com tom educado:

— Não até que o senhor interrogue Miss Marple e confirme com ela.

— Eu a interrogarei, com certeza. Ela deve ser doidinha.

Lucy absteve-se de ressaltar que provar estar certa não é exatamente uma evidência de incapacidade mental. Mas disse o seguinte:

— O que o senhor planeja dizer a Miss Crackenthorpe? A *meu* respeito, no caso?

— Por que pergunta?

— Bom, até onde interessa a Miss Marple, eu *cumpri* minha função e encontrei o corpo que ela queria que fosse encontrado. Mas ainda estou comprometida com Miss Crackenthorpe, e há dois garotos esfomeados em casa e provavelmente outros da família virão depois deste transtorno. Ela precisa de auxílio doméstico. Se o senhor contar a Miss Crackenthorpe que eu só assumi esta vaga para encontrar cadáveres, ela provavelmente me mandará embora. Se não, eu posso seguir com meu encargo e ter alguma utilidade.

O inspetor dirigiu um olhar sério a Lucy.

— Não vou dizer nada a *ninguém,* por ora — falou ele. — Eu ainda não verifiquei sua declaração. Até onde sei, você pode estar inventando tudo.

Lucy levantou-se.

— Obrigada. Então vou voltar à cozinha e seguir com meu trabalho.

Capítulo 7

— Era melhor chamarmos a Scotland Yard. Não é o que você acha, Bacon?

O chefe de polícia lançou um olhar inquisitivo ao Inspetor Bacon. O inspetor era um homem grande e impassível. Sua expressão era de uma pessoa absolutamente desgostosa com a humanidade.

— A mulher não era da cidade, senhor — respondeu o inspetor. — Há motivos para crer, com base nas roupas íntimas, que era estrangeira. Evidentemente — complementou com pressa — eu não vou deixar esta informação circular por enquanto. Vamos guardá-la na manga até o reconhecimento do corpo.

O chefe de polícia assentiu.

— A inspeção será puramente formal, creio eu?

— Sim, senhor. Já falei com o legista.

— E está agendada para... quando?

— Amanhã. Eu soube que os outros da família Crackenthorpe estarão presentes. Existe a chance de que *um* deles consiga identificá-la. Virão todos.

Ele consultou a lista que tinha em mãos.

— Harold Crackenthorpe é alguém em Londres. Muito importante, pelo que eu soube. Alfred... não entendi direito o que faz. Cedric... este é o que mora no exterior. Pintor! — O inspetor investiu a palavra com toda quota de significância sinistra.

O chefe de polícia sorriu por trás do bigode.

— Não há motivo para crer que a família Crackenthorpe esteja vinculada ao crime de alguma forma que seja, há? — perguntou.

— Não além do fato de que o corpo foi encontrado no local — respondeu o Inspetor Bacon. — E é possível que o artista da família consiga identificá-la. O que me atrapalha é essa ladainha fantasiosa em torno do trem.

— Ah, sim. Você foi ver aquela senhorinha... como é mesmo... — Ele espiou o memorando sobre a mesa. — Miss Marple?

— Sim, senhor. E ela está muito decidida quanto à situação. Se é amalucada ou não, eu não sei, mas se mantém firme na história do que a amiga viu e tudo mais. Em relação ao que segue, ouso dizer que é apenas faz de conta... o tipo de coisa que essas senhorinhas inventam, como enxergar discos voadores do outro lado do jardim, agentes russos na biblioteca etc. Mas me parece evidente que ela *teve* contato com esta moça, a governanta, e lhe disse para procurar um corpo. O que a moça fez.

— *E* encontrou — observou o chefe de polícia. — Bom, é uma história notável. Marple, Miss Jane Marple... o nome me parece familiar... Enfim, eu vou falar com a Yard. Acho que você está certo em relação à falecida não ser da cidade. Mas ainda não vamos divulgar o fato. Por ora, vamos contar o mínimo possível à imprensa.

O reconhecimento do corpo não passou de formalidade. Ninguém se pronunciou para identificar a falecida. Lucy foi chamada para dar seu depoimento quanto à descoberta do corpo e emitiu-se o laudo médico quanto à causa da morte: estrangulamento. O inquérito se encerrou assim.

Fazia um dia frio e tempestuoso quando a família Crackenthorpe saiu do local onde se fez o reconhecimento. No total, eles eram cinco: Emma, Cedric, Harold, Alfred e Bryan Eastley, o marido da falecida filha Edith. Também estava presente Mr. Wimborne, sócio sênior da firma de advocacia que tratava das questões jurídicas dos Crackenthorpe. Ele havia vindo especialmente de Londres, mesmo que não lhe fosse oportuno, para acompanhar o inquérito. Todos pararam por um instante na calçada, tremendo de frio. Uma multidão havia se juntado; os detalhes picantes sobre o "Corpo no Sarcófago" haviam saído com detalhes tanto na imprensa local quanto na de Londres.

Dava para ouvir um burburinho:

— São eles...

Emma falou, ríspida:

— Vamos embora.

O Daimler alugado subiu o meio-fio. Emma entrou e fez sinal para Lucy. Mr. Wimborne, Cedric e Harold seguiram. Bryan Eastley disse:

— Vou levar Alfred no meu carro.

O chofer fechou a porta e se preparou para ligar o Daimler.

— Não, pare! — bradou Emma. — Os meninos!

Os meninos, apesar de furiosos protestos, haviam sido deixados em Rutherford Hall, mas agora apareciam sorrindo de orelha a orelha.

— Viemos de bicicleta — disse Stoddart-West. — O senhor policial foi muito gentil e nos deixou entrar pelos fundos. Espero que não se importe, Miss Crackenthorpe — complementou educadamente.

— Ela não se importa — disse Cedric, respondendo pela irmã. — Só se é jovem uma vez. É o primeiro reconhecimento de corpo de vocês, imagino?

— Foi uma decepção — disse Alexander. — Acabou muito rápido.

— Não podemos ficar conversando aqui — disse Harold, irritado. — Há uma multidão. E esses homens cheios de câmeras.

Ao ouvir um sinal dele, o chofer saiu do meio-fio. Os meninos acenaram alegremente.

— Acabou muito rápido! — disse Cedric. — É isso que *eles* pensam, os jovens inocentes! Está só começando.

— É uma grande infelicidade. *Grande* infelicidade — comentou Harold. — Eu imagino...

Ele olhou para Mr. Wimborne, que comprimiu os lábios finos e sacudiu a cabeça com desgosto.

— Eu espero — disse ele sentenciosamente — que a questão se resolva logo e de modo satisfatório. A polícia foi muito eficiente. Contudo, a situação como um todo, como Harold diz, é de uma grande infelicidade.

Enquanto falava, Mr. Wimborne olhou para Lucy e havia uma reprovação clara em seu olhar. Era como se seus olhos dissessem: "Se não fosse esta jovem se metendo onde não é da sua conta... nada disso teria acontecido".

A frase, ou algo bastante próximo, foi proferida de fato por Harold Crackenthorpe.

— A propósito... hã... Miss... hã... hã... Eyelesbarrow, o *que* a levou a olhar dentro do sarcófago?

Lucy já havia se questionado quando essa pergunta ia ocorrer a alguém da família. Ela sabia que a polícia ia perguntar de primeira; o que a surpreendia era que aparentemente não havia ocorrido a mais ninguém até o momento.

Cedric, Emma, Harold e Mr. Wimborne voltaram-se para ela.

A resposta de Lucy, de qualquer modo, estava naturalmente preparada havia algum tempo.

— Oras — ela disse com voz hesitante. — Não sei bem... eu *senti* que o lugar precisava de uma limpeza geral. E havia — ela hesitou — um cheiro muito peculiar, desagradável...

Ela havia contado com a chance de que todos se encolheriam imediatamente diante do desagrado com a cena, e estava certa...

Mr. Wimborne falou em voz baixa:

— Sim, sim, é claro... por volta de três semanas, disse o legista... Eu creio, veja bem, que não devemos deixar nossa mente se *ater* a esta questão. — Ele deu um sorriso de incentivo a Emma, que havia ficado pálida. — Lembrem-se — disse ele — de que esta jovem maldita não tem nada a ver *conosco*.

— Não há como ter certeza, não é? — perguntou Cedric.

Lucy Eyelesbarrow olhou para ele com interesse. Ela já havia ficado intrigada com as diferenças marcantes entre os três irmãos. Cedric era um homem de grande porte, com o rosto queimado de sol, vigoroso, cabelos escuros e desmazelados, um jeito vivaz. Ele havia chegado do aeroporto sem se barbear, e embora tivesse se barbeado antes do reconhecimento, ainda vestia as roupas de quando havia chegado e que pareciam suas únicas posses: calças de flanela cinzas e velhas e um casaco remendado e bastante puído, frouxo no corpo. Ele parecia um boêmio de teatro, e com orgulho.

Seu irmão Harold, pelo contrário, era o retrato perfeito do cavalheiro de Londres e diretor de empresas importantes. Era alto, de porte ereto e firme, tinha cabelos negros rareando nas têmporas, um pequeno bigode escuro e estava vestido de modo impecável, com um terno negro sob medida e gravata cinza-perolada. Parecia exatamente o que era: um homem de negócios astuto e bem-sucedido.

Foi ele que falou, com rigidez:

— Oras, Cedric, que comentário *desnecessário*.

— Não vejo por quê. Ela estava no nosso celeiro. Por que teria entrado ali?

Mr. Wimborne tossiu e disse:

— Possivelmente para um, hã, encontro. Pelo que sei, é de conhecimento geral que a chave do celeiro ficava em cima da porta, por fora, em um prego.

Seu tom indicava indignação com o descuido de tal procedimento. Ficou marcado com tanta clareza que Emma começou a falar em tom de desculpas.

— Começou durante a guerra. Era para os voluntários de prevenção contra ataques aéreos. Havia um pequeno fogareiro lá dentro e eles vinham fazer chocolate quente. Depois, já que não havia nada ali que alguém fosse roubar, continuamos deixando a chave pendurada. Era conveniente para o pessoal do Instituto Feminino. Se deixássemos dentro de casa, poderia ser estranho. Às vezes não havia ninguém em casa para lhes entregar e elas precisavam arrumar o local. Com apenas as auxiliares de dia e nenhuma criada residente...

A voz de Emma se perdeu. Ela havia falado em tom mecânico, dando uma explicação prolixa sem interesse, como se sua mente estivesse longe dali.

Cedric lhe dirigiu um olhar rápido e confuso.

— Você está preocupada, mana. O que houve?

Harold falou com voz agravada:

— Oras, Cedric, você ainda pergunta?

— Sim, pergunto. Entendo que uma jovem e estranha foi assassinada no celeiro de Rutherford Hall (o que parece um melodrama vitoriano) e que Emma ficou chocada na hora... mas Emma sempre foi sensata... eu não entendo por que ela está preocupada *agora*. Oras, a pessoa tem como se acostumar com qualquer situação.

— Algumas pessoas precisam de mais tempo para se acostumarem com a realidade de um homicídio, diferente de você — disse Harold, ácido. — Ouso dizer que homicídios são coisa de dois vinténs em Maiorca e...

— Eu moro em Ibiza, não em Maiorca.

— É a mesma coisa.

— De modo algum. Uma ilha é totalmente diferente da outra.

Harold seguiu falando:

— O que quero dizer é que, embora homicídio possa ser lugar-comum para *você*, que vive entre aqueles latinos de sangue quente, na Inglaterra ainda levamos esse tipo de coisa a sério. — Ele complementou com irritação crescente. — E, oras, Cedric, chegar a uma inspeção pública com esses trajes...

— O que há com a minha roupa? É confortável.

— É inadequada.

— Bom, são as únicas roupas que eu trouxe. Não arrumei um baú cheio de roupas antes de sair correndo para estar ao lado da minha família nesta situação. Sou pintor e pintores gostam de se sentir à vontade com o que vestem.

— Então continua tentando pintar?

— Veja bem, Harold, quando você diz que eu tento pintar...

Mr. Wimborne soltou um pigarro de um jeito impositivo.

— Esta discussão não rende nada — disse em tom reprobatório. — Eu espero, minha cara Emma, que você me diga se há mais alguma coisa em que eu possa ajudar antes de voltar à cidade.

A reprovação teve efeito. Emma Crackenthorpe falou rápido:

— Muito gentil de sua parte ter vindo.

— De modo algum. Era recomendável que alguém estivesse no reconhecimento do corpo para acompanhar o processo em nome da família. Já combinei de conversar com o inspetor na mansão. Não tenho dúvida de que, por mais angustiante que tenha sido, a situação vá se esclarecer em breve. A meu ver, parece que há pouca dúvida a respeito do que aconteceu. Como Emma nos contou, sabia-se na cidade que a chave para o celeiro grande ficava na porta. Então me parece altamente provável que o local fosse usado nos meses de inverno como ponto de encontro de casais. Não duvido que tenha havido uma contenda e um jovem rapaz tenha perdido o controle. Horrorizado com o que fez, seu olhar caiu no sarcófago e ele percebeu que daria um ótimo esconderijo.

"Sim, é o que soa mais plausível. É o que outros podem achar", pensou Lucy.

Cedric disse:

— Você fala em casais, gente da cidade... mas ninguém por aqui conseguiu identificar a moça.

— Ainda estamos nos primeiros dias. Não duvido que logo teremos uma identificação. E é possível, evidentemente, que o *homem* em questão fosse morador, mas a moça viesse de outro lugar, quem sabe de outra parte de Brackhampton. A cidade é grande. Teve um crescimento enorme nos últimos vinte anos.

— Se eu fosse uma moça vindo encontrar meu namorado, eu não aceitaria que me levasse a um celeiro gelado e a quilômetros do nada — Cedric se opôs. — Eu aceitaria uns abraços no conforto do cinema. E a senhorita, Miss Eyelesbarrow?

— Precisamos entrar nesse assunto? — perguntou Harold em tom queixoso.

E, com a pergunta no ar, o carro parou à porta de Rutherford Hall. Todos desceram.

Capítulo 8

Ao adentrar a biblioteca, Mr. Winborne piscou rapidamente quando seus olhos sábios e argutos passaram do Inspetor Bacon, que ele já conhecia, para o homem bem-apessoado e de cabelos loiros atrás do policial.

Inspetor Bacon fez as apresentações.

— Este é o Inspetor-Detetive Craddock, da New Scotland Yard — disse ele.

— New Scotland Yard... hum. — As sobrancelhas de Mr. Wimborne se ergueram.

Dermot Craddock, que tinha um jeito agradável, começou a falar com tranquilidade.

— Fomos convocados para o caso, Mr. Wimborne — disse ele. — Como o senhor está representando a família Crackenthorpe, considero justo que lhe entreguemos uma informação confidencial.

Não havia pessoa melhor do que o Inspetor Craddock em apresentar uma pequena porção da verdade sugerindo que era toda a verdade.

— Tenho certeza de que o Inspetor Bacon há de concordar — complementou com uma olhada para o colega.

O Inspetor Bacon concordou com a devida solenidade e sem qualquer sugestão de que tudo havia sido arranjado previamente.

— É o seguinte — começou Craddock. — Temos motivos para crer, a partir de informações que chegaram a nosso conhecimento, que a falecida não é nativa da região, que estava vindo de Londres e que recentemente chegou do exterior. Provavelmente (embora ainda não tenhamos certeza) da França.

Mr. Wimborne ergueu as sobrancelhas de novo.

— É mesmo — disse ele. — É mesmo?

— Sendo este o caso — explicou o Inspetor Bacon —, o chefe de polícia considerou que a Yard era mais apropriada para investigar o caso.

— Posso apenas supor — disse Mr. Wimborne — que o caso será resolvido depressa. Como vocês sem dúvida estimam, o assunto tem sido motivo de grande agonia para a família. Embora não estejam *pessoalmente* envolvidos, de maneira alguma, eles...

Ele fez uma pausa de segundos, mas o Inspetor Craddock preencheu a lacuna rapidamente.

— Não é nada agradável encontrar o corpo de uma mulher em sua propriedade, não é? Eu não teria como concordar mais. Agora eu gostaria de uma breve conversa com cada um dos familiares

— Não entendo o que...

— Eles teriam a me dizer? Provavelmente nada de interesse... mas nunca se sabe. Ouso dizer que posso tirar a maior parte da informação que eu quiser do senhor. Informações sobre esta casa e a família.

— E o que isto teria a ver com uma desconhecida que veio do exterior e que foi assassinada aqui?

— Bom, a questão é justamente esta — disse Craddock. — *Por que* ela veio aqui? Ela tinha alguma conexão com a casa? Ela teria sido, por acaso, empregada daqui em algum momento? Uma dama de companhia, quem sabe? Ou teria vindo encontrar algum antigo morador de Rutherford Hall?

Mr. Wimborne respondeu com toda frieza que os Crackenthorpe moravam em Rutherford Hall desde que a casa fora construída por Josiah Crackenthorpe, em 1884.

— Por si só isso já é interessante — comentou Craddock.

— Se puder me dar um breve esboço do histórico familiar...

Mr. Wimborne encolheu os ombros.

— Há pouco a dizer. Josiah Crackenthorpe era fabricante de biscoitos doces e salgados, conservas, picles etc. Acumulou vasta fortuna. Construiu esta casa. Agora Luther Crackenthorpe, seu filho mais velho, mora aqui.

— Outros filhos?

— Mais um, Henry, que faleceu em um acidente automobilístico em 1911.

— E o Mr. Crackenthorpe atual nunca pensou em vender a casa?

— Ele não tem autorização para tanto — respondeu o advogado, em tom seco. — Conforme os termos do testamento do pai.

— Poderia me contar a respeito do testamento?

— Por que eu faria isso?

Inspetor Craddock sorriu.

— Porque eu mesmo posso conferir se quiser, em Somerset House.

Contra a vontade, Mr. Wimborne deu um sorrisinho amargo.

— Está certo, inspetor. Eu apenas acredito que a informação que pediu é irrelevante. Quanto ao testamento de Josiah Crackenthorpe, não há mistério. Ele deixou fortuna considerável em um fundo, e a renda derivada do fundo deve ser paga de forma vitalícia ao filho Luther. Após a morte de Luther, o capital deverá ser dividido igualmente entre os filhos de Luther: Edmund, Cedric, Harold, Alfred, Emma e Edith. Edmund foi morto na guerra e Edith morreu há quatro anos, de modo que, na ocasião do falecimento de Luther Crackenthorpe o dinheiro será dividido entre Cedric, Harold, Alfred, Emma e o filho de Edith, Alexander Eastley.

— E a casa?
— Ficará com o filho mais velho e vivo de Luther Crackenthorpe ou sua descendência.
— Edmund Crackenthorpe era casado?
— Não.
— Então a propriedade ficará com...?
— O filho seguinte: Cedric.
— Mr. Luther Crackenthorpe em pessoa não pode se desfazer?
— Não.
— E ele não tem controle do capital.
— Não.
— Isso não é estranho? Eu suponho — disse o Inspetor Craddock, em tom astuto — que o pai não gostasse do filho.
— A suposição está correta — concordou Mr. Wimborne. — O velho Josiah estava decepcionado porque o filho mais velho não demonstrava interesse pelos negócios da família... e por qualquer trabalho que fosse. Luther passava o tempo todo no exterior e colecionava *objets d'art*. O velho Josiah não tinha simpatias por esse tipo de coisa. Então deixou seu dinheiro num fundo para a geração seguinte.
— Mas a geração seguinte não tem renda além da que consegue ou do que o pai lhes dá, e o pai tem renda considerável, mas não tem poder quanto ao capital investido.
— Exatamente. E o que isso teria a ver com o assassinato de uma desconhecida de origem estrangeira? Não imagino o quê!
— Aparentemente, relação nenhuma — concordou o Inspetor Craddock de pronto. — Eu apenas queria me certificar de todos os fatos.
Mrs. Wimborne lhe dirigiu um olhar ríspido e então, aparentemente satisfeito com o resultado do escrutínio, pôs-se de pé.
— No momento, minha intenção é voltar a Londres — disse ele. — A não ser que os senhores desejem saber de algo mais.

Ele passou o olhar de um homem a outro.

— Não, senhor. Obrigado.

O som do gongo, vindo do saguão, soou fortíssimo.

— Por Deus — disse Mr. Wimborne. — Creio que um dos meninos está à solta.

Inspetor Craddock ergueu a voz, para ser ouvido em meio ao clamor, e disse:

— Deixaremos a família almoçar em paz, mas o Inspetor Bacon e eu gostaríamos de voltar depois. Às 14h15, mais ou menos. Então faremos um breve interrogatório com cada familiar.

— O senhor acha mesmo necessário?

— Bem... — Craddock encolheu os ombros. — Trata-se apenas de uma possibilidade. *Alguém* pode se lembrar de algo que poderia nos dar uma pista quanto à identidade da mulher.

— Duvido, inspetor. Duvido muito. Mas eu lhes desejo boa sorte. Como acabei de dizer, quanto antes este assunto desagradável se resolver, melhor será para todos.

Sacudindo a cabeça, ele deixou o recinto a passos lentos.

Lucy havia ido direto à cozinha ao voltar do reconhecimento do corpo. Estava ocupada com os preparativos do almoço quando Brian Eastley enfiou a cabeça pela porta.

— Posso lhe dar alguma ajuda? — perguntou ele. — Sou bastante habilidoso em coisas de casa.

Lucy lhe dirigiu um olhar rápido e levemente preocupado. Bryan havia chegado do reconhecimento em seu pequeno carro esportivo e ela ainda não tivera tempo de fazer uma avaliação da figura.

O que Lucy viu era agradável o suficiente. Eastley era um moço de aparência afável, com seus 30 e poucos anos, cabelos castanhos, olhos azuis um tanto melancólicos e um enorme bigode castanho claro.

— Os meninos ainda não voltaram — disse ele, entrando e sentando-se numa ponta da mesa da cozinha. — Vão levar pelo menos mais vinte minutos para chegar de bicicleta.

Lucy sorriu.

— Eles estavam decididos em não perder nada.

— Não posso culpá-los. Bem... é o primeiro inquérito policial de suas vidas, e ainda envolvendo a família, por assim dizer.

— Importa-se em sair da mesa, Mr. Eastley? Quero colocar a forma de assar aí.

Bryan obedeceu.

— Ora, mas essa gordura está quente de pelar. O que você vai colocar aí?

— Pão de Yorkshire.

— Um bom e típico prato. O rosbife de nossa velha Inglaterra. Esse é o cardápio de hoje?

— Sim.

— Ah, os assados do velório. Cheira bem. — Ele inalou o aroma com prazer. — Se importa se eu ficar aqui jogando conversa fora?

— Se o senhor veio ajudar, preferia que ajudasse. — Lucy tirou outra panela do forno. — Tome: vire todas estas batatas para elas dourarem do outro lado

Bryan obedeceu com presteza.

— Essas coisas estavam assando aqui enquanto estávamos no reconhecimento do corpo? E se queimasse tudo?

— É improvável. Há um regulador no forno.

— Uma espécie de cérebro elétrico, não é? É isso?

Lucy lançou um olhar rápido na direção dele.

— Exatamente. Agora coloque a panela no forno. Tome, pegue um pano. Na segunda prateleira. Eu quero a de cima para o pão de Yorkshire.

Bryan aquiesceu, mas não sem soltar um ganido esganiçado.

— O senhor se queimou?

— Só um pouquinho. Nada de importância. Que brincadeira perigosa é cozinhar!

— Imagino que nunca cozinhe para si.

— Na verdade cozinho, e com frequência. Mas não esse tipo de coisa. Eu sei ferver um ovo... caso não me esqueça de conferir o relógio. E sei fazer ovos com bacon. E sei colocar um bife na grelha e abrir uma lata de sopa. Tenho um desses negócios elétricos no meu apartamento.

— O senhor vive em Londres?

— Se podemos chamar aquilo de viver, sim.

O tom de voz era abatido. Ele ficou observando Lucy acomodar o prato com a mistura do pão de Yorkshire.

— Está belíssimo — disse ele antes de soltar um suspiro.

Encerrando suas preocupações imediatas, Lucy olhou para ele com mais atenção.

— O que há... é esta cozinha?

— Sim. Faz-me lembrar de nossa cozinha em casa... quando eu era menino.

Ocorreu a Lucy que havia uma espécie de desamparo em Bryan Eastley. Ao enxergá-lo mais de perto, percebeu que ele era mais velho do que ela tinha acreditado à primeira vista. Devia estar perto dos 40. Era difícil imaginá-lo como pai de Alexander. Ele a fazia se lembrar de inúmeros jovens pilotos que conhecera durante a guerra, quando ela estava na idade impressionável dos 14 anos. Lucy havia vivido e crescido no mundo pós-guerra, mas sentia que Bryan não havia crescido e sim sido atropelado pela passagem dos anos. As palavras seguintes dele confirmaram sua teoria. Bryan havia retornado à mesa da cozinha.

— Este mundo é meio difícil — comentou ele —, não é? Para você se achar, eu digo. A pessoa não tem preparo para essas coisas.

Lucy lembrou do que havia ouvido de Emma.

— O senhor foi piloto de caça, não foi? — perguntou ela.

— E tem uma cruz por distinção na aeronáutica.

— É o tipo de coisa com que as pessoas se enganam. Você tem uma medalha e as pessoas tentam facilitar sua vida. Eles lhe dão emprego e tudo mais. Muito gentil da parte deles. Mas são empregos administrativos, e você não é bom nessas coisas. Em ficar sentado numa mesa, enredado com números. Eu tenho minhas próprias ideias, sabe, já tentei investir numa coisa e outra. Mas falta o financiamento. Não tenho como chamar meus chapas para investir. Se eu tivesse algum capital...

Ele ficou pensativo.

— Você não conheceu Edie, conheceu? Minha esposa. Não, é óbvio que não. Ela era muito diferente dessa gente. Mais moça, para começar. Estava na Força Aérea Feminina. Sempre dizia que seu velho pai era maluco. E ele é, sabe. Mão de vaca dos piores que há. E não é uma coisa que ele vai poder levar consigo. É para ser dividido quando ele falecer. A parte de Edie vai para Alexander, claro. Mas ele só vai conseguir tocar no capital depois dos 21 anos.

— Desculpe, mas poderia sair da mesa de novo? Eu quero tirar o prato e preparar o molho.

Naquele momento, Alexander e Stoddart-West chegaram com o rosto rosado e praticamente sem fôlego.

— Olá, Bryan — falou Alexander delicadamente com seu pai. — Então é aqui que você está. Ora, mas que naco de carne danado. Aquilo é pão de Yorkshire?

— É, sim.

— Fazem um desse terrível no colégio... uma coisa molhada, molenga.

— Saiam do meu caminho — disse Lucy. — Eu quero preparar o molho.

— Faça bastante molho. Podemos encher duas molheiras?

— Sim.

— Demais! — exclamou Stoddart-West, pronunciando cada sílaba com toda atenção.

— Eu não gosto quando fica muito branco — disse Alexander, ansioso.

— Não vai ficar branco.

— Ela é uma cozinheira sensacional — disse Alexander ao pai.

Lucy teve a impressão momentânea de que os papéis dos dois estavam trocados. Alexander falava como um pai delicado falaria com o filho.

— Podemos ajudá-la, Miss Eyelesbarrow? — perguntou Stoddart-West com educação.

— Sim, podem. Alexander, vá na frente e soe o gongo. James, pode levar esta bandeja à sala de estar? E pode levar a carne, Mr. Eastley? Eu vou levar as batatas e o pão de Yorkshire.

— Tem um homem da Scotland Yard lá — contou Alexander. — Será que ele vai almoçar conosco?

— Depende do que sua tia combinou.

— Acho que a tia Emma não vai se importar... Ela é muito hospitaleira. Mas acho que o tio Harold não vai gostar. Ele anda de mau humor com esse assassinato. — Alexander saiu pela porta com a bandeja, complementando as informações por cima do ombro. — Mr. Wimborne está na biblioteca com o homem da Scotland Yard. Mas ele não vai ficar para o almoço. Disse que tinha que voltar a Londres. Venha, Stodders. Ah, ele foi soar o gongo.

Naquele instante o gongo tomou conta de tudo. Stoddart-West era um artista. Usou o instrumento com toda a potência e inibiu todas as conversas.

Bryan trouxe a carne, Lucy seguiu com legumes. Ela voltou à cozinha para pegar as duas molheiras cheias.

Mr. Wimborne estava parado no saguão, vestindo as luvas, conforme Emma descia as escadas, apressada.

— Tem certeza de que não quer ficar para o almoço, Mr. Wimborne? Já está pronto.

— Não, eu tenho um compromisso importante em Londres. Há um vagão-restaurante no trem.

— Foi muito prestativo de sua parte ter vindo — disse Emma, agradecida.

Os dois policiais saíram da biblioteca.

Mr. Winborne tomou a mão de Emma.

— Não há com o que se preocupar, minha cara — disse ele. — Este é o Inspetor-Detetive Craddock, da New Scotland Yard, que veio assumir o caso. Ele voltará às 14h15 para questioná-los a respeito de outros fatos que possam ajudar na investigação. Mas, como eu já disse, vocês não têm com o que se preocupar. — Ele olhou para Craddock. — Posso repetir a Miss Crackenthorpe o que me contou?

— Com certeza, senhor.

— O Inspetor Craddock acabou de me contar que é quase certo que não foi um crime local. Acredita-se que a vítima veio de Londres e provavelmente era estrangeira.

Emma Crackenthorpe falou com voz incisiva:

— Uma estrangeira. Francesa?

Mr. Winborne queria que sua declaração tivesse servido de consolo. Pareceu um tanto surpreendido. O olhar de Dermot Craddock passou rapidamente ao rosto de Emma.

Ele se questionou por que ela havia saltado à conclusão de que a mulher morta era francesa, e por que aquela ideia a deixara tão perturbada.

Capítulo 9

As únicas pessoas que fizeram jus ao almoço excepcional de Lucy foram os dois garotos e Cedric Crackenthorpe, que parecia totalmente impassível diante das circunstâncias que o haviam levado a voltar à Inglaterra. Aliás, parecia que ele tratava a situação como uma ótima piada, mesmo que de humor macabro.

Tal postura, Lucy concluiu, era absolutamente inaceitável para seu irmão Harold. Ele parecia encarar o assassinato como uma espécie de ofensa pessoal à família Crackenthorpe e sua indignação era tão grande que mal havia almoçado. Emma se mostrava preocupada e descontente, por isso também comeu pouco. Alfred parecia perdido numa linha de raciocínio particular e falou pouco. Era um homem muito bonito, com o rosto fino e escuro, e os olhos muito próximos.

Depois do almoço, os policiais voltaram e educadamente perguntaram se poderiam trocar algumas palavras com Mr. Cedric Crackenthorpe.

O Inspetor Craddock foi muito agradável e simpático.

— Sente-se, Mr. Crackenthorpe. Fiquei sabendo que o senhor acaba de voltar das Ilhas Baleares. O senhor reside lá?

— Sim, há seis anos. Em Ibiza. É melhor para mim do que este país desolado.

— Imagino que o senhor pegue mais sol do que nós — comentou o Inspetor Craddock em tom de concordância. — E o senhor esteve aqui, com a família, não faz muito tempo... no Natal, para ser exato. O que requisitou sua presença de volta aqui tão rápido?

Cedric sorriu.

— Recebi um telegrama de Emma, minha irmã. Nunca tivemos um assassinato no local. Eu não queria perder nada. Por isso vim.

— O senhor tem interesse por criminologia?

— Não precisamos colocar em termos tão sofisticados! Apenas gosto de assassinatos. A busca pelo culpado e tudo o mais! Com um livro de suspense exatamente à porta da minha família, me pareceu que seria uma oportunidade única na vida. Além disso, achei que a pobrezinha da Em precisaria de ajuda. Para lidar com o velho, a polícia e tudo o mais.

— Entendo. O caso atraiu tanto seu espírito esportivo quanto sua sensibilidade em relação à família. Não tenho dúvida de que sua irmã também lhe será muito grata... mesmo que seus outros dois irmãos, os mais velhos, também tenham vindo ficar com ela.

— Mas não para animar e reconfortar — explicou Cedric. — Harold está incomodadíssimo. Não é nada bom para um magnata das finanças envolver-se com o assassinato de uma mulher de reputação questionável.

As sobrancelhas de Craddock ergueram-se delicadamente.

— Ela tinha... reputação questionável?

— Bom, o senhor que é a autoridade no assunto. Dado o que sabemos, me pareceu provável.

— Então o senhor teria uma suposição de quem ela era, imagino?

— Oras, inspetor, o senhor já sabe, ou seus colegas vão lhe contar, que não consegui identificá-la.

— Falei em suposições, Mr. Crackenthorpe. Talvez o senhor nunca tenha *visto* a mulher, mas pudesse supor quem era... ou quem pode ter sido?

Cedric fez não com a cabeça.

— O senhor bateu na porta errada. Eu não tenho a mínima ideia. Se entendi, o senhor sugere que ela pode ter vindo ao celeiro grande para um encontro clandestino com um de nós? Mas nenhum de nós vive aqui. As únicas pessoas na casa eram uma mulher e um idoso. O senhor vai me dizer que acredita seriamente que ela poderia ter vindo aqui para ter um caso com meu honrado papai?

— O que estamos dizendo, e o Inspetor Bacon concorda comigo, é que a mulher já pode ter tido associação com esta casa. Pode ter sido há muitos anos. Faça sua mente voltar ao passado, Mr. Crackenthorpe.

Cedric parou por alguns instantes para pensar, depois fez que não.

— De tempos em tempos tivemos empregadas estrangeiras, como qualquer um tem, mas não consigo pensar numa possibilidade. É melhor perguntar aos outros... eles sabem mais do que eu.

— É o que faremos, com toda certeza.

Craddock recostou-se na cadeira e prosseguiu:

— Como o senhor ouviu no reconhecimento do corpo, o laudo médico não conseguiu determinar o horário da morte com precisão. Mais de duas semanas e menos de quatro... o que nos deixa por perto do Natal. O senhor me contou que veio para casa para o Natal. Quando chegou na Inglaterra e quando partiu?

Cedric refletiu.

— Deixe-me ver... Eu vim de avião. Cheguei no sábado antes do Natal... teria sido no dia 21.

— O senhor veio direto de Maiorca?

— Sim. Saí às cinco da manhã e cheguei aqui ao meio-dia.

— E quando foi embora?

— Voltei na sexta-feira seguinte, dia 27.

— Obrigado.

Cedric sorriu.

— Eu me encaixo exatamente dentro do intervalo por uma infelicidade. Porém, inspetor, estrangular jovens *não é* minha diversão preferida no Natal.

— Espero que não, Mr. Crackenthorpe.

O Inspetor Bacon fez apenas uma careta de reprovação.

— Seria uma ausência notável de paz e boa vontade, não concorda?

Cedric dirigiu esta pergunta ao Inspetor Bacon, que apenas resmungou. O Inspetor Craddock disse com educação:

— Bem, obrigado, Mr. Crackenthorpe. Encerramos por aqui.

— O que achou dele? — perguntou Craddock assim que Cedric saiu e fechou a porta.

Bacon resmungou de novo.

— Arrogância é o que não lhe falta — disse ele. — Não gosto desses tipos. Gente muito desregrada, esses artistas. Altíssima probabilidade de se meter com mulheres de baixa reputação.

Craddock sorriu.

— Também não gosto do jeito como ele se veste — prosseguiu Bacon. — É falta de respeito aparecer em um reconhecimento de corpo daquele jeito. Há muito tempo que eu não via calças tão sujas. E a gravata? Parecia de tricô. A meu ver, é o tipo de pessoa que podia estrangular uma mulher sem nem pestanejar.

— Bom, esta ele não estrangulou... se ele só saiu de Maiorca pelo dia 21. E isso nós temos como conferir com facilidade.

Bacon lhe lançou um olhar afiado.

— Notei que você não está abrindo o jogo quanto à data exata do crime.

— Não. Isto nós manteremos às escuras, por ora. Sempre gosto de ter uma carta na manga nas primeiras fases.

Bacon assentiu com concordância total.

— E lançar neles quando for a hora certa — disse ele. — É o melhor plano.

— Agora — disse Craddock — veremos o que nosso cavalheiro certinho das finanças tem a dizer.

Harold Crackenthorpe e seus lábios finos tinham pouca coisa a dizer. A situação era repugnante; um incidente infeliz. Ele temia os jornais... soube que jornalistas já vinham requisitando entrevistas... Esse tipo de coisa... Muito lamentável....

As frases inacabadas e fragmentadas de Harold se encerraram por ali. Ele se recostou na cadeira com a expressão de alguém que se deparou com um cheiro horrível.

A sondagem do inspetor não dera resultado. Não, ele não tinha ideia de quem a mulher era ou podia ser. Sim, ele estivera em Rutherford Hall para o Natal. Havia sido impossível chegar antes da véspera de Natal... Mas ele havia permanecido durante o fim de semana seguinte.

— Então é isso — disse o Inspetor Craddock, sem insistir na questão. Ele já havia chegado à conclusão de que Harold Crackenthorpe não seria de muita ajuda.

Passaram a Alfred, que entrou no recinto com uma frieza que parecia um tanto quanto exagerada.

Craddock olhou para Alfred Crackenthorpe com uma leve sensação de que já se conheciam. O inspetor já havia visto este familiar em algum lugar, mas onde? Teria sido em um retrato no jornal? Havia algo de ignominioso associado a essa memória. Ele perguntou a Alfred qual era sua ocupação e a resposta foi vaga.

— No momento, trabalho com seguros. Até recentemente meu interesse era lançar um novo tipo de fonógrafo no mercado. Revolucionário. Eu me dei muito bem nesse sentido, aliás.

O Inspetor Craddock exibia uma expressão simpática. Ninguém notaria que ele estava de olho na fachada elegante do traje de Alfred e avaliando, corretamente, seu preço baixo. Os trajes de Cedric eram vergonhosos, quase puídos, mas originalmente eram de boa alfaiataria e excelente matéria-prima. No caso de Alfred, se via a elegância barata que contava outra história. Craddock passou agradavelmente a suas perguntas de rotina. Alfred parecia interessado e até um tanto bem-humorado.

— Que ideia essa de que a mulher possa ter trabalhado aqui. Não como dama de companhia; duvido que minha irmã tivesse alguém assim. Hoje em dia ninguém tem, creio eu. Mas é claro que tivemos um bom número de empregados estrangeiros indo e vindo. Tivemos polacas, uma ou duas alemãs temperamentais. Como Emma não reconheceu a mulher, creio que sua ideia vai por água abaixo, inspetor, pois Emma tem ótima memória para rostos. Não, se a mulher veio de Londres... O que lhe deu a impressão de que ela vinha de Londres, a propósito?

Ele encaixou a pergunta de modo casual, mas seus olhos eram argutos e interessados.

Inspetor Craddock sorriu e fez não com a cabeça.

Alfred lhe dirigiu um olhar intenso.

— Não vai contar, é? Um bilhete da passagem no bolso do casaco, quem sabe?

— Pode ser, Mr. Crackenthorpe.

— Bom, considerando que ela veio de Londres, talvez o rapaz que ela tenha vindo ver já tivesse essa ideia de que o celeiro grande seria bom lugar para cometer um crimezinho. Ele conhece bem a situação daqui, evidentemente. Se eu fosse você, inspetor, procuraria por *ele*.

— Estamos procurando — disse o Inspetor Craddock, e fez as duas palavras saírem tranquilas e confiantes.

Ele agradeceu a Alfred e o dispensou.

— Sabe — disse ele a Bacon —, eu já vi esse camarada em algum lugar

Inspetor Bacon deu o veredito.

— Sujeitinho de língua afiada — disse ele. — Tão afiada que às vezes se corta.

— Imagino que vocês não queiram me ver — falou Brian Eastley em tom de desculpas ao entrar na sala, hesitando ao passar pela porta. — Eu não pertenço exatamente a esta família...

— Deixe-me ver... O senhor é Mr. Bryan Eastley, o marido de Miss Edith Crackenthorpe, que faleceu há cinco anos?

— Isso mesmo.

— Bom, seria uma gentileza de sua parte, Mr. Eastley, principalmente se o senhor souber de algo que acha que pode nos ajudar de alguma maneira.

— Mas eu não sei. Queria saber. É tudo muito esquisito, não acham? A pessoa vir aqui para encontrar um camarada naquele celeiro gelado, no meio do inverno. Não seria a minha praia!

— Ficamos confusos, de certo — concordou Inspetor Craddock.

— É verdade que era uma estrangeira? Foi o que ouvi por aí.

— E esse fato lhe sugere algo? — O inspetor lhe dirigiu um olhar agudo, mas Bryan pareceu cordialmente inexpressivo.

— Não, na verdade, não.

— Talvez fosse francesa — sugeriu o Inspetor Bacon, com desconfiança soturna.

Bryan teve a imaginação despertada. Um quê de interesse surgiu em seus olhos azuis e ele começou a mexer no grande bigode.

— É sério? Da alegre *Parrí*? — Ele fez não com a cabeça. — De modo geral, me parece ainda mais improvável, não é? De acabar metida no celeiro, eu digo. Não encontraram outros corpos em sarcófagos, não é? Talvez seja um desses camaradas com uma compulsão... um complexo? Se acha o Calígula ou coisa do tipo?

Inspetor Craddock nem se deu ao trabalho de opor-se à especulação. Em vez disso, perguntou de maneira casual:

— Ninguém da família tem conexões francesas nem... relacionamentos de que se sabe?

Bryan disse que os Crackenthorpe não eram muito amigáveis.

— Harold é casado e de todo respeito — disse ele. — Com uma mulher com cara de peixe, filha de um fidalgo pobre. Não creio que Alfred dê bola para mulheres... passa a vida metido em negócios escusos e que geralmente dão errado. Ouso dizer que Cedric tem algumas *señoritas* espanholas que se jogam para ele em Ibiza. Elas são caidinhas por ele. Não é sempre que se barbeia e tem cara de quem nunca toma um banho. Não vejo por que isso seria atraente para as mulheres, mas aparentemente é... Creio que não estou sendo muito prestativo, estou?

Ele sorriu para os dois.

— É melhor chamar o pequeno Alexander. Ele e James Stoddart-West estão procurando pistas com todo ardor. Aposto que vão encontrar alguma coisa.

O Inspetor Craddock disse que torcia para que encontrassem. Depois agradeceu a Bryan Eastley e disse que gostaria de conversar com Miss Emma Crackenthorpe.

O Inspetor Craddock olhou para Emma Crackenthorpe com mais atenção do que antes. Ele ainda estava se perguntando sobre a expressão que havia surpreendido no rosto dela antes do almoço.

Uma mulher silenciosa. Nada burra. Mas nada de genial também. Uma dessas mulheres agradáveis, tranquilas, que os homens estavam inclinados a não dar bola, e que tinham a arte de transformar uma casa em lar, dando-lhe uma atmosfera de repouso e harmonia tranquila. "Assim era Emma Crackenthorpe", pensou ele.

Mulheres como ela eram subestimadas. Por trás da expressão externa tranquila, ela tinha força de caráter, era de respeito. "Quem sabe", pensou Craddock, "a pista para o mistério da falecida no sarcófago estivesse escondida nos confins da mente de Emma."

Enquanto esses pensamentos passavam por sua cabeça, Craddock fez várias perguntas sem importância.

— Imagino que não haja muita coisa que a senhorita já não tenha contado ao Inspetor Bacon — disse ele. — Então eu não vou incomodá-la com muitas perguntas.

— Perguntem o que quiserem, por favor.

— Como Mr. Wimborne já lhe contou, chegamos à conclusão de que a falecida não era nativa da região. Isso pode ser um alívio para a senhorita. Mr. Wimborne aparentemente achou que seria. Mas dificulta muito para nós. Fica mais difícil identificá-la.

— Mas ela não tinha nada consigo? Uma bolsa? Documentos?

Craddock fez que não.

— Nenhuma bolsa, nada nos bolsos.

— Os senhores não têm ideia do nome dela... nem de onde veio... nada mesmo?

"Ela quer saber... ela está ansiosa para saber... quem é a mulher. Será que ela se sentiu assim desde o começo? Bacon não me passou essa impressão... e ele é um homem astuto...", pensou Craddock.

— Não sabemos nada a respeito da moça — disse ele. — Por isso esperávamos que um de vocês pudesse ajudar. Tem certeza de que a senhorita não pode? Mesmo que não a reconheça... não consegue pensar em quem ela poderia ser?

Emma pensou, embora talvez tenha imaginado, de modo que fez uma pequena pausa antes de responder.

— Eu não tenho a menor ideia — disse ela.

Imperceptivelmente, a postura de Inspetor Craddock mudou. Mal se percebia a mudança, fora em um leve enrijecimento na voz.

— Quando Mr. Wimborne lhe disse que a mulher era estrangeira, por que a senhorita supôs que seria uma francesa?

Emma não ficou desconcertada. Suas sobrancelhas ergueram-se levemente.

— Eu supus? Sim, creio que tenha dito. Não sei exatamente por quê... fora que a gente sempre tende a pensar que estrangeiros *são* franceses até que descobre a nacionalidade exata. A maioria dos estrangeiros neste país é francesa, não é?

— Não é o que eu diria, Miss Crackenthorpe. Não hoje em dia. Temos muitas nacionalidades por aqui: italianos, alemães, austríacos, todos os países escandinavos...

— Sim, imagino que o senhor esteja certo.

— A senhorita não tinha algum motivo em especial para pensar que a mulher tinha chances de ser francesa?

Ela não se apressou a negar. Apenas pensou por um instante e depois fez não com a cabeça, quase como se lamentando.

— Não — respondeu. — Creio que não.

Os olhos dela encontraram os dele, plácidos, sem hesitar. Craddock olhou para o Inspetor Bacon. O último curvou-se para a frente e apresentou um pequeno estojo de pó compacto esmaltado.

— Reconhece isto, Miss Crackenthorpe?

Ela pegou e examinou o estojo.

— Não. Com certeza não é meu.

— A senhorita não tem ideia de a quem pertence?

— Não.

— Então creio que não precisamos mais incomodá-la... por enquanto.

— Obrigada.

Ela sorriu brevemente para eles, levantou-se e saiu do recinto. Podia ser mais um fruto de sua imaginação, mas Craddock achou que ela foi apressada, como se um certo alívio tivesse percorrido seu corpo.

— Você acha que ela sabe de alguma coisa? — perguntou Bacon.

Inspetor Craddock respondeu com pesar:

— Há certo estágio em que a gente começa a pensar que todo mundo sabe um pouco mais do que se dispõe a contar.

— Geralmente sabem — disse Bacon, das profundezas de sua experiência. — Apenas — complementou — geralmente não tem muito a ver com a questão em pauta. É um pecadilho de família ou um embaraço bobo que as pessoas têm medo de que fique à mostra.

— Sim, eu sei. Bom, ao menos...

Mas seja lá o que o Inspetor Craddock estivesse prestes a dizer, não foi dito, pois a porta se abriu e o velho Mr. Crackenthorpe veio se arrastando em estado alterado de indignação.

— Que absurdo! A Scotland Yard aparece e não tem a decência de falar primeiro com o chefe da família! Quem é o amo desta casa, podem me dizer? Podem me responder? Quem é o amo?

— É o senhor, Mr. Crackenthorpe, evidentemente — disse Craddock, em tom tranquilo, levantando-se enquanto falava. — Sabemos que o senhor já disse ao Inspetor Bacon tudo que sabe e que, como sua saúde não está boa, não podemos exigir demais. O Dr. Quimper disse...

— Mas veja só... veja só... Não sou um homem forte. Quanto ao Dr. Quimper, parece uma velha... perfeito como médico, entende minha situação... mas muito propenso a me deixar enrolado e protegido. Está sempre com a pulga atrás da orelha quanto ao que os outros comem. Atacou-me na época de Natal quando me senti um pouco mal... o que eu comi? Quando? Quem cozinhou? Quem serviu? Só alvoroço! Embora eu tenha saúde fraca, estou bem o bastante para dar todo auxílio que for do meu alcance aos senhores. Um assassinato na minha casa! No meu celeiro, no caso! Uma construção interessante, aliás. Elisabetana. O arquiteto da cidade diz que não... mas o camarada não sabe o que diz. Não foi construída um dia depois do ano 1580... Mas não é disso que estamos falando, é? Do que querem saber? Qual é sua teoria atual?

— É um pouco cedo para teorias, Mr. Crackenthorpe. Ainda estamos tentando descobrir quem é a mulher.

— Estrangeira, pelo que disseram?

— Achamos que sim.
— Agente inimiga?
— Improvável, eu diria.
— O senhor diria! O senhor diria! Estão por todo lado, essa gente. Os infiltrados! Por que o Ministério do Interior permite que entrem? Isso eu não entendo. Espionando segredos industriais, aposto. Isso que ela vinha fazendo.
— Em Brackhampton?
— Há fábricas por aqui. Tem uma atrás do meu portão dos fundos.

Craddock lançou um olhar inquisitivo a Bacon, que reagiu.
— Fazem caixas de metal.
— Como saber se é isso mesmo que produzem? Não dá para engolir tudo desses camaradas, estou dizendo. Tudo bem, mas se ela não era espiã, quem os senhores acham que era? Acham que estava envolvida com um dos meus filhos queridos? Seria com Alfred. Harold não, ele é muito cuidadoso. E Cedric não se digna a morar neste país. Tudo bem, então, ela era o rabo de saia de Alfred. E algum sujeito violento a seguiu até aqui, achando que ela estava vindo se encontrar com Alfred e lhe deu cabo. Que tal?

Inspetor Craddock falou, diplomaticamente, que era uma teoria. Mas Mr. Alfred Crackenthorpe, ele disse, não havia identificado a falecida.
— Ate! Medo, é isso! Alfred sempre foi covarde. Mas ele é um mentiroso, lembrem-se que sempre foi! Mente até ficar roxo. Nenhum dos meus filhos é gente boa. Um bando de abutres só esperando que eu morra. Essa é a única ocupação que eles têm na vida. — Ele riu. — E que esperem! Eu não vou morrer para *agradar ninguém!* Bom, se é só nisso que posso ajudar... Estou cansado e preciso me retirar.

Ele saiu arrastando os pés.
— O rabo de saia de Alfred? — disse Bacon, questionador.
— Na minha opinião o velho inventou essa. — Ele fez uma pausa, hesitante. — Eu creio, de minha parte, que Alfred é

boa pessoa... talvez uma figura suspeita em certos aspectos... mas não é nosso assunto do momento. Veja bem: eu estava me perguntando agora sobre aquele sujeito da Força Aérea.

— Bryan Eastley?

— Sim. Eu já encontrei uma ou duas figuras como ele. São o que costumam chamar de perdidos no mundo... tiveram perigos e morte e empolgação muito jovens. Agora consideram a vida insípida. Insípida e insatisfatória. De certo modo, o país foi injusto com pessoas como ele, embora eu não saiba de fato o que se possa fazer a respeito desses casos. Mas aí estão, puro passado e sem futuro, por assim dizer. E são do tipo que não se importam em correr riscos... o sujeito comum tenta se proteger por instinto; não é tanto pela moralidade, mas pela prudência. Mas sujeitos como ele não têm medo... receio não seja uma palavra que eles têm no vocabulário. Se Eastley estivesse envolvido com uma mulher e quisesse matá-la... — Ele parou, lançou as mãos ao ar, desamparado. — Mas por que ele iria querer matá-la? E, se você mata uma mulher, por que desová-la no sarcófago do sogro? Não. Se quer minha opinião, ninguém dessa família teve envolvimento com o assassinato. Se tiveram, não teriam se dado ao trabalho de enterrar o corpo no próprio quintal, por assim dizer.

Craddock concordou que aquilo não fazia sentido.

— Algo mais que queira fazer por aqui?

Craddock disse que não.

Bacon sugeriu voltar a Brackhampton e tomar um chá. Mas o Inspetor Craddock disse que ia telefonar para uma antiga conhecida.

Capítulo 10

Miss Marple, sentada ereta contra um fundo de cachorrinhos de porcelana e lembrancinhas de Margate, sorriu com toda disposição para o Inspetor Dermot Craddock.

— Estou muito contente — começou ela — que o senhor tenha sido designado para o caso. Eu esperava mesmo que fosse.

— Quando recebi sua carta — disse Craddock —, eu a levei diretamente ao comissário. Aconteceu que ele havia acabado de receber informações do pessoal de Brackhampton, nos convocando. Acharam que não era apenas um crime local. O comissário ficou muito interessado em ouvir o que eu tinha a contar a seu respeito. Pelo que entendi, ele soube da senhora a partir de meu padrinho.

— Caríssimo Sir Henry — balbuciou Miss Marple, com afeto.

— Ele me fez contar do caso de Little Paddocks. Quer saber o que ele me contou em seguida?

— Conte-me, por favor, se não violar nenhum sigilo.

— Ele disse: "Bom, como esse negócio parece inteiramente absurdo, imaginado por uma dupla de velhas corocas que, sabe-se lá como, contra todas as possibilidades, mostraram-se corretas, e já que você conhece uma dessas senhoras, estou mandando você para cuidar do caso". E aqui estou! E agora, minha cara Miss Marple, para onde vamos a partir daqui? Isto não é, como a senhora provavelmente já avaliou, uma visita oficial. Não trouxe meus capangas. Achei que, antes, eu e a senhora devíamos trocar algumas histórias.

Miss Marple sorriu para ele.

— Tenho certeza — disse ela — de que ninguém que conhece o senhor em caráter oficial iria supor que seja tão humano e que esteja ainda mais bonito do que antes... não precisa ficar corado. Então, exatamente o que lhe disseram até agora?

— Eu creio que já sei de tudo. O depoimento original de sua amiga, Mrs. McGillicuddy, à polícia de St. Mary Mead; a confirmação das afirmações que ela fez, da parte do bilheteiro; e a mensagem que ela deixou ao chefe de estação de Brackhampton. Devo dizer que os envolvidos já fizeram todos os inquéritos devidos, tanto o pessoal da companhia férrea quanto da polícia. Mas não tenho dúvida de que a senhora superou todos por um processo fantástico de suposições.

— *Não foram* suposições — disse Miss Marple. — E eu tinha uma grande vantagem. Eu *conheço* Elspeth McGillicuddy. Ninguém mais a conhecia. Não havia como confirmar o que ela contava e, se não havia informe algum de uma desaparecida, naturalmente pensaram que era a imaginação fértil de uma velhinha... como é bem típico delas. Não é o caso de Elspeth McGillicuddy, porém.

— Não é o caso de Elspeth McGillicuddy — concordou o inspetor. — Estou ansioso para conhecê-la, sabia? Preferia que ela não tivesse viajado ao Ceilão. Estamos fazendo os preparativos para ela ser interrogada lá, a propósito.

— Meu processo de raciocínio não foi de todo original — disse Miss Marple. — Está tudo em Mark Twain. O menino que encontrou o cavalo. Ele simplesmente imaginou aonde iria se fosse um cavalo, foi, e aí o encontrou.

— A senhora imaginou o que faria se fosse um assassino cruel de sangue frio? — perguntou Craddock, olhando pensativo para a fragilidade rosa, branca e idosa de Miss Marple.

— Ora, sua mente...

— É como uma fossa, dizia meu sobrinho Raymond — concordou Miss Marple, balançando a cabeça enfaticamente. — Mas, como eu sempre disse a ele, fossas são equipamentos domésticos necessários e, inclusive, muito higiênicos.

— Pode ir um pouco mais longe, colocar-se no lugar do assassino e me dizer onde ele está agora?

Miss Marple deu um suspiro.

— Eu bem que gostaria, mas não tenho ideia... não tenho ideia mesmo. Deve ser alguém que morava ou que conhece tudo em Rutherford Hall.

— Concordo. Mas assim temos um panorama vasto demais. Houve uma sucessão de empregadas no local. Temos o Instituto Feminino... e, antes, os voluntários de prevenção contra ataques aéreos. Todos conhecem o celeiro grande, o sarcófago, e sabem onde ficava a chave. Todo o cenário é conhecido na cidade. *Qualquer* pessoa que mora nas redondezas pode pensar como um bom espaço para este fim.

— Sim, de fato. Eu entendo *perfeitamente* suas dificuldades.

Craddock disse:

— Não chegaremos a lugar nenhum até identificarmos o corpo.

— E isso também pode ser difícil?

— Ah, chegaremos lá... no fim das contas. Estamos conferindo os informes de desaparecimento de uma mulher daquela idade e aparência. Não há nenhuma que se destaque e que preencha os requisitos. O legista determinou que ela tinha por volta dos 35 anos, era saudável, provavelmente casada, tinha pelo menos um filho. O casaco de peles é dos baratos, comprado em uma loja de Londres. Venderam centenas desses casacos nos últimos três meses, aproximadamente sessenta por cento para mulheres loiras. Nenhuma vendedora conseguiu identificar a falecida pela fotografia, e se a compra tiver sido feita pouco antes do Natal, nem sequer conseguiriam. As outras roupas pareciam de fabricação estrangeira, a maioria comprada em Paris. Não há selos de lavanderia inglesa. Estamos em comunicação com Paris e eles estão conferindo por lá. Mais cedo ou mais tarde, é claro, alguém se apresentará com uma parente ou inquilina desaparecida. É questão de tempo.

— O pó compacto não ajudou?

— Infelizmente, não. É de um tipo vendido às centenas na Rue de Rivoli, dos baratos. A propósito, a senhora deveria tê-lo entregado à polícia de imediato, sabia? Ou Miss Eyelesbarrow deveria tê-lo feito.

Miss Marple fez uma negativa com a cabeça.

— Mas naquele momento não havia certeza quanto ao cometimento de um crime — ressaltou ela. — Se uma moça, praticando golfe, acha um velho pó compacto sem valor no meio da grama, ela não vai sair correndo para levar à polícia, não é? — Miss Marple fez uma pausa, depois complementou com firmeza. — Achei *muito* mais inteligente encontrar o corpo antes.

Inspetor Craddock se agradou com a explicação.

— Então a senhora nunca teve dúvidas de que seria encontrado?

— Eu tinha certeza de que seria. Lucy Eyelesbarrow é uma pessoa eficiente e inteligente.

— E como! Ela me deixa assustado com tamanha eficiência! Homem algum ousaria casar-se com essa moça.

— Pois eu não diria uma coisa dessas... Teria que ser um homem especial, é claro. — Miss Marple remoeu aquela ideia por um instante. — Como ela está se saindo em Rutherford Hall?

— São completamente dependentes dela, até onde pude observar. Comem na mão de Lucy. Literalmente, pode-se dizer. A propósito, eles não sabem nada da ligação entre ela e a senhora. Isto mantivemos em privado.

— *Agora* ela não tem ligação comigo. Ela fez o que eu solicitei.

— E poderia demitir-se, se assim quisesse?

— Sim.

— Mas ela continua na casa. Por quê?

— Ela não me explicou os motivos. É uma moça inteligente. Imagino que tenha se interessado.

— Pelo problema? Ou pela família?

— Talvez — disse Miss Marple — seja muito difícil separar as duas coisas.

Craddock olhou para ela com expressão séria.

— A senhora tem algo de específico em mente?

— Ah, não... eu, não.

— Creio que tem.

Miss Marple fez que não.

Dermot Craddock deu um suspiro.

— Então, tudo que posso fazer é "dar seguimento", falando no jargão. A vida de policial é muito sem graça.

— Tenho certeza de que o senhor obterá resultados.

— Pode me dar alguma ideia? Mais suposições inspiradas?

— Eu estava pensando em companhias de teatro — respondeu Miss Marple, bastante vaga. — Em turnê de um lugar a outro, quem sabe sem muitos laços familiares. Seria mais difícil dar falta de uma dessas moças.

— Sim. Talvez a senhora tenha chegado a um ponto importante. Vamos dar atenção especial a esta abordagem. Por que a senhora está sorrindo?

— Estava pensando — disse Miss Marple — na cara de Elspeth McGillicuddy quando ouvir que encontramos o corpo!

— Oras! — disse Mrs. McGillicuddy. — *Oras!*

As palavras lhe faltavam. Ela olhou para o jovem de fala agradável que a havia chamado, com as devidas credenciais, depois olhou para a fotografia que ele fornecera.

— É ela mesma — disse ela. — Sim, ela mesma. Pobre moça. Bom, fico contente que tenham encontrado o corpo. Ninguém acreditou em uma palavra do que eu disse! A polícia, as pessoas da companhia férrea, ninguém. É irritante quando não acreditam no que você diz. De qualquer modo, ninguém pode dizer que eu não fiz tudo o que era possível.

O jovem simpático fez arrulhos de concordância e estima.

— Onde o senhor disse que encontraram o corpo?

— No celeiro de uma casa chamada Rutherford Hall, na saída de Brackhampton.

— Nunca ouvi falar. Como será que chegou lá?

O jovem não respondeu.

— Jane Marple encontrou, imagino eu. Confio em Jane.

— O corpo — disse o jovem, conferido anotações — foi encontrado por Miss Lucy Eyelesbarrow.

— Também nunca ouvi falar — disse Mrs. McGillicuddy. — Ainda acho que Jane Marple teve alguma relação com o assunto.

— De qualquer modo, Mrs. McGillicuddy, a senhorita identifica nesta foto a mulher que viu no trem?

— Sendo estrangulada por um homem. Sim, identifico.

— Poderia descrever o homem?

— Era alto — respondeu Mrs. McGillicuddy.

— Sim?

— E moreno.

— Sim?

— É tudo que posso dizer — disse Mrs. McGillicuddy. — Ele estava de costas para mim. Não vi o rosto dele.

— Teria como identificá-lo se o visse?

— Claro que não! Ele estava de costas. Eu não vi o rosto.

— Não tem ideia alguma quanto à idade?

Mrs. McGillicuddy parou para pensar.

— Não... não exatamente. Quer dizer, eu não *sei*... É certo que não era... muito moço. Os ombros pareciam... bom, rígidos, se é que você me entende. — O jovem assentiu. — De 30 para cima, não tenho como dar estimativa melhor. Entenda que eu não estava olhando para ele, e sim para *ela*... que tinha as mãos dele em torno do pescoço, e do rosto dela... azulado... Eu ainda sonho com a cena...

— Deve ter sido uma experiência angustiante — disse o jovem, em solidariedade.

Ele fechou a caderneta e disse:

— Quando a senhora volta à Inglaterra?

— Daqui a três semanas. Não é necessário que eu retorne, é?

Ele a tranquilizou.

— Não, não. Não há nada que a senhora possa fazer no momento. Mas, caso façamos uma prisão...

Ele deixou que a frase morresse no ar.

O correio trouxe uma carta de Miss Marple para a amiga. A escrita era pontiaguda, lembrando patinhas de aranha, e fortemente sublinhada. A prática de longa data facilitou a decifração da parte de Mrs. McGillicuddy. Miss Marple escreveu um relato completo à amiga, que devorou cada palavra com satisfação total.

Ela e Jane haviam mostrado para eles!

Capítulo 11

— Eu não consigo decifrar a senhorita — disse Cedric Crackenthorpe. Ele se acomodou na parede podre do chiqueiro, aquele espaço grande e abandonado, e ficou olhando para Lucy Eyelesbarrow.

— O que o senhor não decifra?
— O que a senhorita está fazendo aqui?
— Estou trabalhando.
— Como uma lacaia? — perguntou ele, em tom depreciativo.
— O senhor está desatualizado — respondeu Lucy. — Oras, lacaia! Sou uma secretária do lar, uma empregada profissional ou a resposta às suas preces. Sobretudo a última opção.
— Não há como a senhorita gostar de tudo que faz... cozinhar, arrumar camas, ficar de barulho com essa enceradeira, seja lá como chamam, enfiar os braços até os cotovelos em água gordurenta.

Lucy deu uma gargalhada.

— Talvez não goste dos detalhes, mas cozinhar satisfaz meus instintos criativos e tem algo dentro de mim que se satisfaz em arrumar bagunça.

— Eu vivo em bagunça permanente — disse Cedric. — E gosto — acrescentou, desafiador.

— É o que diz a aparência do senhor.

— Eu cuido do meu chalé em Ibiza conforme critérios muito simples. Três pratos, duas xícaras e dois pires, uma cama, uma mesa e duas cadeiras. Tem pó por cima de tudo e manchas de tinta, lascas de madeira. Também sou escultor, não só pintor. E ninguém tem autorização para tocar em nada. Não deixo mulher nenhuma chegar perto.

— Em nenhuma função?

— O que a senhorita quer dizer?

— Eu supunha que um homem de tais pendores artísticos teria vida amorosa.

— Minha vida amorosa, como a senhorita diz, é apenas da minha conta — disse Cedric, em toda sua dignidade. — O que não quero é uma mulher na função intrometida de arrumação e *mandando em mim*.

— Eu gostaria de ter uma chance de arrumar seu chalé — disse Lucy. — Seria um desafio!

— Pois não terá.

— Creio que não.

Alguns tijolos caíram do chiqueiro. Cedric virou a cabeça e olhou para as profundezas tomadas de urtiga.

— Minha querida Madge — disse ele. — Lembro muito bem. Uma porca muito afetuosa e mãe muito fecunda. Foram dezessete na última ninhada, que eu me lembre. Costumávamos vir aqui quando a tarde estava bonita e ficávamos fazendo carinho nas costas de Madge com uma vareta. Ela adorava.

— Por que deixaram este lugar chegar ao estado em que está? Não pode ter sido só culpa da guerra.

— A senhorita gostaria de arrumar tudo por aqui também, imagino? Que mulher intrometida. Agora eu entendo que é mesmo o tipo de pessoa que descobriria um corpo! Não podia nem deixar um sarcófago greco-romano em paz. — Ele fez uma pausa antes de prosseguir. — Não, não é só culpa da guerra. É do meu pai. O que achou dele, a propósito?

— Não tive tempo para esse tipo de raciocínio.

— Não fuja da pergunta. Ele é um mesquinho dos infernos e, na minha opinião, também é meio louco. É óbvio que ele odeia todos nós... fora Emma, quem sabe. Tudo por causa do testamento do meu avô.

Lucy lançou-lhe um olhar indagador.

— Meu avô foi o homem que encheu o pé de meia. Com chocolate, pipoca doce, docinhos. Todas as guloseimas de chá da tarde e, depois, de olho no futuro, ainda cedo ele trocou por salgadinhos e canapés, de modo que agora nós também tiramos uma boa grana com coquetéis. Bom, meu pai cresceu e anunciou que sua alma era maior do que os doces. Ele viajou pela Itália, pelos Bálcãs, pela Grécia, começou a gostar de arte. Meu avô se irritou. Ele resolveu que meu pai não daria nem para comerciante nem para avaliador de arte (e estava correto nos dois casos), então deixou todo o seu dinheiro em um fundo para os netos. Papai teria renda por toda a vida, mas não poderia tocar no capital. Sabe o que ele fez? Parou de gastar. Ele veio morar aqui e começou a poupar. Eu diria que, de momento, ele acumulou uma fortuna quase tão grande quanto a que meu avô deixou. E neste meio-tempo todos nós, Harold, eu, Alfred e Emma não ganhamos um tostão do dinheiro do vovô. Eu sou um pintor falido. Harold entrou nos negócios e agora é um homem de destaque no mundo das finanças. Ele que tem o toque de Midas, embora eu tenha ouvido rumores de que anda pela rua da amargura. Alfred... bom, Alfred, na intimidade da família, às vezes é chamado de Alf Pé de Vento...

— Por quê?

— Mas você quer saber de tudo, hein? A resposta é que Alf é a ovelha desgarrada da família. Ele ainda não foi preso, mas chegou perto. Ele esteve no Ministério de Abastecimento durante a guerra, mas saiu sob circunstâncias bastante abruptas e questionáveis. E depois disso houve uns negócios suspeitos com frutas enlatadas... e alguma coisa com ovos. Nada muito grande... apenas negócios duvidosos.

— Não é imprudente contar essas coisas a estranhos?

— Por quê? A senhorita está espionando para a polícia?

— Pode ser que sim.

— Não creio que esteja. A senhorita estava aqui de serva antes de a polícia se interessar por nós. Eu diria que...

Ele se interrompeu quando a irmã, Emma, entrou pela porta da horta caseira.

— Olá, Em. Você está preocupada com alguma coisa?

— Estou. Quero conversar, Cedric.

— Eu preciso voltar à casa — falou Lucy, discernindo a situação.

— Não vá — disse Cedric. — O assassinato praticamente a tornou parte da família.

— Tenho muito a fazer — disse Lucy. — Só vim buscar um pouco de salsinha.

Ela bateu em veloz retirada para a horta caseira. Os olhos de Cedric a acompanharam.

— Menina bonita — disse ele. — Quem é mesmo?

— Ah, ela é bem conhecida — respondeu Emma. — Ela transformou este serviço em sua especialidade. Mas deixe Lucy Eyelesbarrow para lá, Cedric. Estou muito preocupada. Aparentemente a polícia acha que a falecida era estrangeira, talvez francesa. Cedric, você não acha que pode ser... *Martine?*

Cedric ficou alguns instantes olhando para ela, como se não tivesse entendido.

— Martine? Mas quem diabos... ah, está falando de *Martine?*

— Sim. Você não acha...

— Por que diabos seria *Martine?*

— Bom, o telegrama que ela enviou foi estranho, quando se para e pensa. Deve ter sido pela mesma época... Você diria que ela, afinal, pode ter vindo aqui e...

— Que absurdo. Por que Martine viria aqui e entraria no celeiro grande? Para quê? Isso me parece extremamente improvável.

— Você não acha que eu talvez deva contar ao Inspetor Bacon... ou ao outro?

— Contar o quê?

— Oras... a respeito de Martine. Da carta.

— Ora, mana. Não queira complicar as coisas levantando assuntos irrelevantes que não têm nada a ver com a questão. Eu nunca me convenci quanto àquela carta de Martine, aliás.

— Eu, sim.

— Você sempre foi dessas que acredita em coisas impossíveis antes do café da manhã, minha velha. Meu conselho é que fique quietinha e de bico calado. Identificar esse cadáver tão precioso é coisa da polícia. E aposto que Harold diria a mesma coisa.

— Eu sei que Harold diria. E Alfred também. Mas estou preocupada, Cedric, *muito* preocupada. Não sei o que fazer.

— Nada — falou Cedric prontamente. — Fique de boca fechada, Emma. Nunca corra atrás de problema: esse é meu lema.

Emma Crackenthorpe deu um suspiro. Ela voltou lentamente para a casa, com a mente inquieta.

Enquanto ela chegava à entrada da casa, Doutor Quimper surgiu pela porta da frente e abriu a porta de seu Austin surrado. Fez uma pausa quando a viu, saiu do carro e veio na direção dela.

— Ora, Emma — disse ele. — Seu pai está em estado excepcional. O assassinato lhe caiu bem. Ele renovou o interesse na vida. Eu devia recomendar casos assim a certos pacientes.

Emma deu um sorriso mecânico. Dr. Quimper sempre era rápido em notar reações.

— Algo que a incomoda? — perguntou ele.

Emma ergueu o olhar para ele. Ela passara a depender muito da bondade e da simpatia do médico. Ele havia se tornado um amigo em quem se apoiar, não apenas um profissional da saúde. A aspereza medida do doutor não a enganava. Ela sabia da gentileza que havia por trás.

— Sim, estou preocupada — admitiu ela.

— Importa-se de me contar? Não é necessário, se não quiser.

— Eu gostaria de contar. Você já conhece parte da história. A questão é que eu não sei o que faço.
— Eu diria que seu juízo costuma ser confiável. Qual é o problema?
— Você há de lembrar, ou talvez não, o que eu lhe contei uma vez sobre meu irmão... o que foi morto na guerra?
— Que ele se casou ou queria se casar com uma francesinha? Algo assim?
— Sim. Quase imediatamente após eu receber a carta, ele foi morto. Nunca ouvimos nada a respeito da garota. Só sabíamos o primeiro nome dela. Ficamos esperando que ela se correspondesse ou que pudesse aparecer, mas nada. Nunca ouvimos *nada*. Até a cerca de um mês, pouco antes do Natal.
— Eu lembro. Vocês receberam uma carta, não foi?
— Sim. Dizendo que ela estava na Inglaterra e que gostaria de nos visitar. Estava tudo organizado e, no último instante, ela enviou um telegrama dizendo que precisava voltar inesperadamente à França.
— Então?
— A polícia acha que essa mulher que foi assassinada... era francesa.
— Acham, é? Ela me pareceu inglesa, mas não há como julgar. O que a preocupa, portanto, é que a falecida seja a namorada do seu irmão?
— Sim.
— Eu acho bastante improvável — disse Dr. Quimper. Então complementou. — De qualquer modo, entendo o que está sentindo.
— Eu me pergunto se eu não devia contar à polícia a respeito de... a respeito de tudo. Cedric e os outros consideram desnecessário. O que o senhor acha?
— Hum. — Dr. Quimper franziu os lábios. Ele ficou alguns instantes em silêncio, perdido em pensamentos. Depois falou, quase como se contra a vontade. — É bem mais *simples,*

claro, não dizer nada. Eu entendo o que seus irmãos pensam. De qualquer maneira...

— Sim?

Quimper olhou para ela. Seus olhos tinham um cintilar de afeto.

— Eu tomaria a frente e contaria — disse ele. — Você vai continuar preocupada se não contar. Eu a conheço.

Emma corou.

— Talvez eu seja uma tola.

— Você faça o que quiser, minha cara... e o resto da família que vá para o inferno! Eu apoio seu juízo contra essa gente quando quiser.

Capítulo 12

— Menina! Você, menina! Venha cá.

Lucy virou a cabeça, surpresa. O velho Mr. Crackenthorpe estava fazendo sinal para ela vir, insistentemente, por dentro da porta.

— Quer falar comigo, Mr. Crackenthorpe?

— Não fale. Venha cá.

Lucy obedeceu ao dedo autoritário. O velho Mr. Crackenthorpe a pegou pelo braço e puxou porta adentro antes de fechar.

— Quero lhe mostrar uma coisa — disse ele.

Lucy olhou ao redor. Estavam num recinto pequeno evidentemente pensado para ser usado como escritório, mas que dava evidências de que não era usado para esse fim havia muito tempo. Via-se pilhas de papéis sobre a mesa e teias de areia adornando os cantos do teto. A atmosfera cheirava a umidade e bolor.

— Quer que eu limpe esta sala? — perguntou ela.

O velho Mr. Crackenthorpe fez um não enfático.

— Não, não é para limpar! Eu deixo esta sala trancada. Emma queria bisbilhotar, mas eu não deixo. É a *minha* sala. Está vendo essas pedras? São amostras geológicas.

Lucy olhou para a coleção de doze ou catorze pedras, algumas polidas e outras ásperas.

— Lindas — disse ela, com tom gentil. — Muito interessantes.

— Você tem toda razão. São interessantes. Você é uma moça inteligente. Eu não as mostro para qualquer um. Vou lhe mostrar mais coisas.

— Muito gentil de sua parte, senhor, mas preciso mesmo seguir o que estava fazendo. Com seis pessoas em casa...

— Comem a casa inteira... É só o que fazem quando vêm para cá! *Comem.* E nem se oferecem para pagar pela comida. Sanguessugas! Ficam só esperando que eu morra. Bom, não é agora que vou morrer... não vou morrer para agradar *ninguém*. Sou mais forte até do que Emma me considera.

— Tenho certeza de que o senhor é.

— E não sou tão velho assim. Ela inventa que eu sou velho, me trata como velho. Você não me acha velho, acha?

— É claro que não — respondeu Lucy.

— Menina sensata. Olhe isto.

Ele apontou um quadro grande e apagado na parede. Lucy viu que era uma árvore genealógica; parte do desenho era tão fino que os nomes só eram legíveis com lupa. Os antepassados remotos, contudo, estavam escritos com maiúsculas grandes e orgulhosas, com coroas sobre os nomes.

— Descendentes de reis — disse Mr. Crackenthorpe. — Na árvore de minha mãe, no caso, não na do meu pai. Ele era um vulgar! Um velho plebeu! Não gostava de mim. Eu sempre fui superior. Segui o lado de minha mãe. Ela tinha um pendor natural pela arte e pela escultura clássica. *Ele* não via valor nessas coisas. Velho imbecil. Não me lembro de minha mãe; ela morreu quando eu tinha 2 anos. A última da família. Venderam tudo e ela se casou com meu pai. Mas veja aqui: Eduardo, o Confessor; Etelredo, o Despreparado... olhe todos. E isso antes da chegada dos Normandos. *Antes dos normandos.* É muita coisa, não é?

— É, de fato.

— Agora vou lhe mostrar outra coisa. — Ele a guiou pelo recinto até um enorme móvel de carvalho escuro. Lucy estava incomodada, e inquieta, com a força dos dedos que agarravam seu braço. Não havia nada de frágil em Mr. Crackenthorpe naquele dia. — Está vendo isso? Veio de Lushington. É a cidade de minha mãe. Isto é elisabetano. Precisa de quatro homens para carregar. Não sabe o que eu guardo aí dentro, não é? Quer que eu lhe mostre?

— Sim, por favor — respondeu Lucy por educação.

— Curiosa você, não? Todas as mulheres são curiosas.

— Ele tirou uma chave do bolso e destrancou a porta do armário inferior. Dali tirou um cofre que, surpreendentemente, parecia novo. Também destrancou o cofre.

— Olhe aqui, minha cara. Sabe o que são?

Ele ergueu um pequeno cilindro enrolado em papel e tirou o papel de uma ponta. Moedas de ouro se derramaram na palma de sua mão.

— Veja só, minha jovem. Veja, pegue, toque. Sabe o que são? Aposto que não! Você é muito moça. São soberanos, isso que são. Soberanos de ouro, dos bons. O que se usava antes de entrar em voga esse monte de papel sujo. E valem muito mais do que esses papeizinhos. Eu guardei aqui há bastante tempo. Tenho outras coisas nessa caixa. Muita coisa guardada. Tudo de prontidão para o futuro. Emma não sabe, ninguém sabe. É o nosso segredo, entendeu, menina? Sabe por que estou lhe dizendo e mostrando tudo isto?

— Por quê?

— Porque não quero que a senhorita ache que sou um velho doente, uma carta fora do baralho. Ainda há vida neste cachorro velho. Minha esposa morreu faz muito tempo. Era sempre contra tudo, ela. Não gostava dos nomes que eu dei às crianças. Bons nomes, nomes saxões. Não se interessava pela árvore genealógica. Mas eu nunca dei bola para o que ela dizia. Era uma criatura de pouco ânimo. Sempre cedia. Já você, você tem brios. E é uma boa mulher. Ah, se é. Eu vou lhe dar um conselho. Não se atire para qualquer moço. Os moços são imbecis! Você tem que cuidar do seu futuro. Só *espere...* — Seus dedos apertaram o braço de Lucy. Ele encostou-se à orelha dela. — Eu não digo mais. *Espere*. Esses tolos acham que eu vou morrer em breve. Não vou. Ninguém vai se surpreender se eu superar todos. E depois veremos! Ah, sim, veremos. Harold não tem filhos. Cedric e Alfred não são casados. Emma... Emma nunca vai se casar. Ela tem uma quedinha pelo Quimper... Mas Quimper nunca pensaria em se casar com Emma. Temos Alexander, claro. Sim, temos Alexander... Você sabe, tenho afeição por ele... Sim, é muito esquisito. Por Alexander eu sinto afeição.

Ele parou um instante, franziu as sobrancelhas, depois disse:

— Então, menina, que tal? Que tal, hein?

— Miss Eyelesbarrow...

A voz de Emma entrou, fraca, pela porta fechada do escritório. Lucy, muito grata, aproveitou a oportunidade.

— Miss Crackenthorpe está me chamando. Tenho que ir. Obrigada por tudo que me mostrou...

— Não se esqueça... é nosso segredo...

— Não vou esquecer — disse Lucy e correu para o corredor, sem ter muita certeza se havia ou não recebido uma proposta de casamento.

Dermot Craddock estava sentado à mesa em sua sala na New Scotland Yard. Jogado na poltrona, de lado, com a postura relaxada, falava ao receptor do telefone que segurava com um cotovelo apoiado na mesa. Falava em francês, língua na qual tinha proficiência aceitável.

— Foi só uma ideia, entenda — disse ele.

— Mas é uma ideia — disse a voz do outro lado, falando da Chefatura de Paris. — Eu já comecei inquéritos nesses círculos. Meu agente informa que há duas ou três linhas de investigação que são promissoras. A não ser que tenham familiares ou um amante, essas mulheres saem de circulação muito fácil e ninguém se incomoda em saber para onde foram. Elas saem em turnê, ou existe outro homem. Não é da conta de ninguém ficar perguntando. É uma pena que na fotografia que me enviou seja tão difícil identificar. Estrangulamento não faz bem à aparência. Ainda assim, não há o que fazer. Agora vou estudar os últimos informes dos meus agentes sobre o assunto. Quem sabe trouxeram algo de relevante. *Au revoir, mon cher.*

Enquanto Craddock reiterava a despedida com educação, um bilhete foi deixado na mesa. Dizia:

Miss Emma Crackenthorpe.
A tratar com Inspetor-Detetive Craddock.
Caso Rutherford Hall.

Ele devolveu o telefone ao gancho e disse ao policial:
— Traga Miss Crackenthorpe.

Enquanto esperava, ele se recostou na cadeira e pôs-se a raciocinar.

Não estava enganado. Havia algo que Emma Crackenthorpe sabia. Talvez não muito, mas alguma coisa. E ela havia decidido lhe contar.

Ele se pôs de pé enquanto ela era conduzida porta adentro. Os dois apertaram as mãos, ela se acomodou numa cadeira e foi-lhe oferecido um cigarro, que ela recusou. Depois, uma pausa momentânea. Ele concluiu que ela estava tentando encontrar as palavras que queria. Ele se curvou para a frente.

— Veio me dizer uma coisa, não foi, Miss Crackenthorpe? Posso ajudar? A senhorita anda preocupada com alguma coisa, não anda? Uma coisa pequena, imagino, que a senhorita imagina que não tenha a ver com o caso, mas, por outro lado, pode ter. A senhorita veio aqui me contar, não foi? Teria relação com a identidade da falecida, quem sabe? A senhorita acha que sabe quem era?

— Não, não, nada disso. Eu creio que é altamente improvável. Mas...

— Mas existe uma possibilidade que a preocupa. É melhor me contar... pois assim poderemos deixar sua mente mais descansada.

Emma levou alguns instantes para falar. Então disse:

— O senhor conheceu três dos meus irmãos. Eu tinha outro irmão, Edmund, que foi morto na guerra. Pouco antes de ser morto, ele correspondeu-se comigo da França.

Ela abriu a bolsa e retirou de dentro uma carta surrada e desbotada. Começou a ler:

— *Espero que não leve um choque, Emmie, mas vou me casar. Com uma francesa. Foi tudo muito rápido, mas sei que você se afeiçoará a Martine. E vai cuidar dela caso algo aconteça comigo. Darei todos os detalhes na próxima carta; quando já estarei casado. Comunique ao velho com delicadeza, sim? Ele provavelmente vai ficar possesso.*

Inspetor Craddock estendeu a mão. Emma hesitou, mas entregou-lhe a carta. Ela prosseguiu, falando com pressa.

— Dois dias depois de recebermos essa carta, recebemos um telegrama dizendo que Edmund estava *Desaparecido, supostamente morto*. Depois informou-se em definitivo que ele havia morrido. Foi pouco antes de Dunkirk, uma época muito confusa. Não havia registro no Exército, até onde consegui descobrir, de que ele havia se casado... mas, como eu disse, foi uma época confusa. Eu nunca ouvi nada da moça. Depois da guerra tentei investigar, mas eu sabia apenas o primeiro nome dela e aquela região da França havia sido ocupada pelos alemães, portanto, era difícil descobrir qualquer coisa sem saber o sobrenome da moça e mais a seu respeito. Ao fim, eu supus que o casamento não chegara a acontecer e que a moça provavelmente havia casado com outra pessoa antes do fim da guerra, ou quem sabe havia sido morta.

Inspetor Craddock assentiu. Emma prosseguiu:

— Imagine minha surpresa em receber uma carta, há cerca de um mês, assinada *Martine Crackenthorpe*.

— Está com a senhorita?

Emma tirou a carta da bolsa e lhe entregou. Craddock leu com grande interesse. Estava escrita com uma letra inclinada, à moda francesa. Uma letra culta:

Cara Mademoiselle,
Espero que não lhe seja um choque receber esta carta. Não sei nem se seu irmão Edmund lhe contou que nos casamos. Ele me disse que contaria. Edmund foi morto poucos dias depois de nosso casamento e os alemães ocuparam nosso vilarejo na mesma época. Após o fim da guerra, decidi que não me corresponderia nem trataria com a senhorita, embora Edmund tivesse me dito para fazê-lo. Mas eu já havia construído uma vida nova e não era necessário. Agora, porém, a situação mudou. Escrevo esta carta em prol de meu filho. Ele é filho de seu irmão, e eu... eu não posso mais lhe fornecer as benesses que merece. Vou à Inglaterra no início da próxima semana. Pode me avisar se posso visitá-la? Meu endereço para correspondência é Elvers Crescent, 126, número 10. Espero, mais uma vez, que esta carta não lhe cause choque.
Na certeza de minha grande estima,
Martine Crackenthorpe

Craddock ficou em silêncio por alguns instantes. Ele releu a carta atentamente antes de devolvê-la.

— O que fez ao receber esta carta, Miss Crackenthorpe?

— Meu cunhado, Bryan Eastley, estava na minha casa na época e conversamos a respeito do conteúdo. Depois telefonei para meu irmão Harold em Londres e o consultei. Harold foi bastante cético e recomendou muita cautela. "Temos que conferir com cuidado as credenciais dessa mulher", disse ele.

Emma fez uma pausa antes de continuar:

— Isto, é claro, era de bom senso e eu concordei. Mas se essa moça... essa mulher... era mesmo a Martine a respeito da qual Edmund havia me escrito, achei que deveríamos recebê-la. Escrevi ao endereço que ela me passou nas cartas, convidando-a para vir a Rutherford Hall e nos encontrar. Alguns dias depois recebi um telegrama de Londres: *Sinto muito tive que voltar à França inesperadamente. Martine.* Não houve mais cartas nem qualquer tipo de notícia.

— E isto tudo aconteceu... quando?

Emma franziu as sobrancelhas.

— Foi pouco antes do Natal. Eu sei porque queria sugerir que ela passasse o Natal conosco... mas meu pai não quis conversa. Então eu sugeri que ela viesse no fim de semana depois do Natal, pois a família ainda estaria aqui. Acho que o telegrama dizendo que ela voltaria à França chegou poucos dias antes do Natal.

— E a senhorita crê que a mulher cujo corpo foi encontrado no sarcófago possa ser Martine?

— Não, é claro que não. Mas quando o senhor disse que ela devia ser estrangeira... bom, não pude deixar de pensar... quem sabe...

Sua voz se apagou.

Craddock falou rápido e em tom tranquilizador.

— A senhorita fez certo em me contar. Vamos investigar. Eu diria que há pouca dúvida de que a mulher que se correspondeu com a senhorita tenha *de fato* voltado à França e agora está lá, viva e bem. Por outro lado, *existe* certa coincidência entre as datas, como a senhorita teve a inteligência de notar. Como ouviu durante o reconhecimento, segundo as evidências do legista, a morte da falecida deve ter ocorrido por volta de duas ou três semanas atrás. Mas não se preocupe, Miss Crackenthorpe, deixe conosco. — Ele complementou em tom casual. — A senhorita consultou Mr. Harold Crackenthorpe. E quanto a seu pai e os outros irmãos?

— Tive que contar a meu pai, evidentemente. Ele ficou muito nervoso. — Ela deu um leve sorriso. — Estava convencido de que era um golpe para roubar nosso dinheiro. Meu pai fica muito agitado quando se trata de dinheiro. Ele acredita, ou finge que acredita, que é muito pobre e que tem que poupar cada moedinha que tiver. Creio que os mais velhos ficam com esse tipo de obsessão. Não é verdade, é claro. Ele tem uma renda muito grande e não gasta nem um quarto do que ganha. Ou não gastava, até esses tempos de imposto de renda tão elevado. É certo que ele tem muitas economias guardadas. — Ela fez uma pausa e depois seguiu. — Também contei aos meus irmãos. Alfred tratou como piada, embora também tenha achado que a mulher fosse uma impostora. Cedric não se interessou... ele é mais dado a pensar só em si. Nossa ideia era que a família recebesse Martine e que nosso advogado, Mr. Wimborne, também estivesse presente.

— O que Mr. Wimborne achou da carta?

— Não chegamos a ponto de discutir a carta com ele. Estávamos a caminho de fazê-lo quando chegou o telegrama de Martine.

— Vocês não tomaram nenhuma outra medida?

— Sim. Eu escrevi para o endereço em Londres com *Favor encaminhar* no envelope, mas não obtive nenhum tipo de resposta.

— Que situação curiosa... hum...

Ele lhe dirigiu um olhar afiado.

— O que a senhorita pensa a respeito?

— Eu não sei o que pensar.

— Quais foram suas reações na época? Achou que a carta fosse genuína... ou concordou com seu pai e irmãos? E quanto a seu cunhado, a propósito, o que ele achou?

— Ah, Bryan achou que a carta fosse genuína.

— E a senhorita?

— Eu... não tive certeza.

— E quais são suas opiniões a respeito... supondo que a moça *era* de fato a viúva do seu irmão Edmund?

O rosto de Emma amoleceu.

— Eu gostava muito de Edmund. Ele era meu irmão predileto. A carta me pareceu exatamente o tipo que uma moça como Martine escreveria diante das circunstâncias. O rumo dos acontecimentos que ela descreveu era totalmente natural. Supus que, quando a guerra acabou, ela tivesse se casado de novo ou estivesse com um homem que protegia ela e o filho. Então, quem sabe, este homem tenha morrido ou a abandonado, e então lhe pareceu certo recorrer à família de Edmund, como ele mesmo ia querer que ela fizesse. A carta me pareceu genuína e natural. Mas Harold ressaltou que, se tivesse sido escrita por uma impostora, seria uma mulher que havia conhecido Martine e que estava de posse de todos esses dados, e assim escreveria uma carta plausível. Eu tive que admitir que fazia sentido... mas, de qualquer modo...

Ela se deteve.

— A senhorita queria que fosse verdade? — perguntou Craddock delicadamente.

Ela olhou para ele com gratidão.

— Sim, eu queria que fosse verdade. Eu ficaria muito contente se Edmund tivesse deixado um filho.

Craddock assentiu.

— Como a senhorita diz, a carta, à primeira vista, parece genuína. O que é surpreendente é a sequência; a partida abrupta de Martine Crackenthorpe rumo a Paris e o fato de não haver mais notícias dela desde então. A senhorita mesmo havia respondido à carta e estava disposta a recebê-la. Por que, mesmo que ela tivesse que voltar à França, ela não se correspondeu de novo? Supondo que fosse a Martine verdadeira, no caso. Se fosse uma impostora, seria mais fácil de explicar. Eu achei que a senhorita pudesse ter consultado Mr. Wimborne e que ele pudesse ter iniciado investigações que tivessem alarmado a mulher. A senhorita me diz que não é o caso. Mas ainda existe a possibilidade de que um de seus irmãos possa ter feito algo desse tipo. É possível que esta Martine tenha origens que não se sustentassem frente a uma investigação. Ela pode ter suposto que iria tratar apenas com a irmã afetuosa de Edmund, não com homens de negócios com a cabeça dura e desconfiança total. Talvez ela esperasse conseguir com a senhora uma soma em dinheiro para a criança (que não seria mais criança, mas um garoto de seus quinze ou dezesseis anos) sem muitas perguntas. Mas, em vez disso, ela descobriu que ia se deparar com algo muito diferente. Afinal, eu imagino que viriam à tona questões jurídicas sérias. Se Edmund Crackenthorpe deixou um filho, nascido dentro do matrimônio, ele seria um dos herdeiros do patrimônio de seu pai, não seria?

Emma assentiu.

— No mais, pelo que me foi contado, ele, no devido tempo, herdaria Rutherford Hall e as terras ao redor. Terras de altíssimo valor para se construir no momento, creio eu.

Emma ficou um tanto assustada.

— Sim, eu não havia pensado nisso.

— Bom, eu não me preocuparia — disse Inspetor Craddock. — A senhorita fez certo em me contar. Eu vou investigar mais, porém me parece altamente provável que não exista conexão entre a mulher que escreveu a carta (e que provavelmente estivesse tentando lucrar com um golpe) e a mulher cujo corpo foi encontrado no sarcófago.

Emma levantou-se com um suspiro de alívio.

— Fico muito contente de ter lhe contado. O senhor foi muito gentil.

Craddock a acompanhou até a porta.

Depois, telefonou para o Detetive-Sargento Wetherall.

— Bob, tenho um serviço para você. Vá à Elvers Crescent, 126, número 10. Leve fotos da mulher de Rutherford Hall. Veja o que consegue descobrir a respeito de uma mulher que se identificava como Mrs. Crackenthorpe, Mrs. Martine Crackenthorpe, que estava ou morando ali ou recebendo cartas ali, entre, digamos, quinze de dezembro e o fim do mês.

— Certo, senhor.

Craddock ocupou-se de outras questões que tinha no gabinete. À tarde, foi tratar com um empresário do ramo do teatro que era seu amigo. Suas investigações não renderam frutos.

Mais tarde, quando ele voltou ao escritório, encontrou um cabograma de Paris sobre a mesa.

Pormenores que o senhor forneceu condizem com Anna Stravinska, do Ballet Maritski. Sugiro que venha até aqui. Dessin, Chefatura.

Craddock deu um grande suspiro de alívio e seu cenho afrouxou.

Finalmente! Era o fim da caçada a essa pista da tal Martine Crackenthorpe... Ele resolveu pegar a balsa noturna para Paris.

Capítulo 13

— Muito gentil de sua parte ter me convidado para tomar chá com a senhorita — disse Miss Marple a Emma Crackenthorpe.

Miss Marple estava especialmente terna e meiga: o retrato de uma velhinha querida. Ela olhava radiante às pessoas ao redor. Harold Crackenthorpe em seu terno escuro sob medida; Alfred, que lhe servia sanduíches com um sorriso encantador; Cedric, parado à lareira com seu casaco de tweed puído, fazendo carrancas para toda a família.

— Estamos muito felizes que a senhorita pode comparecer — disse Emma, com toda educação.

Não havia indicativo da cena que ocorrera depois do almoço naquele mesmo dia, quando Emma havia declarado:

— Nossa, quase me esqueço. Eu avisei Miss Eyelesbarrow que hoje ela podia trazer sua tia idosa para o chá.

— Marque para outro dia — retrucou Harold, em tom grosseiro. — Ainda temos muito a conversar. Não queremos estranhos por aqui.

— Deixe-a tomar o chá na cozinha ou outro lugar com a sobrinha — sugeriu Alfred.

— Ah, não, não teria como — falou Emma com firmeza. — Seria uma grande grosseria.

— Ah, ela que venha — disse Cedric. — Podemos apoquentá-la para saber um pouco mais sobre a maravilhosa Lucy.

De minha parte, eu queria saber mais sobre a moça. Não sei se eu confio nela. Muito espertinha.

— Ela tem muitos contatos e é deveras genuína — disse Harold. — Tomei como minha incumbência descobrir. É bom se ter certeza, depois que ela saiu bisbilhotando e encontrou o corpo.

— Se ao menos soubéssemos quem era aquela maldita — disse Alfred.

Harold complementou, furioso:

— Eu tenho que dizer, Emma, que você perdeu o juízo ao sugerir à polícia que a falecida podia ser a namoradinha francesa de Edmund. Agora eles vão se convencer de que ela veio aqui e que provavelmente um de *nós* a matou.

— Ah, não, Harold. Não seja exagerado.

— Harold está certo — disse Alfred. — Seja lá o que a tenha possuído, eu não sei o que foi. Aonde quer que eu vá, fico com a sensação de que estou sendo seguido por homens à paisana.

— Eu disse a ela para não contar — falou Cedric. — Depois Quimper lhe deu apoio.

— Não era da conta dele — disse Harold, irritado. — Ele que cuide de seus comprimidos e talcos e lide com o Sistema de Saúde.

— Ah, parem de brigar — pediu Emma, cansada. — Estou muito contente que essa Miss Sei-lá-o-quê esteja vindo para o jantar. Será muito bom para nós receber uma estranha e nos prevenir de repetir as mesmas coisas tantas vezes. Eu tenho que ir me arrumar.

Ela saiu da sala.

— Essa Lucy Eyelesbarrow — disse Harold, mas se deteve. — Como Cedric diz, é estranho ela ficar metendo o nariz no celeiro e ainda abrir um sarcófago. Um trabalho hercúleo. Talvez devêssemos tomar algumas medidas. Achei que a postura dela foi bastante antagonista no almoço...

— Deixem-na comigo — disse Alfred. — Logo eu descubro se está metida com alguma coisa.

— Afinal, *por que* abrir aquele sarcófago?

— Talvez ela não seja Lucy Eyelesbarrow de verdade — sugeriu Cedric.

— Mas qual seria o sentido...? — Harold parecia incomodadíssimo. — Ah, diabos!

Eles se entreolharam com expressões preocupadas.

— E lá vem a velha pestilenta chegando para o chá. Bem quando queremos *raciocinar*.

— Conversaremos à noite — disse Alfred. — Até lá, vamos sondar a tia velha a respeito de Lucy.

E assim Miss Marple foi devidamente recebida por Lucy e disposta em frente à lareira. Agora Alfred lhe servia sanduíches e ela sorria com a aprovação que sempre tinha diante de um homem bonito.

— Agradeço muito... me permite perguntar...? Ah, ovo e sardinha. Sim, está ótimo. Sinto dizer que sou bastante gulosa com meu chá. Conforme a pessoa envelhece, sabem... E, é claro que depois, à noite, faço apenas uma ceia frugal... Tenho que me cuidar. — Ela se virou para a anfitriã mais uma vez. — Que bela casa a senhorita tem. E tantas lindezas. Estes bronzes, ora, lembram os que meu pai comprou na Exposição de Paris. É mesmo seu avô? No estilo clássico, não foi? Muito bonitos. Que prazer ter seus irmãos junto, não é? As famílias costumam ficar tão dispersas. Na Índia, embora eu acredite que já tenha se encerrado por lá... e na África... na costa oeste, com aquele clima terrível.

— Dois dos meus irmãos moram em Londres.

— Que ótimo.

— Mas meu irmão Cedric é pintor e mora em Ibiza, uma das Ilhas Baleares.

— Pintores são tão afeitos das ilhas, não é? — comentou Miss Marple. — Chopin... foi em Maiorca, não foi? Mas ele era músico. Estou pensando em Gauguin. Que vida triste...

a pessoa sente que foi mal aproveitada. Eu, de minha parte, nunca dei bola para essas pinturas das nativas. E embora eu saiba que ele é admirado, nunca gostei daqueles tons de mostarda. A pessoa fica muito biliosa quando olha esses quadros.

Ela fitou Cedric com ar de leve reprovação.

— Conte-nos de Lucy quando criança, Miss Marple — pediu Cedric.

Ela sorriu para ele, encantada.

— Lucy sempre foi tão esperta — disse ela. — Era sim, querida, não me interrompa. Um destaque na aritmética. Ora, me lembro de quando o açougueiro cobrou mais caro por aquela peça de filé...

Miss Marple entrou a todo vapor em reminiscências sobre a infância de Lucy e, a partir dali, suas próprias experiência morando num vilarejo.

A torrente de reminiscências foi interrompida pela chegada de Bryan e dos meninos, molhados e sujos depois de uma busca entusiástica por pistas. O chá foi servido e com ele veio o Dr. Quimper, que ergueu as sobrancelhas levemente enquanto olhava em volta depois de ser apresentado à velhinha e cumprimentá-la.

— Espero que seu pai esteja se sentindo bem hoje, Emma.

— Ah, sim... Quer dizer, ele estava um pouco cansado à tarde...

— Para evitar as visitas, imagino eu — disse Miss Marple com um sorriso travesso. — Lembro muito bem de meu velho pai. "Vai receber um bando de velhas corocas?", ele dizia a minha mãe. "Sirva meu chá no escritório." Muito travesso, ele.

— Por favor, a senhora não pense... — Emma começou a dizer, mas Cedric interveio.

— O chá é sempre no escritório quando seus queridos filhos aparecem. É de se esperar em termos psicológicos, não é, doutor?

Dr. Quimper, que estava devorando sanduíches e bolo de café com a estima sincera de um homem que costumava ter pouco tempo para dedicar às refeições, disse:

— A psicologia está muito bem entre os psicólogos. O problema é que hoje em dia todos são psicólogos amadores. Meus pacientes vêm *me* contar exatamente de quais complexos e neuroses sofrem, sem me dar uma chance de lhes dizer. Obrigado, Emma, aceito mais uma xícara. Hoje não tive tempo para almoçar.

— A vida de médico, tão nobre e de tantos sacrifícios... — comentou Miss Marple.

— A senhora não deve conhecer muitos médicos — disse Dr. Quimper. — Sanguessugas, como costumavam chamar. E, em geral, sanguessugas são! De qualquer modo, hoje em dia somos pagos, o Estado cuida dessa parte. Nada de enviar contas que você sabe que nunca serão quitadas. O problema é que todos os pacientes que se tem estão decididos a "tirar tudo do Governo", e, assim, se a Jennyzinha tosse à noite, ou o Tommyzinho come muita maçã verde, lá vai o pobre doutor no meio da noite. Ah, enfim! Estupendo seu bolo, Emma. Que boa cozinheira você é!

— Não é meu. É de Miss Eyelesbarrow.

— Você faz tão bem quanto — disse Quimper, ainda fiel à anfitriã.

— Pode vir dar uma olhada no papai?

Ela se levantou e o médico foi atrás. Miss Marple ficou assistindo-os saírem do recinto.

— Percebo que Miss Crackenthorpe é uma filha muito dedicada — disse ela.

— Não entendo como ela aguenta o velho — disse o desembaraçado Cedric.

— Ela tem uma casa confortável e papai é muito apegado a ela — falou Harold na hora.

— Em é legal — disse Cedric. — Nasceu para ser uma velha solteirona.

Houve um breve cintilar no olho de Miss Marple ao dizer:
— Ah, o senhor acha?
Harold disse rápido:
— Meu irmão não usou o termo velha solteirona no sentido ofensivo, Miss Marple.
— Ah, mas não me ofendi — disse Miss Marple. — Só queria saber se ele tinha razão. Eu não diria que Miss Crackenthorpe é uma velha solteirona. Ela é do tipo que tem grandes chances de se casar mais tarde... e ter um casamento de sucesso.
— Não é muito provável, se ficar morando aqui — falou Cedric. — Ela nunca vai encontrar ninguém com quem possa se casar.
O cintilar de Miss Marple ficou mais acentuado do que nunca.
— Sempre há os clérigos... e os médicos.
Seus olhos, suaves e travessos, passaram de um a outro. Ficou evidente que ela havia sugerido algo em que eles nunca haviam pensado e do que não se agradaram.
Miss Marple se pôs de pé e, ao fazê-lo, deixou cair várias mantas de lã, assim como sua bolsa.
Os três irmãos foram prestativos em recolher tudo.
— Quanta gentileza — arrulhou Miss Marple. — Ah, sim, meu cachecolzinho azul. Sim, como eu disse... foi uma imensa gentileza fazerem esse convite. Eu vinha imaginando, sabe, como seria sua casa... para poder visualizar minha cara Lucy trabalhando aqui.
— Perfeitas condições... com um assassinato de brinde — disse Cedric.
— Cedric! — A voz de Harold saiu furiosa.
Miss Marple sorriu para Cedric.
— Sabe quem você me lembra? O jovem Thomas Eade, o filho do nosso gerente do banco. Sempre querendo chocar. Não deu muito certo no circuito bancário, evidentemente, então ele foi para as Índias Ocidentais... Voltou para casa

quando o pai morreu e herdou bastante dinheiro. Foi muito bom para ele. Sempre foi melhor em gastar dinheiro do que em ganhar.

Lucy levou Miss Marple para casa. Quando voltou, um vulto surgiu do escuro e ficou iluminado pelos faróis quando ela estava prestes a dobrar na alameda dos fundos da propriedade. O vulto estendeu a mão e Lucy reconheceu Alfred Crackenthorpe.

— Bem melhor — observou ele ao entrar no carro. — Brr, que frio! Achei que eu precisava de uma bela e revigorante caminhada. Mas não. Levou a senhorinha para casa?

— Sim. Ela gostou muito da visita.

— Dava para ver. É engraçado como as senhorinhas têm esse gosto por companhia, por mais sem graça que seja. E nada poderia ser mais sem graça do que Rutherford Hall. Dois dias aqui é o máximo que aguento. Como você consegue, Lucy? Não se importa que eu a chame de Lucy, importa-se?

— De modo algum. E eu não acho sem graça. Claro que, no meu caso, não é algo permanente.

— Eu tenho observado a senhorita. Uma moça muito esperta, você, Lucy. Muito esperta para se desperdiçar em cozinha e faxina.

— Obrigada, mas eu prefiro cozinhar e faxinar a um trabalho de escritório.

— Eu também prefiro. Mas existem outras maneiras de viver. Você podia ser autônoma.

— Eu sou.

— Não assim. Quis dizer no sentido de trabalhar para si, de usar seu cérebro contra...

— Contra o quê?

— Contra os poderes constituídos! Todas as regras tolas e embusteiras que nos tolhem hoje em dia. O interessante é que sempre há uma maneira de contorná-las. Basta ser inteligente. E você é. Então me diga: essa ideia não lhe apetece?

— Talvez.

Lucy fez a manobra para entrar com o carro nos estábulos.

— Não vai se comprometer?

— Teria que ouvir mais.

— Sendo muito sincero, minha cara, eu teria utilidade para você. A senhorita tem o tipo de conduta que é inestimável. Que gera confiança.

— Quer que eu ajude o senhor a vender barras de ouro?

— Nada tão arriscado. Apenas um pequeno contorno da lei... nada mais. — Sua mão passou pelo braço dela. — Você é uma moça muito atraente, Lucy. Eu gostaria de tê-la como parceira.

— Fico lisonjeada.

— Quer dizer que não aceita? Pense. Pense na diversão. No prazer que teria em passar a perna nos sisudos. O problema é que é preciso capital.

— Sinto dizer que não tenho.

— Ah, mas não quis lhe dar um golpe! Eu vou pôr as mãos num bom dinheiro em breve. Meu honrado papai não vai viver para sempre, aquele bicho velho. Quando ele bater as botas, eu vou ganhar uma grana de verdade. Que tal, Lucy?

— Quais são os termos?

— Casamento, se lhe agradar. As mulheres costumam querer se casar, por mais avançadas e independentes que sejam. Além disso, mulheres casadas não podem depor conta os maridos.

— Isso não é nada lisonjeiro!

— Pare com isso, Lucy. Não se deu conta de que estou apaixonado por você?

Para sua surpresa, Lucy estava, sim, ciente, de um estranho fascínio. Havia algo de encantador em Alfred, quem sabe devido a seu magnetismo animal. Ela riu e soltou-se do braço que a circundava.

— Não há tempo para galanteios. Temos que pensar no jantar.

— Aí está, Lucy. E você é uma ótima cozinheira. O que teremos para o jantar?

— Espere para ver! Você é tão ansioso quanto os meninos!

Os dois entraram na casa e Lucy correu à cozinha. Ficou surpresa ao ter seus preparativos interrompidos por Harold Crackenthorpe.

— Miss Eyelesbarrow, posso falar com a senhorita?

— Pode ser depois, Mr. Crackenthorpe? Estou bastante atrasada.

— É claro. É claro. Depois do jantar?

— Sim, pode ser.

O jantar foi devidamente servido e apreciado. Lucy terminou de lavar a louça e saiu ao saguão, onde encontrou Harold Crackenthorpe esperando por ela.

— Sim, Mr. Crackenthorpe?

— Podemos entrar aqui? — Ele abriu a porta para a sala de estar e tomou a frente. Fechou a porta depois que ela passou.

— Eu partirei amanhã pela manhã — explicou ele —, mas quero dizer como fiquei pasmo com seu potencial.

— Obrigada — disse Lucy, sentindo-se um tanto quanto surpresa.

— Penso que aqui seus talentos são desperdiçados, muito desperdiçados.

— O senhor acha? Eu não.

"Seja como for, *este* não vai pedir para se casar comigo", pensou Lucy. "Ele já tem esposa."

— Sugiro que, depois de auxiliar-nos durante esta crise lamentável, a senhorita me procure em Londres. Se telefonar e marcar um horário, deixarei instruções com minha secretária. A verdade é que poderíamos fazer uso de alguém com sua capacidade extraordinária na firma. Poderíamos discutir abertamente em que campo seus talentos seriam empregados de forma mais apta. Posso lhe oferecer um ótimo salário, Miss Eyelesbarrow, um excelente salário, com excelentes perspectivas futuras. Creio que ficará surpresa, e de modo muito favorável.

O sorriso dele foi magnânimo.
Lucy falou com modéstia:
— Obrigada, Mr. Crackenthorpe. Eu vou pensar.
— Não espere demais. Uma jovem ansiosa para se encontrar no mundo não deveria perder essas oportunidades.
Os dentes dele brilharam de novo.
— Boa noite, Miss Eyelesbarrow. Durma bem.
— Ora, ora — disse Lucy a si mesma. — Ora, ora... muito interessante...
A caminho da cama, Lucy deparou-se com Cedric nas escadas.
— Olha, Lucy, quero lhe dizer uma coisa.
— Quer que eu me case com o senhor e vá morar em Ibiza para cuidar de sua casa?
Cedric pareceu pasmo e um tanto alarmado.
— Nunca pensei numa coisa dessas.
— Desculpe. Eu me enganei.
— Só queria saber sobre o seu cronograma em casa.
— Só isso? Está anotado na mesa do saguão.
— Olhe aqui — disse Cedric, em tom de reprovação. — A senhorita não fique achando que todos querem pedi-la em casamento. É uma moça muito bonita, mas não tão bonita assim. Esse tipo de coisa deixa a pessoa arrogante e só piora a situação. Aliás, a senhorita é a última moça no mundo com quem eu teria vontade de me casar. A última.
— É mesmo? — perguntou Lucy. — Não precisava esfregar na minha cara. Talvez preferisse me ter como madrasta?
— Como é? — Cedric a encarou, perplexo.
— O senhor me ouviu — disse Lucy, antes de entrar no quarto e fechar a porta.

Capítulo 14

Dermot Craddock estava confraternizando com Armand Dessin na Chefatura de Paris. Os dois haviam se encontrado em uma ou duas ocasiões e se acertado bem. Como Craddock falava francês fluente, a maior parte da conversa se deu naquela língua.

— É apenas uma ideia — Dessin lhe alertou. — Tenho aqui um retrato do *corps de ballet*... aqui é ela, a quarta a partir da esquerda. Isto lhe diz alguma coisa, não?

Inspetor Craddock respondeu que, na verdade, não. Uma jovem estrangulada não é fácil de identificar, e naquele retrato todas as jovens envolvidas estavam com maquiagem forte e usando toucados de passarinho muito extravagantes.

— *Pode* ser — falou ele. — Não vou mais longe do que isso. Quem era ela? O que sabemos dela?

— Quase nada — disse o outro, jocoso. — Ela não era importante, entende? E o Ballet Maritski... também não é importante. Elas se apresentam em teatros suburbanos e saem em turnê. Não têm nomes de peso, nem estrelas, não há bailarinas famosas. Mas eu o levarei para ver Madame Joliet, que administra a companhia.

Madame Joliet era uma francesa enérgica e com ar de mulher de negócios que tinha um olhar arguto, um pequeno bigode e grandes dobras de tecido adiposo.

— Não gosto de polícia! — Ela fez cara feia para eles, sem camuflar o desgosto com a visita. — Sempre que podem, eles me fazem passar vergonha.

— Não, não, madame, não diga uma coisa dessas — falou Dessin, que era um homem alto, magro e de aparência melancólica. — Quando eu lhe causei algum embaraço?

— Com aquela tolinha que tomou ácido carbólico — respondeu Madame Joliet prontamente. — E tudo porque ela se apaixonou pelo *chef d'orchestre*... que não está nem aí para as mulheres e tem outros interesses. O senhor fez um escarcéu! O que não ajuda em nada meu belo balé.

— Pelo contrário, rendeu muito na bilheteria — disse Dessin. — E isso já faz três anos. A senhora não devia guardar rancor. Agora, quanto à moça, Anna Stravinska...

— O que tem? — perguntou a madame, cautelosa.

— Ela é russa? — questionou o Inspetor Craddock.

— Não, não mesmo. Por conta do nome? Todas elas têm esses nomes, as garotas. Ela não era importante, não dançava bem, nem era muito bonita. *Elle était assez bien, c'est tout.* Ela dançava bem para o *corps de ballet.* Mas nada de solos.

— Era francesa?

— Talvez. Tinha passaporte francês. Mas uma vez ela me disse que tinha um marido inglês.

— Ela lhe disse que tinha um marido inglês? Vivo... ou morto?

Madame Joliet deu de ombros.

— Morreu ou a abandonou. Como é que eu vou saber? Essas meninas... sempre encrencadas com homem...

— Quando a viu pela última vez?

— Eu levei minha companhia a Londres por seis semanas. Fomos a Torquay, a Bournemouth, a Eastbourne, a outro lugar que esqueci e a Hammersmith. Aí voltamos à França, mas Anna... Anna não veio. Ela mandou uma mensagem só para dizer que deixou a companhia, que ia morar com a família do marido. Uma besteira dessas. Eu, de minha parte, não achei que fosse verdade. Acho mais provável que ela tenha encontrado um homem, entende.

Inspetor Craddock assentiu. Ele percebeu que era o que Madame Joliet pensava, invariavelmente.

— E para mim não é perda nenhuma. Não me importo. Posso conseguir moças tão boas ou melhores para vir e dançar, então dei de ombros e não pensei mais. Por que deveria? São todas iguais essas moças, loucas por homem.

— Em que data foi isso?

— Quando voltamos para a França? Foi... sim... no domingo antes do Natal. E Anna, ela saiu dois... ou seriam três... dias antes? Não consigo me lembrar direito... Mas o fim da semana em Hammersmith tivemos que dançar sem ela... ou seja, reorganizar as coisas... Foi muito maldoso da parte dela... mas essas meninas... na hora que encontram um homem, ficam todas iguais. Mas eu digo para todas. "*Zut*, essa eu não aceito de volta!"

— Muito incômodo para a senhora.

— Ah! Eu? Para mim não faz diferença. Não duvido que ela tenha passado o feriado de Natal com um homem que ela conheceu por aí. Não é da minha conta. Eu consigo achar outras meninas... meninas que vão correr à oportunidade de dançar no Ballet Maritski e que dançam tão bem quanto... Até melhor que Anna.

Madame Joliet fez uma pausa e depois perguntou, com um cintilar repentino de interesse:

— Por que vocês querem encontrar Anna? Ela herdou algum dinheiro?

— Pelo contrário — respondeu o Inspetor Craddock, educadamente. — Acreditamos que ela possa ter sido assassinada.

Madame Joliet voltou à indiferença.

— *Ça se peut!* Acontece. Ah, enfim! Era uma boa católica. Ia à missa aos domingos e não tenho dúvida de que se confessava.

— Ela chegou a falar à senhora que tinha um filho?

— Filho? Quer dizer que ela tinha uma criança? Olha, isso eu acho bem difícil. Essas meninas, todas... todas sabem de um lugar em que podem ir para isso. *Monsieur* Dessin conhece tanto quanto eu.

— Ela pode ter tido o filho antes de adotar a vida nos palcos — disse Craddock. — Durante a guerra, por exemplo.

— *Ah! Dans la guerre.* Sim, é possível. Mas, se foi o caso, não sei de nada.

— Quem entre as outras moças eram as amigas mais íntimas de Anna?

— Posso lhe dar dois ou três nomes... mas ela não tinha muita intimidade com nenhuma.

Não conseguiram tirar nada de útil de Madame Joliet.

Ao lhe apresentarem o pó compacto, ela disse que Anna tinha um daquele tipo, mas era igual ao da maioria das moças. Era possível que Anna tivesse comprado um casaco de peles em Londres, mas ela não sabia.

— Eu me ocupo dos ensaios, da iluminação, da parte difícil do negócio. Não tenho tempo para ficar olhando o que minhas artistas vestem.

Depois de Madame Joliet, eles interrogaram as moças cujos nomes ela havia passado. Uma ou duas haviam conhecido Anna bem, mas todas disseram que ela não era muito de falar de si e que, quando falava, disse uma das meninas, quase sempre mentia.

— Ela gostava de faz de conta. Contava uma história de que tinha sido amante de um grão-duque. Ou de um grande financista inglês... ou que trabalhou para a Resistência na guerra. Tem até história de quando foi estrela de cinema em Hollywood.

Outra moça disse:

— Eu acho que na verdade ela tinha uma existência burguesa bem tranquila. Ela gostava de participar do balé porque achava romântico, mas não dançava bem. Os senhores entendem que, se ela dissesse "Meu pai era alfaiate em Amiens", não ia ser romântico! Por isso ela inventava coisas.

— Até em Londres — disse a primeira moça —, ela ficava dando indiretas de que um homem muito rico ia levá-la num cruzeiro pelo mundo, porque Anna fazia ele se lembrar da filha que faleceu num acidente de carro. *Quelle blague!*

— Para *mim* ela disse que ia morar com um lorde rico na Escócia — disse a segunda moça. — Ela disse que ia caçar cervos.

Nada do que elas disseram ajudou. Tudo que se revelava era que Anna Stravinska era uma mentirosa muito produtiva. Era certo que ela não estava atirando em cervos com um fidalgo na Escócia e parecia igualmente improvável que estivesse no convés de um cruzeiro rodando o mundo. Mas tampouco havia motivo para crer que seu corpo tivesse sido encontrado em um sarcófago em Rutherford Hall. A identificação da parte das moças e Madame Joliet era muito incerta e duvidosa. Todas concordaram que era uma pessoa parecida com Anna. Mas, oras! Inchada, daquele jeito… podia ser qualquer uma!

O único fato que estava definido era que, em dezenove de dezembro, Anna Stravinska havia resolvido não voltar à França e que, no dia vinte de dezembro, uma mulher que a lembrava em aparência havia viajado a Brackhampton no trem das 16h33 e havia sido estrangulada.

Se a mulher no sarcófago *nao era* Anna Stravinska, onde Anna estaria agora?

A essa pergunta, a resposta de Madame Joliet foi categórica e inevitável.

— Com um homem!

E provavelmente era a resposta correta, Craddock refletiu, pesaroso.

Havia de se considerar outra possibilidade, levantada pelo comentário passageiro de que Anna, uma vez, havia dito que tinha um marido inglês.

Seria esse marido Edmund Crackenthorpe?

Parecia improvável, considerando o esboço do caráter de Anna que fora dado por aquelas que a conheceram. O mais provável era que Anna tivesse conhecido a moça Martine com intimidade suficiente para ter contato com os detalhes necessários. *Podia* ter sido Anna quem havia escrito a carta a Emma Crackenthorpe e, se tivesse sido o acaso, Anna teria grande probabilidade de se assustar com qualquer menção sobre uma investigação. Talvez ela tivesse inclusive considerado prudente cortar laços com o Ballet Maritski. Mais uma vez: onde ela estaria agora?

E mais uma vez, inevitavelmente, a resposta de Madame Joliet era a mais provável.

Com um homem...

Antes de sair de Paris, Craddock discutiu com Dessin a dúvida em torno da mulher chamada Martine. Dessin estava disposto a concordar com o colega inglês que a questão provavelmente não tinha vínculo com a mulher encontrada no sarcófago. De qualquer modo, concordou ele, o assunto merecia ser investigado.

Ele assegurou a Craddock que a *Sûreté* faria o máximo para descobrir se havia algum registro de casamento entre um Tenente Edmund Crackenthorpe do 4º Regimento de Southshire e uma francesa cujo primeiro nome era Martine. A época: pouco antes da queda de Dunkirk.

Ele avisou Craddock, contudo, que talvez não tivessem uma resposta definitiva. A área em questão não só havia sido ocupada pelos alemães quase na mesma época, mas subsequentemente aquela região da França passou por prejuízos sérios na época da invasão. Muitos prédios e registros haviam sido destruídos.

— Mas tenha a garantia, meu caro colega, de que daremos nosso melhor.

Com isso, ele e Craddock despediram-se.

Ao retorno de Craddock, o Sargento Wetherall estava aguardando para um informe com prazer melancólico:

— Era um endereço temporário, senhor: Elvers Crescent, 126, no caso. Bastante respeitável e tudo o mais.

— Alguma confirmação?

— Não, ninguém conseguiu identificar a fotografia como a da mulher que pediu as cartas, mas creio que não a identificariam de modo algum. Faz quase um mês e muita gente circula pelo local. Na verdade, é um pensionato para estudantes.

— Ela pode ter se hospedado lá com outro nome.

— Se foi o caso, não a reconheceram como a original da fotografia.

Ele complementou:

— Fizemos a ronda dos hotéis... não havia ninguém registrada como Martine Crackenthorpe em nenhum deles. Ao receber sua chamada de Paris, conferimos Anna Stravinska. Ela ficou registrada com outras integrantes da companhia em um hotel barato perto de Brook Green. É onde fica o pessoal de teatro. Ela saiu na noite de quinta-feira, dia dezenove, depois do espetáculo. Não há mais registros.

Craddock assentiu. Ele sugeriu outro rumo de investigação... embora tivesse pouca esperança de êxito.

Depois de pensar um pouco, ele telefonou para a firma de advocacia Wimborne, Henderson e Carstairs e solicitou uma reunião com Mr. Winborne.

No devido tempo, ele foi conduzido a uma sala notavelmente abafada onde Mr. Winborne estava sentado atrás de uma grande escrivaninha à moda antiga, coberta com fardos de papéis de aparência poeirenta. Diversas caixas com as inscrições *Sir John Ffouldes, falecido; Lady Derrin, Dr. George Rowbottom,* ornavam as paredes; se eram relíquias de uma era passada ou correspondiam a assuntos jurídicos presentes, o inspetor não sabia.

Mr. Wimborne fitou o visitante com a cautela e a educação típicas de um advogado de família ao lidar com a polícia.

— Em que posso ajudá-lo, inspetor?

— Esta carta... — Craddock empurrou a carta de Martine pela mesa.

Mr. Wimborne a tocou com desgosto, mas não a levantou. Seu rubor cresceu um pouco e seus lábios se enrijeceram.

— Veja só — disse ele —, *veja só!* Recebi uma carta de Miss Emma Crackenthorpe ontem pela manhã, informando-me da visita dela à Scotland Yard e de... hã... das circunstâncias em geral. Devo dizer que estou com dificuldade, grande dificuldade, para entender por que não fui consultado a respeito desta carta no momento em que chegou! É extraordinário! Eu devia ter sido informado de imediato...

Inspetor Craddock entoou banalidades da melhor maneira que achou para apaziguar Mr. Wimborne e conduzi-lo a um estado de espírito mais favorável.

— Eu não tinha ideia de que havia essa questão quanto a Edmund ter se casado — disse Mr. Wimborne, com voz ofendida.

Inspetor Craddock disse que supunha que... em tempos de guerra... e deixou a frase se perder.

— Tempos de guerra! — vociferou Mr. Wimborne com aspereza. — Sim, é fato que ficávamos em Lincoln's Inn Fields no eclodir da guerra e a casa vizinha foi atingida em cheio, e um bom número dos nossos registros foi destruído. Não os documentos mais importantes, é claro; esses haviam sido levados ao interior por segurança. Mas isso já provocou bastante desordem. É evidente que a pasta dos Crackenthorpe estava nas mãos de meu pai na época. Ele faleceu há seis anos. Ouso dizer que *ele* possa ter sido avisado sobre esse suposto casamento de Edmund... Mas, à primeira vista, parece que aquele casamento, mesmo que tenha sido considerado, nunca ocorreu e, por isso, não tenho dúvida de que meu pai não considerou a história como tendo qualquer importância. Devo dizer que tudo me soa muito suspeito. Este surgimento, depois de tantos anos, alegando um casamento e um filho legítimo. Muitíssimo suspeito. Que provas ela tinha? Isso que eu quero saber.

— Realmente — disse Craddock. — Qual seria a posição dela ou a do filho?

— A ideia, suponho eu, era conseguir que os Crackenthorpe sustentassem tanto ela quanto o filho.

— Sim, mas eu quis dizer: a que ela e o filho teriam direito, em termos jurídicos, caso ela provasse o que afirmava?

— Ah, compreendi. — Mr. Wimborne pegou os óculos que havia deixado de lado em seu ataque colérico e os colocou de volta, fitando o Inspetor Craddock com atenção sagaz. — Bem, de momento, nada. Mas se ela pudesse provar que o menino era filho de Edmund Crackenthorpe, nascido dentro de um matrimônio legítimo, então o menino teria direito a sua parte do fundo de Josiah Crackenthorpe na ocasião da morte de Luther Crackenthorpe. Mais que isso: o menino herdaria Rutherford Hall, já que é filho do filho mais velho.

— Alguém gostaria de herdar a casa?

— Para morar? Eu diria que não, com certeza. Mas as terras, meu caro inspetor, são de valor considerável. Muito considerável. Terras para construções industriais e residenciais. Terras que agora ficam no meio de Brackhampton. Ah, é uma herança considerável.

— Se Luther Crackenthorpe falecer, creio que o senhor já me disse que elas ficariam com Cedric?

— Ele herdará a propriedade imobiliária, sim, como filho mais velho vivo.

— Cedric Crackenthorpe, pelo que fui levado a crer, não se interessa por dinheiro?

Mr. Wimborne dirigiu um olhar gélido a Craddock.

— É verdade? De minha parte, fico propenso a ouvir afirmações desta natureza com um pé atrás. Não duvido que existam pessoas abnegadas, que são indiferentes ao dinheiro. De minha parte, pelo menos, nunca as conheci.

Mr. Wimborne obviamente teve certa satisfação com seu próprio comentário.

Inspetor Craddock apressou-se a tirar vantagem dessa oportunidade.

— Harold e Alfred Crackenthorpe — ele se aventurou a dizer — parecem ter ficado muito contrariados com a chegada desta carta, não é?

— Sim, podem ter ficado — disse Mr. Wimborne.

— Isto reduziria a eventual herança dos dois?

— Com certeza. O filho de Edmund Crackenthorpe teria direito à quinta parte do dinheiro do fundo. Supondo, sempre, que exista esse filho.

— Não parece uma perda tão grande, não acha?

Mr. Wimborne lhe dirigiu um olhar arguto.

— É um motivo absolutamente impróprio para cometer um homicídio, se é a isso que se refere.

— Imagino que os dois estejam mal de dinheiro — murmurou Craddock.

Ele sustentou o olhar afiado de Mr. Wimborne sem mostrar emoção alguma.

— Ah! Então a polícia anda investigando? Sim, Alfred está em maus lençóis, quase o tempo todo. Ocasionalmente ele tem dinheiro de sobra, mas por períodos curtos... dinheiro que logo desaparece. Harold, como o senhor aparentemente descobriu, está no momento em situação precária.

— Apesar da aparência de prosperidade financeira?

— Uma fachada. Pura fachada! Metade das firmas de finanças não sabe se tem dinheiro para pagar as contas ou não. Livros-caixa podem ser maquiados até parecerem positivos ao olho não acostumado. Mas quando os bens ali listados não são bens... quando esses bens estão à beira do colapso... onde o senhor fica?

— Onde, supostamente, está Harold Crackenthorpe: em extrema carência de dinheiro.

— Bom, ele não conseguiria dinheiro estrangulando a viúva do finado irmão — disse Mr. Wimborne. — E ninguém matou Luther Crackenthorpe, que é o único homicídio que faria algum bem à família. Então, honestamente, inspetor, não entendi aonde suas ideias querem chegar.

"O pior de tudo", pensou Inspetor Craddock, "é que eu mesmo não tenho muita certeza."

Capítulo 15

Inspetor Craddock havia marcado uma reunião com Harold Crackenthorpe no escritório deste. Ele e o Sargento Wetherall chegaram pontualmente. O escritório ficava no quarto andar de uma grande quadra de escritórios do centro financeiro. Dentro, tudo exalava prosperidade e o auge do gosto empresarial moderno.

Uma jovem elegante anotou o nome dos dois, falou em tom muito discreto por um telefone, depois levantou-se e os conduziu à sala privativa de Harold Crackenthorpe.

Harold estava sentado atrás de uma grande mesa revestida de couro e com a aparência impecável e autoconfiante de sempre. Se, como as informações privativas do inspetor o haviam levado a conjecturar, ele estava à beira da falência, não havia sinal.

Ele ergueu o olhar com interesse franco e receptivo.

— Bom dia, Inspetor Craddock. Espero que isto signifique que tenha notícias definitivas para nos dar.

— Sinto dizer que ainda estamos longe disso, Mr. Crackenthorpe. São apenas mais algumas perguntas que eu gostaria de fazer.

— Mais perguntas? Tenho certeza de que já respondemos toda pergunta imaginável.

— Ouso dizer que assim pode lhe parecer, Mr. Crackenthorpe, mas é apenas nosso procedimento habitual.

— Bom, o que é desta vez? — Ele falava com impaciência.

— Ficarei grato se o senhor puder me dizer com exatidão o que fez na tarde e na noite do último dia vinte de dezembro... digamos, entre as quinze horas e a meia-noite.

Harold Crackenthorpe ficou vermelho de fúria.

— Esta parece ser a pergunta mais estapafúrdia que poderia me ser feita. O que significa, se me permitem perguntar?

Craddock deu um sorriso gentil.

— Significa apenas que eu gostaria de saber onde o senhor estava entre as quinze horas e a meia-noite da sexta-feira, vinte de dezembro.

— Por quê?

— Essa informação nos ajudaria a estreitar o foco.

— Estreitar? Então os senhores têm mais informações?

— Espero que estejamos mais perto da verdade, senhor.

— Não tenho certeza se eu devia responder à sua pergunta. Não sem a presença do meu advogado.

— É evidente que isso fica a critério do senhor — disse Craddock. — O senhor não tem obrigação de responder pergunta alguma e tem todo direito de ter um advogado presente antes de responder.

— O senhor por acaso não estaria, hã, se eu puder ser claro, me advertindo?

— Não, senhor, não. — Inspetor Craddock fez a devida expressão de choque. — Nada dessa natureza. As perguntas que estou fazendo são as mesmas que tenho feito a outros. Não há nada de diretamente pessoal. Trata-se apenas de uma questão de eliminações que se fazem necessárias.

— Ora, claro... fico ansioso para auxiliá-los do modo que eu puder. Deixe-me ver. Não é algo fácil de responder de primeira mão, mas aqui somos bastante sistemáticos. Miss Ellis, creio eu, poderá ajudar.

Ele falou rapidamente em um dos telefones na mesa e quase de imediato uma jovem de traços longilíneos, vestindo um terno negro sob medida, entrou com um caderno.

— Minha secretária Miss Ellis, Inspetor Craddock. Então, Miss Ellis, o inspetor gostaria de saber o que eu estava fazendo na tarde e noite de... qual era mesmo a data?

— Sexta-feira, vinte de dezembro.

— Sexta-feira, vinte de dezembro. Imagino que tenha algum registro.

— Ah, sim. — Miss Ellis saiu do recinto e voltou com uma agenda de memorandos, na qual começou a virar as páginas.

— O senhor estava no escritório na manhã de vinte de dezembro. O senhor teve conferência com Mr. Goldie a respeito da fusão da Cromartie e almoçou com Lorde Forthville no Berkeley...

— Ah, sim, foi aquele dia.

— O senhor retornou ao escritório por volta das quinze horas e ditou meia dúzia de cartas. Depois saiu para participar do leilão da Sotheby's, pois tinha interesse em manuscritos raros que entrariam à venda naquele dia. O senhor não voltou ao escritório, mas tenho um bilhete para lembrá-lo de que participaria do Catering Club naquela noite.

Ela parou e ergueu um olhar inquisitivo.

— Obrigado, Miss Ellis.

Miss Ellis saiu da sala suavemente.

— Agora minha mente se aclarou — disse Harold. — Eu fui à Sotheby's naquela tarde, mas os itens que eu queria sairiam por preços muito altos. Tomei chá em um lugarzinho da Jermyn Street... Russels, acho que era assim que se chamava. Entrei para assistir a um cinejornal por aproximadamente meia hora, depois voltei para casa. Moro na Cardigan Gardens, 43. O jantar do Catering Club aconteceu às 19h30 no Caterer's Hall. Depois voltei para casa e dormi. Creio que isso responde a todas as suas perguntas.

— Está muito claro, Mr. Crackenthorpe. A que horas o senhor voltou para casa para se vestir?

— Não sei se vou lembrar exatamente. Pouco depois das dezoito, imagino eu.

— E depois do jantar?
— Eram, acredito, 23h30 quando cheguei em casa.
— Seu empregado abriu a porta? Ou Lady Alice Crackenthorpe, talvez...
— Minha esposa, Lady Alice, está no sul da França e está lá desde dezembro. Eu mesmo entrei com minha chave.
— Então não há ninguém que possa confirmar que o senhor voltou para casa no horário que diz?

Harold lhe dirigiu um olhar gélido.

— Eu diria que os criados me ouviram entrar. Tenho um senhor e a esposa trabalhando para mim. Mas, ora, Inspetor...
— Por favor, Mr. Crackenthorpe, sei que esse tipo de pergunta é incômoda, mas estou quase no fim. O senhor tem carro?
— Sim, um Humber Hawk.
— O senhor mesmo dirige?
— Sim. Não uso muito, com exceção dos fins de semana. Dirigir em Londres é quase impossível hoje em dia.
— Eu imagino que o senhor dirija quando vai visitar seu pai e irmã em Brackhampton?
— Apenas se for passar algum tempo por lá. Se é só para passar uma noite como, no reconhecimento do corpo outro dia, eu sempre vou de trem. Há um serviço excelente de trem e é muito mais rápido do que ir de carro. O motorista que minha irmã contrata costuma me esperar na estação.
— Onde o senhor guarda o carro?
— Alugo uma garagem na viela atrás de Cardigan Gardens. Mais alguma pergunta?
— Creio que de momento são essas — disse o Inspetor Craddock, sorrindo e levantando-se. — Sinto pelo incômodo.

Quando estavam do lado de fora, o Sargento Wetherall, um homem que vivia em estado de suspeita sinistra de tudo e todos, comentou de modo bastante expressivo:

— Ele não *gostou* das perguntas... não gostou mesmo. Ficou irritado, e muito.

— Se você não cometeu um crime, é natural que se incomode quando alguém pensa que você cometeu — disse Inspetor Craddock, com expressão mais branda. — Incomodaria especialmente um homem de enorme reputação como Harold Crackenthorpe. Não é nada. O que temos que descobrir agora é se alguém viu de fato Harold Crackenthorpe no leilão daquela tarde, e o mesmo se aplica ao local onde tomou chá. Ele poderia ter facilmente pegado o trem das 16h33, lançado a mulher do vagão e tomado outro trem para voltar a Londres a tempo do jantar. Do mesmo modo, poderia ter conduzido o próprio carro naquela noite, levado o corpo ao sarcófago e voltado dirigindo. Pergunte na garagem da viela.

— Sim, senhor. O senhor acha que foi isso que ele fez?

— Como vou saber? — perguntou Inspetor Craddock. — Ele é um homem alto e moreno. Ele *podia* estar no trem e tem ligação com Rutherford Hall. Ele é um suspeito em potencial no caso. Agora vamos ao irmão Alfred.

Alfred Crackenthorpe tinha um pequeno apartamento em West Hampstead, num prédio grande e moderno, do tipo construído às pressas, com um pátio grande no qual os proprietários dos apartamentos estacionavam os carros com total falta de consideração pelos demais.

O apartamento era do tipo moderno, com armários embutidos, evidentemente alugado com a mobília. Tinha uma ampla mesa de compensado que descia da parede, uma cama-divã e diversas cadeiras de proporções improváveis.

Alfred Crackenthorpe os recebeu com amabilidade envolvente, mas o inspetor o achou nervoso.

— Estou intrigado — disse ele. — Posso lhe oferecer um drinque, Inspetor Craddock? — Ele ergueu várias garrafas em tom convidativo.

— Não, Mr. Crackenthorpe, obrigado.

— Então a coisa é feia? — Ele riu da própria piada, depois perguntou do que se tratava.

Inspetor Craddock fez suas perguntas ensaiadas.

— O que eu estava fazendo na tarde e na noite de vinte de dezembro. Como vou saber? Ora, isso faz.... o quê... mais de três semanas.

— Seu irmão Harold conseguiu nos responder com exatidão.

— Com o irmão Harold, até pode ser. Com o irmão Alfred, não. — Ele complementou com um toque de outra coisa... maldade invejosa, possivelmente. — Harold é o familiar de sucesso: ocupado, útil, empregado. Tem horário para tudo e tudo tem seu horário. Mesmo que acontecesse de ele cometer um... assassinato, chamamos assim?... teria hora cuidadosamente marcada e cumprida.

— Algum motivo em particular para usar esse exemplo?

— Não, não. Apenas veio à minha mente. Como o absurdo supremo.

— Agora, quanto ao senhor...

Alfred mostrou as mãos abertas.

— É o que eu já lhes disse... não tenho memória de horários nem de lugares. Se me perguntasse sobre o Natal, eu *acho* que conseguiria responder. É um ponto de referência. Eu sei onde estava no dia 25. Passamos o dia com meu pai em Brackhampton. Não sei por quê. Ele só resmunga dos gastos de nos receber... e resmungaria que nunca aparecemos, caso não tivéssemos ido. Na verdade, nós vamos só para agradar minha irmã.

— E o senhor foi este ano?

— Sim.

— Mas infelizmente seu pai estava doente, não estava?

Craddock estava procurando um assunto paralelo propositalmente, conduzido pelo tipo de instinto que costumava lhe ocorrer no trabalho.

— Ele estava doente. Como vive como um passarinho na causa gloriosa de poupar, quando se excedeu na bebida e na comida de uma hora para outra, o excesso teve seu preço.

— Então foi só isso, foi?
— É claro. O que mais seria?
— Eu soube que o médico ficou... preocupado.
— Ah, aquele velho tolo do Quimper — falou Alfred com pressa e desdém. — Não adianta nada ficar ouvindo *esse homem*, inspetor. Ele é um alarmista da pior estirpe.
— É mesmo? Ele me pareceu um homem muito sensato.
— É um tolo. Meu pai não é inválido de fato, não há nada de errado com o coração dele, mas ele aceita tudo que Quimper fala. Como era de se esperar, quando meu pai ficou doente de fato ele fez um alvoroço. Quimper teve que ir e voltar várias vezes, fazendo interrogatórios, querendo saber de tudo que ele comeu e bebeu. Foi ridículo! — falou Alfred com cólera incomum.

Craddock ficou em silêncio por alguns instantes, o que foi eficiente. Alfred se inquietou, disparou-lhe um olhar veloz, depois falou com tom de petulância:

— Bom, o que é que está acontecendo? Por que vocês querem saber onde eu estava numa sexta-feira de três ou quatro semanas atrás?
— Então o senhor lembra que era uma sexta-feira?
— Achei que o senhor tivesse dito.
— Talvez tenha — disse Inspetor Craddock. — De qualquer maneira, estou perguntando a respeito da sexta-feira, dia vinte.
— Por quê?
— Investigação de rotina.
— Não faz sentido. Os senhores descobriram algo a mais sobre aquela mulher? De onde ela veio?
— Nossas informações ainda estão incompletas.

Alfred lhe dirigiu um olhar afiado.

— Espero que não estejam sendo induzidos pela teoria maluca de minha irmã, de que a falecida seria a viúva de meu irmão Edmund. É um absurdo total.
— Esta... Martine, não falou com o senhor em nenhum momento?

— Comigo? Não, por Deus! Teria sido engraçado.

— Haveria mais probabilidade, na opinião do senhor, de ela falar com seu irmão Harold?

— Muito mais provável. O nome dele aparece com frequência nos jornais. Ele é bem de vida. Tentar um golpe lá não me surpreenderia. Não que ela fosse conseguir alguma coisa. Harold é tão mão fechada quanto o velho. Emma, é claro, é a coração mole da família e era a irmã predileta de Edmund. De qualquer maneira, Emma não é crédula. Ela tinha plena ciência da possibilidade de a mulher ser uma farsa. Organizou para encontrá-la com a família toda presente, além de um advogado metódico.

— Muito sagaz — disse Craddock. — Havia data definida para esse encontro?

— Deveria acontecer pouco depois do Natal... no fim de semana do dia 27... — ele se deteve.

— Ah — disse Craddock, agradado. — Então vejo que algumas datas têm significância para o senhor.

— Eu já lhe disse... não havia data definida.

— Mas vocês trataram do assunto... quando?

— Não consigo me lembrar.

— E o senhor não consegue se lembrar do que estava fazendo na sexta-feira, vinte de dezembro?

— Desculpe... minha mente está em branco.

— O senhor não tem uma agenda de compromissos?

— Não suporto essas coisas.

— Na sexta-feira antes do Natal... não pode ser tão difícil.

— Teve um dia em que eu joguei golfe com um cliente potencial. — Alfred fez não com a cabeça. — Não, foi na semana anterior. Provavelmente eu só tenha ficado andando por aí. Passo boa parte do meu tempo nisso. Eu concluí que a pessoa cuida mais dos seus negócios em bares do que em outro lugar.

— Talvez as pessoas do prédio ou algum de seus amigos possa ajudar?

— Talvez. Vou perguntar. Farei o possível.
Alfred parecia mais seguro de si.

— Eu não sei dizer o que estava fazendo naquele dia — disse ele —, mas tenho como lhes dizer o que *não* estava fazendo. Eu não estava assassinando ninguém no celeiro grande.

— Por que o senhor diria isso, Mr. Crackenthorpe?

— Oras, meu caro inspetor. O senhor está investigando esse assassinato, não está? E quando começa a perguntar "Onde estava em tal dia a tal hora?", já está reduzindo as possibilidades. Eu gostaria muito de saber por que focou na sexta-feira, dia vinte, entre... o quê? O horário do almoço e a meia-noite? Não podem ser provas médicas, não depois de tanto tempo. Alguém viu a falecida esgueirando-se celeiro adentro naquela tarde? Ela entrou e nunca saiu etc.? Será isso?

Os olhos aguçados e negros o observavam diretamente, mas Inspetor Craddock era velho demais para reagir àquele tipo de coisa.

— Sinto dizer que vamos ter que deixar que suponha — falou ele em tom agradável.

— A polícia é tão sigilosa...

— Não apenas a polícia. Eu creio, Mr. Crackenthorpe, que o senhor *poderia* se lembrar do que estava fazendo na sexta-feira se fizesse um esforço. É evidente que talvez tenha motivos para não querer se lembrar...

— Não é assim que você vai me pegar, inspetor. É muito suspeito, é claro, muito suspeito de fato que eu não consiga me lembrar... mas é o que é! Espere só um minuto... eu fui a Leeds naquela semana... fiquei no hotel perto da Prefeitura... não lembro o nome... mas o senhor o encontraria com facilidade. *Pode* ter sido na sexta-feira.

— Vamos conferir — respondeu o inspetor sem demonstrar emoção.

Ele se levantou.

— Sinto que não tenha sido mais colaborativo, Mr. Crackenthorpe.

— Que infelicidade para *mim!* Temos Cedric com um álibi seguro em Ibiza, e Harold, sem dúvida, conferiu suas reuniões de negócios e jantares a cada hora... e aqui estou eu, sem álibi algum. Que triste. E que bobo. Eu já lhes disse que não matei ninguém. E por que eu assassinaria uma desconhecida? Para quê? Mesmo que o cadáver *seja* da viúva de Edmund, por que algum de nós desejaria livrar-se dela? Se ela tivesse se casado com *Harold* durante a guerra, e de repente houvesse ressurgido... isso sim seria esquisito para o respeitável Harold... bigamia e tudo mais. Mas Edmund! Ora, nós teríamos *gostado* de fazer papai abrir a mão para lhe dar um estipêndio e mandar o garoto para um colégio decente. Papai ficaria louco, mas não teria a indecência de se recusar a tomar uma atitude. Não quer tomar um drinque antes de ir, inspetor? Tem certeza? Que pena que não pude ajudá-los.

— O senhor quer saber de uma coisa?

Inspetor Craddock olhou para o empolgado sargento.

— Sim, Wetherall, o que foi?

— Eu o identifiquei, senhor. Aquele camarada. Passei esse tempo todo tentando lembrar onde o tinha visto e de repente me ocorreu. Ele estava metido naquele negócio de comida em lata com Dicky Rogers. Nunca consegui tirar nada do homem... muito cauteloso para essas coisas. E ele anda com essa gente do Soho. Relógios e aquele negócio do soberano italiano.

É claro! Agora Craddock entendia por que o rosto de Alfred lhe parecera familiar à primeira vista. Tinha sido algo muito pequeno... nada que pudesse ser provado. Alfred sempre estivera nas periferias dos golpes, sempre com um motivo inocente e plausível para seu envolvimento. Mas a polícia tinha plena certeza de que havia um pequeno lucro que ele tirava por estar envolvido.

— Isso ilumina um pouco a questão — disse Craddock.

— Acha que foi ele?

— Eu não diria que ele é do tipo que cometeria um assassinato. Mas explica outras coisas... o motivo pelo qual ele não conseguiu inventar um álibi.

— Sim, essa pegou mal para ele.

— Não exatamente — disse Craddock. — É uma fala muito inteligente... basta dizer com toda segurança que você não se lembra. Muita gente não consegue se lembrar do que fez e onde estava há questão de uma semana. É particularmente útil se você não quer chamar atenção para como você emprega seu tempo... Como em curiosas reuniões em paradas de caminhão com a trupe de Dicky Rogers, por exemplo.

— Então você acha que ele não está envolvido?

— Não estou a ponto de dizer isso sobre ninguém, por enquanto — disse Inspetor Craddock. — Você vai ter que investigar, Wetherall.

De volta à mesa, Craddock sentou-se, franziu as sobrancelhas e começou a fazer anotações no bloco à sua frente.

Assassino (ele escreveu)... *Homem alto e moreno!!!*
Vítima?... Pode ter sido Martine, a namorada ou viúva de Edmund Crackenthorpe.

Ou

Pode ter sido Anna Stravinska. Saiu de circulação no mesmo momento, idade e aparência exatas, roupas etc. Nenhuma conexão com Rutherford Hall, até onde se sabe.
Pode ser a primeira mulher de Harold! Bigamia!
Pode ser a amante de Harold! Chantagem!
Se há conexão com Alfred, pode haver chantagem. Teria informações que poderiam mandá-lo para o xadrez?
Se Cedric... pode ter conexões no exterior... Paris? Baleares?

Ou

Vítima pode ser Anna S. fazendo-se passar por Martine.

Ou

Vítima é desconhecida assassinada por desconhecido!

— E muito provavelmente é a última opção — disse Craddock em voz alta.

Ele refletiu sobre a situação, melancólico. Não se tinha como avançar num caso até se ter o motivo. Todas as motivações sugeridas até então eram ou inadequadas ou forçadas.

Se pelo menos o assassinato tivesse sido o do velho Mr. Crackenthorpe... Para isso haveria motivo de sobra...

Alguma coisa se agitou em sua memória...

Ele faz mais anotações no bloco.

Perguntar a Dr. Q sobre doença no Natal.
Cedric: álibi.
Consultar Miss M. sobre últimas fofocas.

Capítulo 16

Quando Craddock chegou à casa 4 da Madison Road, encontrou Lucy Eyelesbarrow com Miss Marple.

Ele hesitou por um instante quanto ao plano de ataque e decidiu que Lucy Eyelesbarrow podia ser uma aliada de valor.

Depois das saudações, ele solenemente puxou sua carteira, extraiu três notas de libras, somou três xelins e as empurrou pela mesa na direção de Miss Marple.

— O que é isto, inspetor?

— Taxa de consulta. A senhora é nossa consultora... em um homicídio! Dá o clima, a temperatura, reações locais, possíveis motivos entranhados para o dito assassinato. Eu sou apenas o pobre e atormentado clínico geral da região.

Miss Marple olhou para ele e piscou. Ele sorriu para ela. Lucy Eyelesbarrow deu um leve arquejo e depois riu.

— Ora, Inspetor Craddock... no fim das contas, o senhor é humano.

— Ah, sim, não estou exatamente a serviço hoje à tarde.

— Eu falei que já nos conhecíamos — disse Miss Marple a Lucy. — Sir Henry Clithering é padrinho dele... um amigo meu muito antigo.

— Não gostaria de saber, Miss Eyelesbarrow, o que meu padrinho disse a respeito dela da primeira que vez nos vimos? Ele a descreveu como a melhor detetive que Deus já criou. Um gênio natural cultivado em solo apropriado. Ele me disse para nunca desprezar as... — Dermot Craddock fez uma pausa por um instante para encontrar sinônimo para "velhas corocas" — ...as senhoras de idade. Ele disse que é comum elas deixarem-no informado a respeito do que *pode* ter acontecido, o que devia ter acontecido e até o que *aconteceu!* E — continuou ele — elas podem lhe dizer *por que* aconteceu. Ele complementou que esta, hã, senhora de idade em específico era a melhor da turma.

— Ora — disse Lucy. — Esse me parece um belo depoimento.

Miss Marple estava rosada e confusa e pareceu anormalmente hesitante.

— Caríssimo Sir Henry — balbuciou ela. — Sempre tão gentil. É verdade que não sou tão esperta. Tenho apenas, quem sabe, um *leve* conhecimento da natureza humana... por morar, como sabem, num *vilarejo*...

Com mais compostura, ela complementou:

— É claro que estou um tanto limitada por não estar no local de fato. Sempre penso que ajuda muito quando as pessoas fazem você lembrar de outra pessoa... porque os tipos são iguais em qualquer lugar e esse é um guia de valor.

Lucy pareceu um pouco confusa, mas Craddock assentiu, demonstrando que a havia compreendido.

— Mas a senhorita esteve lá para tomar chá uma vez, não? — perguntou ele.

— Sim, estive. Muito agradável. Fiquei um pouco decepcionada em não ver o velho Mr. Crackenthorpe... mas não se pode ter tudo.

— A senhora diria que, se visse a pessoa que cometeu o assassinato, saberia dizer? — perguntou Lucy.

— Ah, eu não diria algo *assim,* minha cara. A pessoa está sempre disposta a suposições... e suposições seriam algo de muito errado quando se trata de algo sério como um assassinato. Tudo que se pode é observar os envolvidos... ou quem possa estar envolvido... e ver quem eles lembram.

— Como Cedric e o gerente do banco?

Miss Marple a corrigiu.

— O *filho* do gerente do banco, minha cara. Mr. Eade em si era mais parecido com Mr. Harold... um homem muito conservador... talvez com afeição exagerada pelo dinheiro... o tipo de homem também que se esforçaria para evitar escândalo.

Craddock sorriu e disse:

— E Alfred?

— O Jenkins da oficina — respondeu Miss Marple prontamente. — Não é que ele se apropriasse das ferramentas, mas costumava trocar um macaco quebrado ou inferior por um bom. E creio que não fosse muito honesto com as baterias, embora eu não entenda muito dessas coisas. Eu sei que Raymond parou de tratar com ele e foi na oficina da rua Milchester. Quanto a Emma — prosseguiu Miss Marple, pensativa —, ela me lembra muito Geraldine Webb. Sempre muito calma, quase desleixada... e tiranizada pela mãe idosa. Foi uma surpresa geral quando a mãe morreu inesperadamente e Geraldine se deparou com uma boa quantia em dinheiro, arrumou o cabelo e partiu num cruzeiro. Voltou casada com um lindo advogado. Eles têm dois filhos.

O paralelo era evidente. Lucy disse, um tanto inquieta:

— A senhora acha mesmo que devia ter dito o que disse a respeito de Emma e casamento? Parece que incomodou os irmãos.

Miss Marple fez que sim.

— Sim — disse ela. — É bem coisa dos homens... incapazes de ver o que se passa diante dos olhos. Não creio que você mesma não tenha notado.

— Não — admitiu Lucy. — Nunca pensei em nada parecido. Ambos me parecem...

— Muito velhos? — perguntou Miss Marple, com um pequeno sorriso. — Mas Dr. Quimper não está tão passado dos 40, eu diria, embora esteja com as têmporas grisalhas, e é evidente que ele está à procura de uma vida caseira; e Emma Crackenthorpe tem menos de 40... não está muito velha para se casar e constituir família. A esposa do médico faleceu bastante jovem durante o parto, pelo que ouvi.

— Creio que sim. Emma comentou algo a respeito.

— Ele deve ser solitário — disse Miss Marple. — Um médico ocupado e trabalhador precisa de uma esposa. Uma mulher solidária... e que não seja muito moça.

— Mas, meu bem — disse Lucy —, estamos investigando um crime ou estamos formando casais?

Miss Marple piscou.

— Sinto dizer que *sou* muito romântica. Talvez por ser uma velha solteirona. Sabe, minha cara Lucy, que até onde me diz respeito, você cumpriu seu contrato. Se quiser mesmo férias no exterior antes de seu próximo compromisso, ainda tem tempo para uma viagem curta.

— E sair de Rutherford Hall? Nunca! Agora eu virei investigadora plena. Quase no nível dos meninos. Eles passam o tempo todo atrás de pistas. Ontem mexeram em todas as lixeiras. Nada higiênico... e eles não têm a menor ideia do que procuram. Se vierem falar com o senhor, vitoriosos, Inspetor Craddock, trazendo um pedacinho de papel rasgado que diga *Martine: Se dá valor à própria vida, mantenha distância do celeiro grande!*, o senhor saiba que eu finalmente fiquei com pena e plantei a pista no chiqueiro!

— Por que o chiqueiro, minha cara? — perguntou Miss Marple com interesse. — Eles têm porcos?

— Não, hoje em dia não. É que... às vezes eu vou lá.

Por algum motivo Lucy corou. Miss Marple a olhou com interesse incrementado.

— Quem está na casa agora? — perguntou Craddock.

— Cedric. E Bryan veio passar o fim de semana. Harold e Alfred chegam amanhã. Eles telefonaram hoje. Fiquei com a impressão de que o senhor tem colocado um gato entre os pombos, Inspetor Craddock.

Craddock sorriu.

— Eu sacudi os dois, só um pouco. Pedi para eles me comprovarem movimentações na sexta-feira, vinte de dezembro.

— E eles tinham comprovação?

— Harold tinha. Alfred, não... ou não quis dizer.

— Eu penso que álibis são coisas muito complicadas — disse Lucy. — Horários, locais, datas. Devem ser difíceis de conferir também.

— Toma tempo e paciência... mas damos conta. — Ele olhou o relógio. — Eu vou para Rutherford Hall de imediato conversar com Cedric, mas antes quero falar com o Dr. Quimper.

— Vai chegar quase na hora. Ele tem cirurgia às dezoito horas e geralmente termina em meia hora. Preciso voltar para resolver o jantar.

— Gostaria de sua opinião a respeito de uma coisa, Miss Eyelesbarrow. Qual é a posição da família a respeito dessa questão com Martine?

Lucy respondeu de pronto.

— Estão todos furiosos com Emma por tratar do assunto com o senhor... e com o Dr. Quimper, que, aparentemente, a incentivou a fazer o que fez. Harold e Alfred acham que foi uma tentativa de golpe, nada genuíno. Emma não tem certeza. Cedric também acha que foi uma farsa, mas ele não leva a sério como os outros dois. Bryan, por outro lado, parece ter segurança de que é genuíno.

— Por que teria?

— Bom, Bryan é assim. Aceita as coisas à primeira vista. Ele acha que era a esposa de Edmund... viúva, na verdade. E que ela teve que voltar para a França às pressas, mas que terão notícias dela em breve. O fato de ela não ter se correspondido, nem feito qualquer contato até agora, lhe parece bastante natural porque ele mesmo nunca escreve cartas. Bryan é um doce. Como um cãozinho que quer ser levado para passear.

— E você o leva para passear, minha cara? — perguntou Miss Marple. — No chiqueiro, quem sabe?

Lucy lhe dirigiu um olhar incisivo.

— Tantos cavalheiros naquela casa, indo e vindo... — refletiu Miss Marple.

Quando Miss Marple pronunciava a palavra "cavalheiro", ela sempre lhe conferia todo o sabor vitoriano... eco de uma era que era anterior inclusive à sua. A pessoa ao mesmo tempo ouvia machos ousados e de sangue quente (provavelmente com suíças), às vezes perversos, mas sempre galantes.

— Você é uma moça tão bonita — prosseguiu Miss Marple, olhando Lucy de cima a baixo. — Eu imagino que eles lhe deem muita atenção, não?

Lucy ficou um pouco corada. Fragmentos de memórias passaram por sua mente. Cedric, encostado na mureta do chiqueiro. Bryan sentado, desconsolado, na mesa da cozinha. Os dedos de Alfred tocando os dela enquanto ele a ajudava a recolher as xícaras de café.

— Os cavalheiros — disse Miss Marple, no tom de quem fala de uma espécie alienígena ou nociva — são muito parecidos em alguns aspectos, mesmo quando são *velhos...*

— Querida — exclamou Lucy. — Há cem anos era certo que você seria queimada como bruxa!

E então ela contou a história da proposta de casamento condicional de Mr. Crackenthorpe.

— Na verdade — disse Lucy —, todos eles fizeram o que a senhora chamaria de propostas, de algum modo. Harold foi muito correto... um cargo financeiramente vantajoso na sua firma. Não creio que tenha sido minha aparência atraente... eles devem achar que eu sei alguma coisa.

Ela riu.

Inspetor Craddock, porém, não riu.

— Tenha cuidado — disse ele. — Eles podem assassiná-la em vez de assediá-la.

— Imagino que seria mais simples — concordou Lucy.

Ela sentiu um pequeno calafrio.

— A pessoa esquece — disse ela. — Os meninos andam se divertindo tanto que a gente chega a considerar que é tudo uma brincadeira. Mas não é.

— Não — disse Miss Marple. — Assassinatos não são brincadeiras.

Ela ficou em silêncio por alguns instantes antes de perguntar:

— Os meninos não voltam para o colégio em breve?

— Sim, na próxima semana. Amanhã eles vão para a casa de James Stoddart-West para passar os últimos dias de férias.

— Fico contente — falou Miss Marple, séria. — Não gostaria que acontecesse algo enquanto eles estão aqui.

— Com o velho Mr. Crackenthorpe, você quer dizer. Acha que *ele* vai ser assassinado a seguir?

— Ah, não — respondeu Miss Marple. — *Ele* ficará bem. Eu estava falando dos meninos.

— Bom, com Alexander.

— Mas eu não...

— Saindo à caça, você sabe... procurando pistas. Meninos adoram esse tipo de coisa... mas pode ser perigoso.

Craddock olhou para ela, pensativo.

— A senhora não se dispõe a crer, Miss Marple, que o caso envolva uma desconhecida que foi assassinada por um desconhecido, não é? A senhora tem certeza de que tudo se encerra em Rutherford Hall?

— Sim, creio que exista uma conexão.

— Tudo que sabemos sobre o assassino é que é um homem alto e moreno. É tudo que sua amiga diz e tudo que pode dizer. Há três homens altos e morenos em Rutherford Hall. No dia do reconhecimento, sabe, eu saí para ver os três irmãos esperando na calçada até o carro aparecer. Eles estavam de costas para mim e foi assombroso: os três de casacões grossos, os três muito parecidos. *Três homens altos e morenos.* Ainda assim, na verdade, os três são tipos bem diferentes. — Ele deu um suspiro. — Fica muito difícil.

— Eu me pergunto — murmurou Miss Marple. — Eu andei me perguntado... se não seria muito mais *simples* do que supúnhamos. Assassinatos costumam ser tão simples... com um motivo óbvio e sórdido...

— Acredita na misteriosa Martine, Miss Marple?

— Estou disposta a crer que Edmund Crackenthorpe ou se casou ou queria se casar com uma moça chamada Martine. Emma Crackenthorpe lhe mostrou esta carta, pelo que eu soube, e pelo que eu vi dela e pelo que Lucy me conta, eu devia dizer que Emma Crackenthorpe é incapaz de inventar uma coisa desse tipo... aliás, por que inventaria?

— Então, considerando Martine — disse Craddock, pensativo —, *existe* algum motivo. O ressurgimento de Martine com um filho diminuiria a herança Crackenthorpe... mas não a ponto, é de se pensar, de levar a um assassinato. Eles estão todos ruins de dinheiro...

— Até Harold? — perguntou Lucy, incrédula.

— Nem Harold Crackenthorpe, na sua aparência de prosperidade, é o financista sóbrio e conservador que parece. Ele vem especulando de maneira assustadora e envolvendo-se em empreendimentos bastante indesejáveis. Uma larga quantia, que entre de imediato, pode evitar um baque.

— Mas, se é o caso... — disse Lucy, antes de se interromper.

— Sim, Miss Eyelesbarrow...

— Eu sei, minha cara — disse Miss Marple. — Assassinou-se a pessoa errada, é a isso que se refere.

— Sim. A morte de Martine não faria bem a Harold. Nem a nenhum dos outros. Não antes...

— Não antes que Luther Crackenthorpe faleça. Exatamente. Isso me ocorreu. E o Mr. Crackenthorpe mais velho, pelo que eu soube de seu médico, tem uma vida muito melhor do que imagina quem vê de fora.

— Ele vai durar anos — disse Lucy. Depois franziu as sobrancelhas.

— Sim? — falou Craddock em tom de incentivo.

— Ele passou muito mal na época do Natal — disse Lucy.
— Disse que o médico fez muito estardalhaço... "Qualquer um diria que fui envenenado, pelo estardalhaço que fez." Foi isso que ele disse.

Ela olhou para Craddock, inquisitiva.

— Sim — disse Craddock. — É a respeito disso que eu queria questionar Dr. Quimper.

— Bom, tenho quer ir — disse Lucy. — Céus, que tarde.

Miss Marple soltou seu crochê e pegou o *Times* com as palavras cruzadas parcialmente prontas.

— Eu queria ter um dicionário aqui — balbuciou ela. — Tontina e Tokay... eu sempre misturo essas duas palavras. Um, se não me engano, é um vinho da Hungria.

— Tokay — disse Lucy, olhando da porta. — Mas um é uma palavra de cinco letras e outra de sete. Qual é a pista?

— Ah, não era das palavras cruzadas — respondeu Miss Marple, absorta. — Foi na minha cabeça.

Inspetor Craddock olhou para ela de cara séria. Depois se despediu e foi embora.

Capítulo 17

Craddock teve que aguardar alguns minutos enquanto Quimper encerrava sua cirurgia do fim da tarde. Depois, o médico veio atendê-lo. Parecia cansado e abatido.

Ele ofereceu um drinque a Craddock e, como o inspetor aceitou, também preparou um para si.

— Pobres diabos — disse ele enquanto se afundava numa poltrona gasta. — Tão assustados, tão burros... não faz sentido. Hoje tive um caso dolorido. A paciente devia ter falado comigo há um ano. Se tivesse vindo naquela época, a operação poderia ter sido um sucesso. Agora é tarde. Eu fico furioso. A verdade é que as pessoas são um misto extraordinário de heroísmo e covardia. Ela estava em agonia e aguentava sem dizer uma palavra, só porque tinha medo de vir e descobrir o que ela temia que fosse verdade. Na outra ponta da escala estão as pessoas que vêm e gastam meu tempo porque têm um inchaço perigoso no mindinho que as deixa agoniadas porque elas acham que é câncer, e que descobrem que é uma frieira das mais ordinárias! Enfim, não me dê bola, já extravasei. Por que gostaria de me ver?

— Em primeiro lugar, gostaria de agradecê-lo por, creio eu, ter aconselhado Miss Crackenthorpe a me apresentar a carta que supostamente era da viúva do irmão.

— Ah, isso? E tem alguma relação? Eu não recomendei que ela fosse. Ela é que queria. Estava preocupada. Todos os queridos irmãos tentaram impedi-la, claro.
— Por que agiram assim?
O médico encolheu os ombros.
— Medo de que a dama se provasse genuína, creio eu.
— O senhor acha que a carta é genuína?
— Não faço ideia. Nunca a vi, na verdade. Acho que era de alguém que conhecia os fatos, só tentando dar um golpe. Querendo mexer com as emoções de Emma. Mas estavam totalmente errados. Emma não é boba. Ela não abriria os braços a uma cunhada desconhecida sem fazer algumas perguntas pragmáticas primeiro.

Ele complementou, com certa curiosidade:
— Mas por que perguntar a *minha* opinião? Eu não tenho nada a ver com o assunto.
— Na verdade, vim lhe fazer outra pergunta, bem distinta... mas não sei bem como colocar.

Dr. Quimper pareceu interessado. O inspetor continuou:
— Eu soube que há não muito tempo... no Natal, creio, Mr. Crackenthorpe teve uma recaída em sua doença.

Ele viu algo mudar no rosto do médico. Ele se enrijeceu.
— Sim.
— Teria sido alguma perturbação gástrica?
— Sim.
— Vai ser difícil... Mr. Crackenthorpe estava gabando-se da saúde, dizendo que pretendia viver mais do que toda a família. Ele se referiu ao senhor... peço desculpas, doutor...
— Ah, não se preocupe comigo. Não tenho melindres quanto ao que meus pacientes falam de mim!
— Ele falou do senhor como um velho criador de caso.
— Quimper sorriu. Craddock continuou: — Disse que o senhor fez um monte de perguntas, não só a respeito do que ele havia comido, mas também de quem preparou e quem serviu a comida.

O médico parou de sorrir. Seu rosto voltou a se enrijecer.
— Prossiga.
— Ele usou uma frase do tipo... "Falou como se achasse que alguém tivesse me envenenado."
Houve uma pausa.
— O senhor teve alguma... desconfiança nesse sentido?
Quimper não respondeu de pronto. Ele se levantou e andou para lá e para cá. Por fim, virou-se para Craddock.
— Que diabos o senhor espera que eu diga? Acha que um médico pode ficar soltando acusações de envenenamento para lá e para cá sem provas?
— Eu só gostaria de saber, fora dos registros, se... essa ideia... passou pela sua cabeça?
Dr. Quimper respondeu de forma evasiva:
— O velho Crackenthorpe leva uma vida bastante frugal. Quando a família vem, Emma eleva o nível das refeições. Resultado: um ataque feio de gastroenterite. Os sintomas eram consistentes com o diagnóstico.
Craddock insistiu.
— Entendo. O senhor ficou satisfeito? Não ficou... digamos assim... intrigado?
— Tudo bem. Tudo bem. Sim, eu fiquei sinceramente intrigado! Está feliz agora?
— É algo que me interessa — disse Craddock. — De que exatamente o senhor suspeitava... ou temia?
— É claro que situações gástricas variam, mas havia certos indicativos do que condiz, por assim dizer, mais com envenenamento à base de arsênico do que com uma simples gastroenterite. Veja bem: as duas coisas são muito parecidas. Homens mais competentes do que eu já deixaram passar casos de envenenamento com arsênico... e deram atestados de boa-fé.
— E qual foi o resultado da sua investigação?
— Por fim, me pareceu que o que eu suspeitava não tinha como ser verdade. Mr. Crackenthorpe garantiu que ele tivera ataques similares antes de eu o atender... e pela mesma

causa, ele disse. Eles sempre aconteciam quando havia comida muito pesada na mesa.

— Que acontece quando a casa fica cheia? Com a família? Ou com convidados?

— Sim. Isso me pareceu razoável. Mas, para ser franco, Craddock, não me contentei. Eu até cheguei a me corresponder com o Dr. Morris. Ele foi meu sócio sênior e aposentou-se pouco depois de eu entrar na sociedade. Crackenthorpe era paciente dele. Perguntei a respeito desses primeiros ataques que o velho havia tido.

— E qual foi a resposta?

Quimper deu um sorriso.

— Levei um safanão. De certo modo, ouvi que devia deixar de ser imbecil. Bom — ele encolheu os ombros —, supostamente eu *fui* imbecil.

— Por que seria...? — Craddock estava pensativo.

Então ele decidiu falar com franqueza.

— Deixando a discrição de lado, doutor, há pessoas que teriam um ganho bastante considerável com a morte de Luther Crackenthorpe. — O médico assentiu. — Ele é idoso... e um idoso sadio, vigoroso. Ele pode chegar aos noventa e tantos?

— Facilmente. Ele passou a vida se cuidando e tem constituição física robusta.

— E os filhos, e a filha, estão avançando nos anos e passando dificuldades?

— Deixe Emma de fora. Ela não envenenaria ninguém. Esses ataques só acontecem quando os outros estão na casa. Não quando estão apenas ela e ele.

"Uma precaução elementar... caso seja ela", pensou o inspetor, embora tenha tido o cuidado de não expressar a consideração em voz alta.

Ele fez uma pausa e escolheu as palavras com cuidado.

— É claro... sou ignorante nessas questões... mas supondo, apenas como hipótese, que o arsênico *tenha* sido administrado... Crackenthorpe não teve sorte de não sucumbir?

— Pois bem — disse o médico —, *há, sim,* algo esquisito. É exatamente o que me leva a crer que, como o velho Morris disse, eu fui um imbecil. Veja bem: é óbvio que não é um caso de pequenas doses de arsênico administradas com regularidade... o que se chamaria de método clássico de envenenamento com arsênico. Crackenthorpe nunca teve problemas gástricos crônicos. De certo modo, é o que torna esses ataques violentos e repentinos tão improváveis. Assim, supondo que não se devam a causas naturais, parece que o envenenador sempre erra o gol... o que não faz sentido.

— Dando uma dose inadequada, no caso?

— Sim. Por outro lado, Crackenthorpe tem constituição forte e o que poderia acabar com outro homem não acaba com ele. Sempre se deve levar em conta as idiossincrasias pessoais. Mas o senhor diria que agora o envenenador, a não ser que seja anormalmente tímido, teria aumentado a dose. Por que não o fez?

— Isso — complementou ele — *se houver* um envenenador, o que provavelmente não há! Provavelmente é tudo fruto da minha bendita imaginação.

— É um problema esquisito — concordou o inspetor. — Não sei se faz sentido.

— Inspetor Craddock!

O sussurro impaciente fez o inspetor dar um pulo.

Ele estava a ponto de soar a campainha na entrada. Alexander e seu amigo Stoddart-West surgiram das sombras com grande cautela.

— Ouvimos o carro do senhor e queríamos lhe falar.

— Bom, vamos entrar. — A mão de Craddock dirigiu-se de novo à campainha, mas Alexander puxou seu casaco com a avidez de um cachorrinho carente.

— Encontramos uma pista — cochichou ele.

— Sim, encontramos uma pista — repetiu Stoddart-West.

"Maldita garota", pensou Craddock, dispensando a cordialidade.

— Fantástico — disse ele, no automático. — Vamos entrar em casa e olhar.

— Não — insistiu Alexander. — Alguém vai nos interromper. Vamos para a sala de arreios. Nós levamos o senhor.

Um tanto sem disposição, Craddock permitiu-se ser guiado a contornar a casa até os estábulos. Stoddart-West abriu uma porta pesada, esticou-se e ligou uma lâmpada elétrica um tanto fraca. A sala de arreios, antes o ápice do lustre vitoriano, agora era um triste repositório de tudo que ninguém queria. Cadeiras de jardim quebradas, ferramentas de jardim velhas e enferrujadas, um cortador de grama imenso e decrépito, colchões de mola enferrujados, redes de dormir e de tênis que se desfaziam.

— A gente vem bastante aqui — disse Alexander. — Dá para a pessoa ficar sozinha.

Havia certos sinais de ocupação. Os colchões decrépitos estavam empilhados para fazer uma espécie de divã, havia uma velha mesa enferrujada na qual ficava uma grande lata de biscoitos de chocolate, havia um cesto de maçãs, uma lata de balas e um quebra-cabeça.

— É uma pista *de verdade,* senhor — disse Stoddart-West, ansioso, os olhos brilhando por trás dos óculos. — Achamos hoje à tarde.

— Estamos procurando há dias. Nos arbustos...

— Dentro das árvores ocas...

— Ficamos mexendo nas fornalhas...

— Tinha muita coisa interessante, aliás...

— E aí entramos na casa da caldeira...

— O velho Hillman tem uma banheira galvanizada grande lá dentro, cheia de papel velho...

— Para quando o aquecedor se desliga e ele quer fazer pegar de novo...

— Qualquer papel que ele vê por aí, ele pega e enfia lá...

— E foi ali que encontramos...

— Encontraram o *quê?* — Craddock interrompeu o dueto.

— *A pista.* Cuidado, Stodders, bote as luvas.

Dando todo senso de importância, Stoddart-West, segundo a tradição das histórias de detetive, puxou um par de luvas sujas e tirou do bolso uma pasta de fotografias Kodak. Dali, os dedos enluvados extraíram, com o máximo de cuidado, um envelope manchado e amassado que entregou com solenidade ao inspetor.

Os dois meninos prenderam a respiração de tão ansiosos.

Craddock pegou o envelope com a devida solenidade. Ele gostava dos meninos e queria entrar no espírito da coisa.

A carta havia passado pelo correio, não havia nada dentro, era apenas um envelope rasgado, endereçado a Mrs. Martine Crackenthorpe, Elvers Crescent, 126, número 10.

— Viu? — disse Alexander, perdendo o fôlego. — Quer dizer que ela *esteve* aqui. A esposa francesa do tio Edmund, no caso. Essa por quem estão fazendo tanto alvoroço. Ela deve ter vindo aqui e deixou cair. É o que parece, não é...

Stoddart-West interrompeu:

— Parece que *ela* é que foi morta. Quer dizer, o senhor não acha que *tem* que ser ela quem estava no sarcófago?

Eles ficaram aguardando, ansiosos.

Craddock entrou no jogo.

— É possível, bastante possível — disse ele.

— Mas é importante, não é?

— O senhor vai fazer teste de impressão digital, não vai, senhor?

— É claro — disse Craddock.

Stoddart-West deu um suspiro profundo.

— Que sorte danada a nossa, é? — falou ele. — E no nosso último dia.

— Último dia?

— É — disse Alexander. — Amanhã eu vou para a casa de Stodders passar os últimos dias das férias. Os velhos do Stodders têm uma casa incrível... Estilo Queen Anne, não é?

— William e Mary — respondeu Stoddart-West.

— Achei que sua mãe tinha dito...

— Mamãe é francesa. Ela não entende nada de arquitetura inglesa.

— Mas seu pai disse que foi construída...

Craddock estava examinando o envelope.

Muito esperta, esta Lucy Eyelesbarrow. Como ela teria imitado o carimbo postal? Ele olhou mais de perto, mas a luz estava muito fraca. Muita diversão para os garotos, sim, mas um tanto embaraçoso para ele. Lucy, maldita seja, não havia pensado por esse ângulo. Se o envelope fosse genuíno, ele teria que tomar uma atitude. Havia...

Atrás dele, uma discussão arquitetônica culta desenrolava-se com veemência. Ele fingiu que não ouviu.

— Venham, garotos — disse ele —, vamos entrar em casa. Vocês ajudaram muito.

Capítulo 18

Craddock foi escoltado pelos dois meninos até a porta dos fundos e casa adentro. Aparentemente, era a entrada normal para os menores. A cozinha era iluminada e alegre. Lucy, usando um grande avental branco, estava passando rolo na massa. Encostado no armário e assistindo a ela com uma espécie de obediência canina, estava Bryan Eastley. Enquanto assistia, ficava mexendo no grande bigode claro com uma mão só.

— Olá, pai — disse Alexander em tom agradável. — O senhor de novo aqui?

— Eu gosto daqui — respondeu Bryan, que complementou: — Miss Eyelesbarrow não se importa.

— Ah, não me importo — disse Lucy. — Boa noite, Inspetor Craddock.

— Veio investigar na cozinha? — perguntou Bryan com interesse genuíno.

— Não exatamente. Mr. Cedric Crackenthorpe ainda está, não?

— Sim, sim, Cedric está. Quer que eu o chame?

— Gostaria de ter uma palavrinha com ele. Sim, por favor.

— Vou ver se ele está ali dentro — disse Bryan. — Ele pode ter ido ao pub.

Ele desencostou da penteadeira.

— Muito obrigada — disse-lhe Lucy. — Eu iria se minhas mãos não estivessem cheias de farinha.

— O que está preparando? — perguntou Stoddart-West, ansioso.

— Torta de pêssego.

— *Demais* — disse Stoddart-West.

— Já está na hora do jantar? — perguntou Alexander.

— Não.

— Ai, ai. Estou com uma fome terrível.

— Há restos do bolo de gengibre na despensa.

Os meninos fizeram uma corrida coordenada e colidiram com a porta.

— Parecem gafanhotos — disse Lucy.

— Meus parabéns à senhorita — disse Craddock.

— Pelo quê...?

— Por sua criatividade... nisto!

— Nisto o quê?

Craddock apontou para a pasta que continha a carta.

— Muito bem-preparada — ele disse.

— Do *que* o senhor está falando?

— Disto, minha cara. Disto. — Ele puxou metade da carta para fora.

Ela ficou olhando para ele sem entender.

De repente Craddock ficou sem chão.

— A senhorita não inventou esta pista? E não deixou na casa da caldeira para os meninos acharem? Diga de uma vez.

— Eu não tenho a menor ideia do que o senhor está falando — disse Lucy. — Está dizendo que eu...?

Craddock enfiou a pasta rapidamente de volta ao bolso quando Bryan voltou.

— Cedric está na biblioteca — disse ele. — Pode entrar.

Bryan Eastley retomou sua posição no armário da cozinha. Inspetor Craddock se dirigiu à biblioteca.

Cedric Crackenthorpe parecia encantado em ver o inspetor.

— Mais um pouquinho de investigação? — perguntou ele. — Conseguiu avançar?

— Posso afirmar que avançamos um pouco, Mr. Crackenthorpe.

— Descobriram de quem é o corpo?

— Ainda não temos identificação definitiva, mas temos uma ideia bastante avançada.

— Que bom para vocês.

— Em função de nossas últimas informações, queremos pegar alguns depoimentos. Vou começar pelo senhor, Mr. Crackenthorpe, já que está aqui.

— Mas não vou ficar muito tempo. Volto para Ibiza amanhã ou depois.

— Então creio que cheguei na hora.

— Pode perguntar.

— Gostaria de um relato em detalhes, por favor, de exatamente onde o senhor estava e do que estava fazendo na sexta-feira, vinte de dezembro.

Cedric lhe disparou um rápido olhar. Depois se recostou, deu um bocejo, assumiu uma postura de grande desinteresse e pareceu tomado pelo esforço de se recordar.

— Bom, como já disse ao senhor, eu estava em Ibiza. O problema é que lá os dias são todos iguais. Pintar pela manhã, *siesta* das quinze às dezessete, talvez um pouco de desenho, se a luz estiver adequada. Depois, um *apéritif,* às vezes com o prefeito, às vezes com o doutor, no café na Piazza. Depois disso, uma refeição rápida. A maior parte da noite no Scotty's Bar com meus amigos de classe subalterna. Já lhe serve?

— Eu preferia a verdade, Mr. Crackenthorpe.

Cedric sentou-se direito.

— Esse comentário é deveras ofensivo, inspetor.

— O senhor achou? O senhor, Mr. Crackenthorpe, me disse que deixou Ibiza no dia 21 de dezembro e chegou na Inglaterra no mesmo dia?

— Sim, disse. Em! Oi, Em?

Emma Crackenthorpe entrou pela porta adjacente, vinda da pequena sala íntima da família. Ela dirigiu um olhar inquisitivo para Cedric e depois ao inspetor.

— Veja só, Em. Eu cheguei aqui no sábado antes do Natal, não foi? Vim direto do aeroporto?

— Sim — respondeu Emma, sem entender. — Chegou por volta da hora do almoço.

— Aí está — disse Cedric ao inspetor.

— O senhor deve nos achar muito tolos, Mr. Crackenthorpe — falou Craddock, em tom agradável. — Podemos conferir esse tipo de informação, como o senhor sabe. Creio que, se me mostrar seu passaporte...

Ele fez uma pausa de expectativa.

— Eu não consigo achar o maldito passaporte — disse Cedric. — Estava procurando hoje mesmo pela manhã. Queria enviar para a Cook's.

— Creio que vai encontrar, Mr. Crackenthorpe. Mas não é necessário. Temos registros de que o senhor entrou no país na noite de dezenove de dezembro. Quem sabe agora possa me relatar sua movimentação entre aquele dia até a hora do almoço de 21 de dezembro, quando chegou aqui.

Cedric pareceu bastante contrariado.

— Esse é o inferno da vida atual — disse ele, furioso. — Tanta burocracia, tantos formulários. É o que se espera de um estado burocrata. Não se pode mais ir aonde se quiser e fazer o que bem entende! Tem sempre alguém questionando. Qual é o alvoroço com o dia vinte, hein? O que há de especial no dia vinte?

— Vem a ser o dia em que acreditamos que o assassinato foi cometido. É claro que o senhor pode se recusar a responder, mas...

— Quem disse que eu me recuso a responder? Dê um tempo ao camarada. E o senhor foi bastante vago quanto à data do assassinato no dia do reconhecimento. O que há de novo desde lá?

Craddock não respondeu.

Cedric falou com uma olhada de canto para Emma:

— Devemos entrar na outra sala?
Emma disse depressa:
— Vou deixá-los a sós.
Na porta, ela fez uma pausa e virou-se.
— O caso é sério, Cedric. Se o assassinato *aconteceu* no dia vinte, você tem que dizer ao Inspetor Craddock exatamente o que estava fazendo.
Ela entrou na sala ao lado e fechou a porta ao passar.
— A boa e velha Em — disse Cedric. — Bom, lá vai. Sim, eu saí de Ibiza no dia dezenove mesmo. Tinha planos de interromper a jornada em Paris e passar alguns dias incomodando amigos da margem esquerda. Mas o caso é que havia uma mulher muito atraente no avião... Um pitéu. Para encurtar a história, ela e eu desembarcamos juntos. Ela estava a caminho dos Estados Unidos, tinha que passar algumas noites em Londres para resolver um negócio ou sei lá o quê. Chegamos a Londres no dia dezenove. Ficamos no Kingsway Palace, caso seus espiões ainda não tenham descoberto! Eu me registrei como John Brown. Nunca convém usar o próprio nome nessas ocasiões.
— E no dia vinte?
Cedric fez uma careta.
— Passei a manhã às voltas com uma ressaca tremenda.
— E à tarde? Das quinze horas em diante?
— Deixe-me ver. Bom, eu fiquei de papo para o ar, como dizem. Fui à Galeria Nacional... um passeio de respeito. Assisti a um filme. *Rowenna do Rancho*. Sempre tive uma queda pelos faroestes. Foi formidável... Depois, um ou dois drinques no bar e dormi um pouco no meu quarto, aí por volta das dez horas saí com a moça para uma ronda de vários cantinhos legais... creio que um deles foi o Sapo Saltitante. Ela conhecia tudo. Fiquei mais para lá do que para cá e, para dizer a verdade, não me lembro de muita coisa até acordar na manhã seguinte... com uma ressaca ainda pior. A moci-

nha correu para pegar o avião e eu derramei água gelada na cabeça, consegui um preparado do diabo com um farmacêutico e aí vim para cá, fingindo que havia acabado de chegar no Heathrow. Achei melhor não incomodar Emma. Sabe como são as mulheres... ficam magoadas se você não vem direto para casa. Tive que pegar dinheiro com ela para pagar o táxi. Eu estava completamente liso. Nem adiantava pedir ao velho. Ele nunca ia liberar. Sovina dos diabos. Então, inspetor, satisfeito?

— O senhor tem como respaldar algo do que disse, Mr. Crackenthorpe? Entre as quinze e as dezenove horas, digamos?

— Muito improvável, eu diria — respondeu Cedric de bom grado. — Na Galeria Nacional os funcionários olham para você com olhos sem brilho e o cinema estava lotado. Não, não é provável.

Emma voltou à sala. Tinha nas mãos uma pequena agenda.

— Quer saber o que todos estavam fazendo no dia vinte de dezembro, não é, Inspetor Craddock?

— Bom... hã... sim, Miss Crackenthorpe.

— Eu estava consultando minha agenda. No dia vinte, eu fui a Brackhampton participar de uma reunião do Fundo de Restauro da Igreja. Terminou por volta de 12h45, e almocei com Lady Adington e Miss Bartlett, que também estão no comitê, no Cadena Café. Depois do almoço fiz compras, fui às lojas para ver a decoração de Natal e os presentes. Fui à Greenford's, à Lyall e Swift's, à Boots' e provavelmente a várias outras. Tomei chá por volta das 16h45 na sala de chá do Trevo Verde e depois fui à estação encontrar Bryan, que ia chegar de trem. Cheguei em casa por volta das dezoito e encontrei meu pai de péssimo humor. Eu havia deixado o almoço pronto para ele, mas Mrs. Hart, que devia ter vindo à tarde e lhe servido o chá, não havia chegado. Ele estava tão irritado que se fechou no quarto e não me deixou entrar, nem queria falar comigo.

Ele não gosta quando eu saio à tarde, mas eu faço questão de sair uma vez ou outra.

— Provavelmente seja o mais salutar. Obrigado, Miss Crackenthorpe.

Ele não conseguiu dizer que, sendo Emma uma mulher de 1,70 metro sua movimentação naquela tarde não era relevante. Em vez disso, ele disse:

— Seus outros dois irmãos chegaram depois, foi isso?

— Alfred chegou tarde no sábado à noite. Ele me contou que tentou me telefonar naquela tarde em que eu não estava. Mas meu pai, quando está incomodado, nunca atende o telefone. Meu irmão Harold só chegou na véspera de Natal.

— Obrigado, Miss Crackenthorpe.

— Imagino que eu não deva perguntar... — Ela hesitou. — Mas o que aconteceu para exigir este novo inquérito?

Craddock tirou a pasta do bolso. Usando as pontas dos dedos, ele extraiu o envelope.

— Por favor, não toque. Reconhece?

— Mas... — Emma ficou olhando para ele, perplexa. — Esta letra é minha. É a carta que escrevi a Martine.

— Achei que seria.

— Mas como o senhor a conseguiu? Ela...? O senhor encontrou Martine?

— Existe a possibilidade de que... de que nós a tenhamos encontrado. Este envelope vazio foi encontrado *aqui*.

— Na casa?

— Dentro da propriedade.

— Então... ela *veio* aqui! Ela... Então... era Martine que estava lá? No sarcófago?

— É o que parece provável, Miss Crackenthorpe — disse Craddock, em tom amigável.

Pareceu ainda mais provável quando ele voltou à cidade. Uma mensagem de Armand Dessin o aguardava.

Uma das moças recebeu um cartão-postal de Anna Stravinska. Parece que a história do cruzeiro era verdade! Ela chegou à Jamaica e, como ela mesma disse, está divertindo-se à beça.

Craddock amassou o bilhete e o jogou no cesto de lixo.

— Mas eu vou dizer — falou Alexander, pensativo, aprumando-se na cama e deglutindo uma barra de chocolate — que esse dia foi o melhor de todos. Oras, eu consegui uma *pista* de verdade!

Seu tom era admirado.

— Aliás, as férias todas foram as melhores — complementou ele, contente. — Creio que nunca vai acontecer algo assim de novo.

— Espero que não aconteça de novo comigo — disse Lucy, que estava de joelhos arrumando as roupas de Alexander numa maleta. — Você quer levar *todos* esses livros de ficção espacial?

— Não quero os dois de cima. Eu já li. A bola de futebol e minhas chuteiras, assim como as botas de borracha, podem ir separado.

— Quantas coisas complicadas vocês garotos levam nas viagens.

— Não tem importância. Vão mandar o Rolls nos buscar. Eles têm um Rolls incrível. Tem um dos Mercedes-Benz novos também.

— Devem ser ricos.

— Rolam na grana! Mas são gente boa também. De qualquer modo, preferia que não fôssemos embora daqui. Pode aparecer outro corpo.

— Sinceramente, espero que não.

— Bom, é o que costuma acontecer nos livros. No caso, alguém que viu ou ouviu uma coisa também acaba levando a sua. Pode ser você — complementou ele enquanto abria mais uma barra de chocolate.

— Muito obrigada!

— Não quero que seja você — garantiu Alexander. — Eu gosto muito da senhorita. E Stodders também. Nós a achamos fora de série como cozinheira. Um rango belíssimo. E a senhorita também é muito sensata.

A última frase parecia ser de grande aprovação. Lucy a entendeu como tal e disse:

— Obrigada. Mas não pretendo ser morta apenas para agradá-lo.

— Bom, então a senhorita precisa ter cuidado — alertou Alexander.

Ele fez uma pausa para se nutrir mais e depois disse com uma voz levemente casual:

— Se papai aparecer de tempos em tempos, você cuida dele, não cuida?

— Sim, é claro — disse Lucy, um pouco surpresa.

— O problema com papai é que — informou Alexander — a vida em Londres não faz bem a ele. Ele se mete com mulher errada, sabe? — Ele fez um não com a cabeça, parecendo preocupado, antes de complementar: — Eu gosto muito dele, mas papai precisa de alguém que cuide dele. Ele fica andando por aí, se metendo com quem não devia. É uma pena que mamãe tenha morrido cedo. Bryan precisa de uma vida caseira.

Ele olhou cerimonioso pra Lucy e foi pegar outra barra de chocolate.

— Quatro chocolates não, Alexander. — Lucy implorou. — Você vai passar mal.

— Ah, não vou não. Uma vez comi seis seguidos e não fiquei. Eu não sou do tipo que sofre do fígado. — Ele fez uma pausa e depois falou:

— Bryan gosta de você, sabe.

— Muito gentil da parte dele.

— Ele é meio burro em algumas coisas — disse o próprio filho de Bryan —, mas foi um piloto de caça dos bons. Ele é corajosíssimo. E bom caráter.

Ele fez uma pausa. Depois, desviando os olhos para o teto, falou com certo constrangimento:

— Eu acho que, sabe, ia ser bom se ele se casasse de novo... se fosse uma pessoa decente... eu, de minha parte, não ia me importar de ter uma madrasta... não, no caso, se fosse uma pessoa decente...

Com o devido choque, Lucy percebeu que havia um ponto a que a conversa de Alexander queria chegar.

— Essa besteira com as madrastas — prosseguiu Alexander, ainda olhando para o teto — é um negócio para lá de ultrapassado. Muitos camaradas que Stodders e eu conhecemos têm madrastas... filhos de pais divorciados e tudo o mais. E eles se dão muito bem. Depende da madrasta, claro. E dá uma confusão isso de levar você nos jogos da escola e tal. Se houver dois casais de pais, no caso. Mas também ajuda se você quer tirar uma grana! — Ele fez uma pausa, defrontado com os problemas da vida moderna. — É mais legal ter a própria casa e os próprios pais... mas se sua mãe morreu... bom, entendeu o que eu digo? Se for uma pessoa decente — falou Alexander pela terceira vez.

Lucy se sentiu comovida.

— Eu acho que *você* é muito sensato, Alexander — disse ela. — Temos que achar uma boa esposa para o seu pai.

— Sim — disse Alexander, evasivo.

Ele complementou de um jeito espontâneo:

— Achei que eu devia falar: Bryan gosta muito da senhorita. Ele me contou...

"É verdade", pensou Lucy. "Como temos casamenteiros por aqui. Primeiro Miss Marple, agora Alexander!"

Por algum motivo, chiqueiros vieram à sua mente.

Ela se levantou.

— Boa noite, Alexander. Teremos só seus produtos de higiene e pijamas para guardar de manhã. Boa noite.

— Boa noite — disse Alexander. Ele foi para baixo das cobertas e acomodou a cabeça no travesseiro, fechou os olhos, criando um retrato perfeito de um anjo sonolento; e dormiu imediatamente.

Capítulo 19

— Não é o que eu chamaria de conclusivo — disse o Sargento Wetherall em sua melancolia costumeira.

Craddock estava lendo o informe sobre o álibi de Harold Crackenthorpe quanto ao dia vinte de dezembro.

Ele havia sido visto na Sotheby's por volta das 15h30, mas acreditava-se que tinha saído pouco depois. Sua fotografia não havia sido reconhecida na casa de chá Russell's, mas como eles tinham bastante movimento na hora do chá e ele não era um *habitué,* não era algo que causasse surpresa. Seu criado confirmou que ele havia retornado a Cardigan Gardens às 18h45, para se trocar para o jantar... um tanto tarde, já que o jantar seria às 19h30, e Mr. Crackenthorpe estava um tanto arisco em função do atraso. O criado não se lembrou de tê-lo ouvido voltar à noite, mas, como já tinha se passado algum tempo, ele não conseguiu lembrar com exatidão e, de qualquer maneira, era comum não ouvir Mr. Crackenthorpe chegar. Ele e a esposa gostavam de retirar-se cedo para a cama sempre que possível. A garagem na viela onde Harold guardava o carro era uma vaga fechada que ele alugava e não havia ninguém para perceber quem entrava nem motivo para lembrar de uma noite em específico.

— Todos negativos — disse Craddock com um suspiro.

— Ele esteve mesmo no Caterers' Dinner, mas saiu cedo, antes do fim dos discursos.

— E quanto às estações ferroviárias?

Mas não havia nada, nem em Brackhampton nem em Paddington. Fazia quase quatro semanas e era altamente improvável que alguém se lembraria.

Craddock deu um suspiro e passou aos dados sobre Cedric. Também eram negativos, embora um taxista tivesse identificado, mesmo que um tanto em dúvida, que havia feito uma viagem a Paddington naquele dia em algum momento da tarde com um rapaz "que parecia com esse camarada. Calças sujas e cabelo solto. Reclamava e praguejava porque as viagens estavam mais caras desde sua última vez na Inglaterra". Ele identificou o dia porque um cavalo chamado Crawler havia ganhado a corrida das 14h30 e ele tinha tirado uma bolada. Pouco depois de largar o cavalheiro, ele ouvira no rádio no táxi e havia ido para casa comemorar.

— Agradeço aos céus pelas corridas! — disse Craddock, e deixou o relatório de lado.

— E aqui vai o de Alfred — disse o Sargento Wetherall.

Uma nuança na voz dele fez Craddock erguer o olhar afiado. Wetherall tinha a aparência contente de um homem que guarda um petisco até o fim.

No geral, a conferência foi insatisfatória. Alfred morava sozinho no apartamento e ia e vinha em horas indeterminadas. Seus vizinhos não eram do tipo indagadores e, de qualquer modo, eram escriturários que passavam o dia fora. Mas, perto do fim do relatório, o imenso dedo de Wetherall indicou o último parágrafo.

O Sargento Leakie, a quem fora designado o caso dos roubos de caminhões, estivera no Load of Bricks, uma parada de caminhões na Rodovia Waddington-Brackhampton, e estava observando alguns caminhoneiros. Ele havia notado numa mesa adjacente Chick Evans, da gangue de Dicky Rogers. Com ele estava Alfred Crackenthorpe, que ele conhecia de vista, tendo visto-o dando depoimento no caso Dicky Rogers. Ele se perguntava o que estavam maquinando juntos. Horário:

21h30, sexta-feira, vinte de dezembro. Alfred Crackenthorpe havia embarcado num ônibus alguns minutos depois, indo na direção de Brackhampton. William Baker, bilheteiro na estação Brackhampton, perfurou a passagem de um cavalheiro que ele conhecia de vista como um dos irmãos de Miss Crackenthorpe, pouco antes da partida do ônibus das 23h55 saindo de Paddington. Lembra do dia por conta da história de uma velha lelé que jurava que tinha visto uma pessoa ser assassinada num trem naquela tarde.

— Alfred? — disse Craddock ao soltar o relatório na mesa. — Alfred? Será?

— Ele está no lugar exato — ressaltou Wetherall.

Craddock assentiu. Sim, Alfred podia ter vindo no trem das 16h33 para Brackhampton e cometido o assassinato no caminho. Depois podia ter ido de ônibus ao Load of Bricks. Podia ter saído de lá às 19h30 e teria bastante tempo para ir a Rutherford Hall, levar o corpo do barranco ao sarcófago, e chegar a Brackhampton a ponto de pegar o trem das 23h55 de volta a Londres. Alguém da gangue Dicky Rogers poderia inclusive ter ajudado a carregar o corpo, embora Craddock duvidasse. Uma gente desagradável, mas não eram assassinos.

— Alfred? — repetiu ele, especulativo.

Em Rutherford Hall, acontecera uma reunião da família Crackenthorpe. Harold e Alfred haviam chegado de Londres e em seguida as vozes se elevaram e os humores se acirraram.

De própria iniciativa, Lucy preparou um coquetel numa jarra com gelo e levou para a biblioteca. As vozes soavam com clareza no saguão e sugeriam que boa parte do dissabor se dirigia a Emma.

— É tudo culpa *sua*, Emma — soava a voz de barítono de Harold com raiva. — Como você pôde ser tão míope e tola é uma coisa que me assusta. Se você não tivesse levado essa carta à Scotland Yard... e começado tudo isso...

A voz exaltada de Alfred exclamou:

— Você devia estar ruim da cabeça!

— Ora, não a maltratem — disse Cedric. — O que está feito está feito. Seria muito mais suspeito se identificassem a mulher como a Martine desaparecida e todos tivéssemos ficado de bico calado depois de saber dela.

— Por você tudo bem, Cedric — disse Harold, irritado. — Você estava fora do país no dia vinte, o dia que eles estão questionando. Mas é uma vergonha para Alfred e para mim. Por sorte, *eu* consigo me lembrar de onde estava naquela tarde e o que estava fazendo.

— Aposto que consegue — disse Alfred. — Se você organizasse um assassinato, Harold, tenho certeza de que prepararia seus álibis com todo cuidado.

— Imagino que você não tenha esta sorte — disse Harold com toda frieza.

— Depende — retrucou Alfred. — Qualquer coisa é melhor do que apresentar um álibi impenetrável à polícia se não for sólido de fato. Eles são espertos e derrubam esse tipo de coisa.

— Se você está insinuando que eu matei aquela mulher...

— Ah, parem, vocês todos! — berrou Emma. — É óbvio que nenhum de vocês matou a mulher.

— E, apenas para informá-los, eu *estava* na Inglaterra no dia vinte — disse Cedric. — *E* a polícia já está ciente! Então estamos todos sob suspeita.

— Não fosse Emma...

— Não comece com isso de novo, Harold! — gritou Emma.

Dr. Quimper saiu do escritório onde estivera trancado com Mr. Crackenthorpe. Seu olho recaiu no jarro à mão de Lucy.

— O que é isso? Uma festa?

— É mais para acalmar os ânimos. A coisa está turbulenta.

— Recriminações?

— Sobretudo ataques a Emma.

As sobrancelhas de Dr. Quimper se ergueram.

— É mesmo?

Ele tirou a jarra da mão de Lucy, abriu a porta da biblioteca e entrou.

— Boa noite.

— Ah, Dr. Quimper, gostaria de uma palavrinha com o senhor. — Era a voz de Harold, alterada e irritada. — Gostaria de saber qual foi sua intenção ao intervir numa questão privada da família e dizer a minha irmã para levar o assunto à Scotland Yard.

Dr. Quimper falou com calma:

— Miss Crackenthorpe pediu meu conselho. Eu dei. Na minha opinião, ela agiu de forma perfeitamente correta.

— Você se atreve...

— Menina!

Era a saudação familiar do velho Mr. Crackenthorpe. Ele estava espiando pela porta do escritório, logo atrás de Lucy.

Lucy virou-se um tanto relutante.

— Sim, Mr. Crackenthorpe?

— O que teremos para o jantar à noite? Quero curry. Seu curry é muito bom. Faz tanto tempo que não comemos curry.

— Os meninos não gostam tanto de curry, senhor.

— Os meninos... os meninos. De que interessa os meninos? Quem importa sou eu. Além disso, os meninos já foram embora... e já foram tarde. Quero um curry bom e picante, entendeu?

— Tudo bem, Mr. Crackenthorpe. Vou preparar.

— Isso mesmo. Que ótima garota é você, Lucy. Você cuida de mim e eu cuido de você.

Lucy voltou à cozinha. Abandonou o fricassê de frango que havia planejado e começou os preparativos para o curry. A porta da frente bateu e, pela janela, ela viu o Dr. Quimper sair da casa em direção ao carro, irritado, e ir embora.

Lucy deu um suspiro. Tinha saudade dos meninos. E, de certo modo, também de Bryan.

Mas enfim. Ela se sentou e começou a descascar cogumelos.

Seja como fosse, ela faria um belíssimo jantar para a família. Há de se alimentar as feras!

Eram três da manhã quando Dr. Quimper estacionou seu carro na garagem, fechou as portas e entrou fechando a porta atrás de si, com aspecto de cansado. Enfim Mrs. Josh Simpkins ganhara gêmeos saudáveis a somar a família atual de oito. Mr. Simpkins não havia expressado júbilo com a chegada. "Gêmeos", ele havia dito, sorumbático. "De que adiantam? Quadrigêmeos, tudo bem. Aí te mandam de tudo, a imprensa comparece, saem fotos nos jornais e dizem que Vossa Majestade envia um telegrama. Mas de que servem gêmeos, a não ser duas bocas para comer em vez de uma? Nunca tivemos gêmeos na minha família, nem da patroa. Não me parece justo."

Dr. Quimper subiu ao quarto e começou a jogar as roupas no chão. Olhou para o relógio de pulso. Eram 03h05. Trazer os gêmeos ao mundo se revelara um trabalho mais complicado que ele esperava, mas tudo correra bem. Ele deu um bocejo. Estava cansado... muito cansado. Olhou para a cama com prazer.

Então, o telefone tocou.

Dr. Quimper praguejou antes de atender.

— Dr. Quimper?

— É ele.

— Aqui é Lucy Eyelesbarrow, de Rutherford Hall. Acho que é melhor o senhor vir. Parece que todos estão passando mal.

— Passando mal? Como? Quais são os sintomas?

Lucy deu os detalhes.

— Vou imediatamente. Até lá... — deu-lhe instruções curtas e diretas.

Então ele voltou a se vestir, jogou algumas coisas na maleta de emergência e correu para o carro.

———

Haviam se passado mais ou menos três horas quando o médico e Lucy, os dois um tanto quanto exauridos, sentaram-se à mesa da cozinha para tomar grandes goles de café preto.

— Ahh — Dr. Quimper sorveu sua xícara e a soltou sobre o pires com um estalido. — Eu estava precisando disto. Então, Miss Eyelesbarrow, vamos ao que interessa.

Lucy olhou para o doutor. As linhas de fadiga se mostravam com clareza no rosto do homem, fazendo-o parecer mais velho do que seus 44 anos. O cabelo escuro nas têmporas estava sarapintado de cinza e havia riscos sob os olhos.

— Até onde consigo avaliar — disse o médico — vão ficar todos bem. Mas como aconteceu? Isso é o que eu quero saber. Quem preparou o jantar?

— Fui eu — respondeu Lucy.

— E o que serviu? Com detalhes.

— Sopa de cogumelos. Um curry de frango com arroz. *Syllabub*. Um aperitivo de fígado de galinha e bacon.

— *Canapés Diane* — disse Dr. Quimper, de repente.

Lucy esboçou um sorriso.

— Sim, *canapés Diane*.

— Tudo bem... vamos repassar. Sopa de cogumelos... enlatada, creio eu?

— De modo algum. Eu que preparei.

— A senhorita que preparou. Com o quê?

— Meia libra de cogumelos, frango, leite, caldo de manteiga e farinha, mais suco de limão.

— Ah. Então já podemos dizer: "Deve ter sido dos cogumelos".

— Não foi dos cogumelos. Eu tomei um pouco da sopa e estou muito bem.

— Sim, a *senhorita* está muito bem. Eu não deixei de perceber.

Lucy enrubesceu.

— Se o senhor quer dizer...

— Não quero dizer nada. A senhorita é uma moça de extrema inteligência. Se eu quisesse dizer o que pensa que eu queria, você estaria gemendo no seu quarto. De qualquer modo, sei tudo a seu respeito. E me dei ao trabalho de pesquisar.

— E por que o senhor faria uma coisa dessas?

Os lábios de Dr. Quimper formaram uma linha reta.

— Porque eu tomei para mim a questão de descobrir mais sobre as pessoas que vêm e se acomodam aqui. A senhorita é uma jovem honesta que faz este serviço para tirar seu sustento e aparentemente nunca teve contato com a família Crackenthorpe antes de chegar a esta casa. Portanto, não é namorada nem de Cedric, nem de Harold, nem de Alfred... nem os ajudou a executar trabalhos sujos.

— O senhor pensa mesmo que...?

— Eu penso muitas coisas — disse Quimper. — Mas preciso ter cuidado. Isso é o pior em ser médico. Vamos em frente. O curry de frango. A senhorita também comeu?

— Não. Quando se cozinha um curry, para mim, você se alimenta do cheiro. Eu provei, é claro. Tomei sopa e um pouco de *syllabub*.

— Como serviu o *syllabub*?

— Em copos individuais.

— Então, quanto ainda resta?

— Se o senhor se refere aos pratos, tudo foi lavado e guardado.

Dr. Quimper resmungou.

— Zelo em demasia pode ser um problema — disse ele.

— Sim, eu percebo, dado o que veio a ocorrer. Mas infelizmente foi o que eu fiz.

— O que a senhora *ainda* tem do jantar?

— Sobrou um pouco do curry... está numa tigela na despensa. Eu estava planejando usar de base para sopa *mulligatawny* hoje à noite. Também sobrou sopa de cogumelo. Nada de *syllabub* nem do aperitivo.

— Eu aceito o curry e a sopa. E chutney? Eles comeram com chutney?

— Sim. Em uma das vasilhas de cerâmica.

— Também quero levar. — Ele se levantou. — Vou subir para conferir todos mais uma vez. Depois, teria como cuidar da casa até de manhã? Ficar de olho em todos? Posso mandar a enfermeira passar às oito horas, com todas as instruções.

— Gostaria que me dissesse com todas as letras. O senhor acredita que foi intoxicação alimentar ou... ou... envenenamento?

— Eu já lhe disse. Médicos não podem cogitar. Precisam ter certeza. Se houver um resultado positivo nas amostras dos pratos, eu posso seguir adiante. Se não...

— Se não? — repetiu Lucy.

Dr. Quimper colocou a mão sobre o ombro dela.

— Cuide especialmente de duas pessoas — disse ele. — Cuide de Emma. Não vou deixar que nada aconteça com Emma.

Havia emoção na voz dele, indisfarçável.

— Ela ainda nem começou a vida — disse ele. — E a senhorita sabe que gente como Emma Crackenthorpe é simples e honesta... Emma... bom, Emma significa muito para mim. Eu nunca disse a ela, mas vou dizer. Cuide de Emma.

— Pode deixar que cuidarei — disse Lucy.

— E cuide do velho. Não posso dizer que é meu paciente predileto, mas ele é meu paciente e nem morto eu vou deixar que ele seja escorraçado deste mundo porque um desses filhos desagradáveis (ou os três, talvez) quer que ele desocupe o assento para tomar o dinheiro.

Ele lançou a ela um olhar repentino e zombeteiro.

— Pronto — disse ele. — Abri demais essa boca. Mas fique de olho vivo, como boa moça que é. E a propósito: bico calado.

O Inspetor Bacon parecia incomodado.

— Arsênico? — disse ele. — Arsênico?

— Sim. Estava no curry. Aqui está o resto do prato... para o seu camarada verificar também. Fiz apenas um teste rápido numa porção, mas o resultado é conclusivo.

— Então temos um envenenador em ação?

— Assim parece — disse Dr. Quimper, com a voz áspera.

— E todos foram afetados, o senhor disse... com exceção de Miss Eyelesbarrow.

— Com exceção de Miss Eyelesbarrow.

— Um tanto suspeito para ela, não...?

— Que motivo ela teria?

— Pode ser louca — sugeriu Bacon. — Às vezes elas parecem certinhas, mas não batem muito bem, por assim dizer.

— Miss Eyelesbarrow bate muito bem. Falando como médico, Miss Eyelesbarrow tem o mesmo nível de sanidade que eu ou o senhor. Se Miss Eyelesbarrow está dando arsênico para a família comer no curry, há algum motivo. No mais, por ser uma mulher de altíssima inteligência, ela teria tido o cuidado de *não* ter sido a única a não ser afetada. O que ela faria, como qualquer envenenador inteligente, seria comer um pouquinho do curry envenenado e depois exagerar nos sintomas.

— E o senhor não teria como se certificar?

— De que ela teria comido menos do que os outros? Provavelmente não. Não é toda pessoa que tem a mesma reação a venenos... a mesma quantidade pode transtornar mais alguns do que outros. É claro que — complementou Dr. Quimper, agora mais animado —, assim que o paciente morre, pode-se ter uma boa estimativa de quanto ele tomou.

— Então pode ser... — o Inspetor Bacon fez uma pausa para consolidar a ideia. — Pode ser que exista uma pessoa da família que esteja fazendo mais alvoroço do que deveria... alguém que o senhor há de dizer que se entrosou com os demais para não levantar suspeita? Como seria?

— Essa ideia já me ocorreu. É por isso que estou relatando ao senhor. Agora está em suas mãos. Tenho uma enfermeira cuidando do caso, em quem eu confio, mas ela não pode estar em todo lugar ao mesmo tempo. Na minha opinião, ninguém tomou o suficiente para levar à morte.

— O envenenador se enganou?

— Não. O que me parece mais provável é que a ideia era colocar arsênico no curry para dar sinais de intoxicação alimentar... e a culpa provavelmente recairia nos cogumelos. As pessoas sempre ficam obcecadas com a ideia de envenenamento por cogumelos. Aí provavelmente uma pessoa ia ficar pior e morreria.

— Por ter tomado uma segunda dose do veneno?

O médico assentiu.

— Por isso que vim lhe informar de imediato, e por isso que deixei uma enfermeira especial com o caso.

— Ela sabe sobre o arsênico?

— É claro. Assim como Miss Eyelesbarrow também já sabe. É evidente que o senhor conhece muito bem seu trabalho, mas, se eu fosse o senhor, iria lá e deixaria claro a todos que eles estão sofrendo de envenenamento por arsênico. Isso provavelmente fará o assassino sentir o terror divino e ele não vai se atrever a concluir o plano. Provavelmente ele esteja fiando-se na teoria da intoxicação alimentar.

O telefone tocou na mesa do inspetor. Ele atendeu e disse:

— Tudo bem. Pode transferir. — Ele disse a Quimper: — É a sua enfermeira. Sim, alô. É ele... Como é? Uma recaída séria... Sim... O Dr. Quimper está comigo... Se gostaria de conversar com ele...

Ele entregou o gancho ao médico.

— Quimper falando... Entendo... Sim... Exato... Sim, pode prosseguir. Vamos em frente.

Ele colocou o telefone no gancho e virou-se para Bacon.

— Quem foi?

— Alfred — disse Dr. Quimper. — Ele está morto.

Capítulo 20

Pelo telefone, a voz de Craddock saiu com descrença aguda.
— Alfred? — disse ele. — *Alfred?*
Inspetor Bacon, puxando o gancho do telefone um pouco, disse:
— O senhor não esperava?
— Não mesmo. Aliás, eu acabara de ter por certo que ele era o assassino!
— Ouvi falar que ele tinha sido visto pelo bilheteiro. A situação estava ruim para o sujeito. Parecia que tínhamos chegado ao nosso homem.
— Bom — disse Craddock, categórico. — Estávamos errados.
Houve um instante de silêncio. Então Craddock perguntou:
— Havia uma enfermeira encarregada. Como ela deixou passar?
— Não tenho como culpá-la. Miss Eyelesbarrow estava esgotada e foi tirar um cochilo. A enfermeira tinha cinco pacientes nas mãos, o velho, Emma, Cedric, Harold e Alfred. Não podia estar em todos os lugares ao mesmo tempo. Parece que o Mr. Crackenthorpe mais velho começou a fazer um rebuliço. Disse que estava morrendo. Ela entrou, fez ele se acalmar, voltou e levou a Alfred um chá com glucose. Ele bebeu e foi isso.
— Arsênico de novo?

— É o que parece. Pode ter sido uma recaída, mas Quimper não acha e Johnstone concorda.

— Então — disse Craddock, em tom duvidoso —, Alfred *era* a vítima desejada?

Bacon soou interessado.

— O senhor quer dizer que, enquanto a morte de Alfred não daria um centavo furado a ninguém, a morte do velho beneficiaria todos? Imagino que *possa* ter sido um engano... alguém *pode* ter pensado que o chá era para o velho.

— Eles têm certeza de que foi assim que o veneno foi administrado?

— Não, é claro que eles não têm certeza. A enfermeira, como boa profissional que é, lavou tudo que havia. Xícaras, colheres, chaleira: tudo. Mas parece o único método plausível.

— Significa — disse Craddock, pensativo — que um dos pacientes não estava tão doente quanto os outros? Que viu a oportunidade e batizou a xícara?

— Bom, acabaram as palhaçadas — determinou Inspetor Bacon, inflexível. — Temos duas enfermeiras atuando no momento, para não falar de Miss Eyelesbarrow, e tenho alguns homens lá também. O senhor vem?

— O mais rápido possível!

Lucy Eyclesbarrow atravessou o saguão para encontrar o Inspetor Craddock. Ela parecia pálida e cansada.

— Você anda passando por maus bocados — disse Craddock.

— Tem sido um longo e tenebroso pesadelo — disse Lucy. — Ontem à noite cheguei a achar que *todos* iam morrer.

— Quanto a esse curry...

— Foi o curry?

— Sim, muito bem batizado com arsênico... o toque dos Borgia.

— Se for verdade — falou Lucy. — Deve ser... tem que ser... alguém da família.

— Não há nenhuma outra possibilidade?

— Não, pois veja que eu comecei a fazer esse maldito curry bem tarde... Foi depois das dezoito horas, pois Mr. Crackenthorpe pediu especificamente para comer curry. E eu tive que abrir uma lata nova de tempero... *essa* lata não podia ter sido manipulada. Imagino que o curry disfarçaria o gosto, não?

— Arsênico não tem gosto — disse Craddock, distraidamente. — Agora, quanto à oportunidade. Qual deles teve chance de adulterar o curry enquanto estava cozinhando?

Lucy parou para pensar.

— Na verdade — respondeu ela —, qualquer um poderia ter entrado na cozinha enquanto eu estava botando a mesa na sala de jantar.

— Entendo. Então, quem estava na casa? O velho Mr. Crackenthorpe, Emma, Cedric...

— Harold e Alfred. Eles chegaram de Londres à tarde. Ah, Bryan... Bryan Eastley. Mas ele saiu pouco antes do jantar. Ele tinha que encontrar alguém em Brackhampton.

Craddock falou, pensativo:

— Fecha com a doença do velho no Natal. Quimper chegou a suspeitar que tivesse sido arsênico. Eles todos pareciam doentes na mesma medida na noite passada?

Lucy parou para pensar.

— Creio que o velho Mr. Crackenthorpe parecia pior. Dr. Quimper teve que trabalhar como um maníaco com ele. É um médico dos bons, diga-se de passagem. Cedric foi o que fez mais alvoroço. Claro, os fortes e saudáveis sempre fazem isso.

— E quanto a Emma?

— Ela estava muito mal.

— Por que Alfred? — perguntou Craddock. — É isso o que me pergunto...

— Eu sei — disse Lucy. — Mas Alfred *era* a vítima desejada?

— Curioso... eu fiz a mesma pergunta.

— É que parece tão sem sentido.

— Se eu conseguisse chegar à motivação para tudo isso...
— disse Craddock. — Parece que nada se encaixa. A mulher estrangulada no sarcófago era a viúva de Edmund Crackenthorpe, Martine. Vamos presumir que fosse. Está praticamente provado. *Deve* haver uma conexão entre esse fato e o envenenamento proposital de Alfred. Está tudo aqui, na família, em algum lugar. Nem dizer que um deles é louco ajuda.

— Não mesmo — concordou Lucy.

— Bom, se cuide — disse Craddock, em tom de advertência. — Lembre-se de que há um envenenador na casa, e um de seus pacientes lá em cima provavelmente não está tão doente quanto finge estar.

Lucy subiu a escada devagar após a partida de Craddock. Uma voz imperiosa, um tanto enfraquecida pela doença, chamou por ela ao passar pelo quarto de Mr. Crackenthorpe.

— Menina... menina... é você? Venha cá.

Lucy entrou no quarto. Mr. Crackenthorpe estava deitado na cama, bem acomodado nos travesseiros. "Para uma pessoa doente", pensou Lucy, "ele está com uma disposição notável."

— A casa está tomada por essas malditas enfermeiras — reclamou Mr. Crackenthorpe. — Saracoteando por aí, se achando importantes, tirando minha temperatura, nunca me trazem o que eu quero comer... e que bagatela que isso não deve estar custando. Diga a Emma para mandar todas embora. A senhorita pode cuidar de mim muito bem.

— Todos estão doentes, Mr. Crackenthorpe — disse Lucy. — Eu não consigo cuidar de todos, sabia?

— Cogumelos — disse Mr. Crackenthorpe. — Coisinhas malditas, esses cogumelos. Foi da sopa que tomamos ontem à noite. A senhorita que fez — ele complementou em tom acusatório.

— Os cogumelos estavam bons, Mr. Crackenthorpe.

— Não estou a acusando, menina, não a estou acusando. Já aconteceu. Um fungo maldito se escapa e o estrago está feito.

Ninguém consegue ver. Eu sei que você é uma boa menina. Não faria isso de propósito. Como está Emma?

— Sentindo-se bem melhor agora à tarde.

— Ah. E Harold?

— Também melhorou.

— Que história é essa de que Alfred bateu as botas?

— Não era para terem lhe contado, Mr. Crackenthorpe.

Mr. Crackenthorpe deu uma risada, uma gargalhada alta e aguda de alguém muito entretido.

— Eu ouço as coisas — disse ele. — Não tem como esconder nada deste velho. Só tentam. Então Alfred morreu mesmo? *Ele* que não vai me explorar mais, nem vai ganhar dinheiro nenhum. Estão todos esperando que *eu* morra, sabia... Principalmente Alfred. Agora *ele* morreu. Isso que eu chamo de piada.

— Não é muito gentil de sua parte, Mr. Crackenthorpe — disse Lucy, bastante séria.

Mr. Crackenthorpe riu de novo.

— Eu vou viver mais que todos. — Ele tripudiou. — Você vai ver, minha menina. Você vai ver.

Lucy foi para seu quarto, pegou o dicionário e conferiu a palavra "tontina". Fechou o livro pensativa e ficou olhando para a frente.

— Não entendi por que o senhor quis tratar comigo — disse Dr. Morris, irritado.

— O senhor conhece a família Crackenthorpe há bastante tempo — disse o Inspetor Craddock.

— Sim, sim, conheço todos os Crackenthorpe. Lembro do velho Josiah Crackenthorpe. Era osso duro... Mas um homem astuto. Fez muito dinheiro...

Ele reacomodou seu porte envelhecido na poltrona e espiou para o Inspetor Craddock por debaixo das sobrancelhas frondosas.

— Então o senhor foi ouvir aquele tolinho do Quimper — disse ele. — Esses médicos jovens... tão rigorosos! Sempre cheios de ideias. Botou na cabeça que alguém estava tentando envenenar Luther Crackenthorpe. Um absurdo! Um melodrama! É claro que ele tem ataques gástricos. Eu o tratei. Não acontecia com frequência... não tinham nada de peculiar.

— O Dr. Quimper — disse Craddock — achava que havia.

— Não cabe ao médico ficar cogitando. Afinal de contas, envenenamento por arsênico é algo que se reconhece de cara. Assim espero de um médico.

— Vários médicos de renome não notam — comentou Craddock. — Houve casos — ele puxou de memória —, como o dos Greenbarrow, o de Mrs. Teney, o de Charles Leeds, três membros da família Westbury, todos foram para a cova com todo esmero sem que os médicos que os atenderam levantassem a mínima suspeita. Esses médicos eram bons, homens de reputação.

— Tudo bem, tudo bem — disse Dr. Morris —, o senhor está dizendo que eu posso ter me enganado. Bom, *eu* acho que não me enganei. — Ele parou por alguns instantes e depois continuou. — Quem Quimper achou que fosse... se é que estavam mesmo envenenando?

— Ele não sabia — respondeu Craddock. — Ele estava preocupado. Afinal de contas, você sabe — complementou —, há muito dinheiro por lá.

— Sim, sim, eu sei o que eles vão receber quando Luther Crackenthorpe morrer. E que eles querem demais. Isso é bem verdade, mas não quer dizer que vão matar o velho para conseguir.

— Não necessariamente — concordou o Inspetor Craddock.

— De qualquer modo — disse Dr. Morris —, meu lema é não ficar suspeitando das coisas sem causa. Sem causa devida — complementou ele. — Admito que o que o senhor acabou de me contar me deixou abalado. Arsênico, aparentemente em grande escala... mas ainda não entendi por que veio falar *comigo*. Só tenho a dizer que *eu* não suspeitava. Talvez devesse. Talvez eu devesse ter levado muito mais a sério esses ataques gástricos de Luther Crackenthorpe. Mas isso já faz muito tempo.

Craddock concordou.

— O que eu preciso — disse ele — é saber um pouco mais a respeito da família Crackenthorpe. Há algum comprometimento mental entre eles... algum tipo de mania?

Os olhos por baixo das sobrancelhas frondosas fitaram-no mais afiados.

— Sim, entendo que suas concepções possam correr nesse sentido. Bom, o velho Josiah era bem são. Era faca na bota, batia bem. A esposa era neurótica, tinha tendência à melancolia. Veio de família endogâmica. Morreu pouco depois que o segundo filho nasceu. Eu diria, sabe, que Luther herdou certa... bom, um pouco da instabilidade da mãe. Ele era bastante comum quando jovem, mas sempre esteve às turras com o pai, que sentia grande decepção em relação a ele. Acho que Luther se ressentiu disso, ficou remoendo e, no fim das contas, se tornou um tanto obcecado. Ele levou isso para a vida de casado. Se chegar a ter uma conversa com ele, o senhor vai notar que ele guarda um sincero desprezo pelos próprios filhos. Das filhas ele gosta. Tanto de Emma quanto de Edie... a que faleceu.

— Por que ele tem tanto desprezo pelos filhos? — perguntou Craddock.

— O senhor vai ter que ir num desses psiquiatras da moda para descobrir. Eu diria que Luther nunca se sentiu capaz como homem e que ele tem rancor e amargura pela posição financeira em que está. Ele está de posse da renda, mas não tem como fazer nenhuma movimentação do capital investido. Se ele tivesse o poder para deserdar os filhos, provavelmente não ia desgostar tanto dos três. Ser indefeso nesse aspecto faz a pessoa se sentir humilhada.

— Por isso ele se agrada tanto com a ideia de viver mais do que eles? — perguntou o Inspetor Craddock.

— É possível. Também é a raiz de sua parcimônia, creio. Eu diria que ele conseguiu poupar uma quantia considerável de sua renda... sobretudo, é claro, antes dos impostos chegarem às alturas vertiginosas de hoje em dia.

Uma nova ideia ocorreu ao Inspetor Craddock.

— Imagino que ele tenha deixado suas economias em testamento a alguém? Isso ele *pode* fazer.

— Ah, sim, mas sabe-se lá a quem deixou. Talvez Emma, mas eu duvido. Ela vai tirar sua parte das terras do velho. Quem sabe para Alexander, o neto.

— Eles são afeiçoados, não são? — perguntou Craddock.

— Eram. Porque, no caso, Alexander era filho de uma filha dele, não de um filho. Isso pode ter feito a diferença. E Luther tinha certo afeto por Bryan Eastley, marido de Edie. Evidentemente, eu não conheço Bryan muito bem, faz alguns anos que não vejo a família. Mas me marcou que ele ia ficar perdido na vida depois da guerra. Ele tem as qualidades que se precisava em tempos de guerra: coragem, ousadia e uma tendência a deixar que o futuro fale por si. Mas não creio que ele tenha *estabilidade*. Provavelmente vai virar um andarilho.

— Até onde o senhor sabe, não há uma anomalia peculiar em ninguém da geração mais nova?

— Cedric é o tipo excêntrico, um desses rebeldes por natureza. Eu não diria que ele é totalmente normal. Mas quem é, hoje em dia? Harold é bastante ortodoxo, não é o que eu chamaria de figura agradável, coração frio, sempre querendo levar vantagem. Alfred tem algo de delinquente. Ele é daqueles que segue o caminho errado, sempre foi assim. Uma vez eu o vi tirando dinheiro de uma caixa de donativos que eles costumavam deixar no saguão. Esse tipo de coisa. Ah, bom, o pobre coitado já morreu, imagino que eu não deveria ficar falando mal dele.

— E quanto a... — Craddock hesitou. — Emma Crackenthorpe?

— Boa menina, quieta, difícil de saber o que está pensando. Tem os próprios projetos, as próprias ideias, mas costuma guardar para si. Tem mais caráter do que se imagina a partir de sua aparência.

— Imagino que o senhor tenha conhecido Edmund, o filho que morreu na França?

— Sim. Eu diria que era o melhor da turma. De bom coração, alegre, bom garoto.

— Já ouviu que ele ia se casar, ou havia se casado, com uma garota francesa antes de ser morto?

Dr. Morris franziu as sobrancelhas.

— Eu creio que me lembro de algo nesse sentido — disse ele —, mas faz muito tempo.

— Foi bem no início da guerra, não foi?

— Foi. Ah, bom, eu ouso dizer que, se estivesse vivo, ele ia se arrepender de ter se casado com uma estrangeira.

— Há motivos para crer que ele se casou de fato — disse Craddock.

Em poucas frases, ele deu um relato dos últimos acontecimentos.

— Lembro de ver algo nos jornais a respeito de uma mulher encontrada num sarcófago. Então foi em Rutherford Hall.

— E há motivos para crer que a mulher era a viúva de Edmund Crackenthorpe.

— Ora, ora, mas isso é extraordinário. Lembra mais um romance do que a vida real. Mas quem ia querer matar a coitadinha...? No caso, como isso se relaciona ao envenenamento por arsênico na família Crackenthorpe?

— Por dois motivos — disse Craddock —, mas ambos são difíceis de acreditar. Alguém talvez seja muito ganancioso e queira toda a fortuna de Josiah Crackenthorpe.

— Muito tolo, se quiser — disse Dr. Morris. — Vai ter que pagar impostos estupendos até receber tudo.

Capítulo 21

— São um terror, esses cogumelos — disse Mrs. Kidder.

Mrs. Kidder havia feito o mesmo comentário por volta de dez vezes nos últimos dias. Lucy não respondia.

— Eu não chego nem perto — acrescentou ela. — É perigoso demais. Graças Deus só teve um morto. Todos poderiam ter morrido, sem falar em você, moça. Incrível que tenha conseguido escapar.

— Não foram os cogumelos — disse Lucy. — Eles estavam bons.

— Não acredite — disse Mrs. Kidder. — É coisa perigosa, cogumelo. Um venenoso no meio e acabou.

— É engraçado como parece que tudo se junta, né? O filho mais velho da minha irmã teve sarampo e nosso Ernie caiu e quebrou o braço, e meu marido ficou cheio de pústula. Tudo na mesma semana! Mal se acredita, né? Aqui está a mesma coisa — ela prosseguiu, em meio ao retinir dos pratos na pia —, primeiro aquele crime horrível e agora Mr. Alfred morto envenenado com cogumelo. Quem vai ser o próximo? Isso que eu queria saber.

Lucy sentiu-se pouco à vontade ao pensar que ela também queria saber.

— Meu marido não gosta mais que eu venha aqui — disse Mrs. Kidder. — Ele acha que dá azar. Mas o que eu digo é que eu conheço Miss Crackenthorpe há muito tempo e que ela é uma grande senhora e que depende de mim. E eu não ia deixar a pobre da Miss Eyelesbarrow, falei para ele, para fazer tudo sozinha na casa. É muito pesado para a moça, com tantas bandejas para lá e para cá.

Lucy foi forçada a concordar que, no momento, a vida consistia em bandejas, muitas bandejas. Naquele momento ela estava preparando várias para levar aos convalescentes.

— Já essas enfermeiras aí, elas não mexem um dedo a mais — disse Mrs. Kidder. — Só querem saber de xícara e mais xícara de chá forte. E que a refeição esteja pronta. Esgotada, é isso que eu estou — ela falou em tom de grande satisfação, embora na verdade tivesse feito pouco mais que seu trabalho matutino usual.

Lucy falou em tom cerimonioso:

— A senhora nunca se aquieta, Mrs. Kidder.

Mrs. Kidder pareceu contente. Lucy pegou a primeira das bandejas e começou a subir a escada.

— O que é *isso?* — Mr. Crackenthorpe falou com tom de reprovação.

— Caldo de carne e creme de ovos — disse Lucy.

— Pode levar — disse Mr. Crackenthorpe. — Eu não quero nada disso. Falei para a enfermeira que queria um bife.

— Dr. Quimper diz que o senhor ainda não pode comer bife — disse Lucy.

Mr. Crackenthorpe bufou.

— Estou praticamente recuperado. Amanhã vou me levantar. Como estão os outros?

— Mr. Harold está melhor — respondeu Lucy. — Ele volta a Londres amanhã.

— Já vai tarde — disse Mr. Crackenthorpe. — E quanto a Cedric? Alguma chance de ele voltar amanhã à ilha?

— Ele ainda não vai.

— Que pena. O que Emma está fazendo? Por que ela não vem me ver?

— Ela ainda está de cama, Mr. Crackenthorpe.

— As mulheres, sempre as mimadas — disse Mr. Crackenthorpe. — Mas você é uma menina forte e das boas — complementou ele, com aprovação. — Passa o dia na corrida, não é?

— Faço bastante exercício — disse Lucy.

O velho Mr. Crackenthorpe assentiu com a cabeça, aprovando.

— Você é uma moça boa e forte — disse ele —, e não pense que eu me esqueci do que já conversamos. Um dia desses você vai ver as coisas do meu jeito. Emma nem sempre vai conseguir tudo que quer. E não dê ouvidos os outros quando ficam dizendo que sou um velho pão-duro. Eu cuido do meu dinheiro. Tenho um belo fardo, bem guardado, e sei com quem vou gastar quando chegar a hora.

Ele a olhou maliciosamente.

Lucy saiu com pressa do quarto, evitando a mão de Mr. Crackenthorpe que tentou segurá-la.

A bandeja seguinte foi a de Emma.

— Ah, obrigada, Lucy. Eu já estou me sentindo inteira de novo. Estou com fome, o que é bom sinal, não é? — Emma prosseguiu enquanto Lucy ajeitava a bandeja sobre seus joelhos. — Estou muito incomodada quanto a sua tia, minha cara. Você não teve mais tempo de vê-la, teve?

— Não, de fato não tive.

— Imagino que ela esteja com saudades.

— Ah, não se preocupe, Miss Crackenthorpe. Ela entende o período terrível pelo qual passamos.

— Já telefonou para ela?

— Não, não recentemente.

— Pois telefone. Telefone todos os dias. Faz diferença para os idosos terem notícias.

— A senhorita é muito gentil — disse Lucy. Sua consciência pesou um pouco quando ela desceu para buscar a bandeja seguinte. As complicações da doença na casa haviam-na deixado absolutamente envolvida e ela não tivera tempo de pensar em outra coisa. Decidiu que ia telefonar para Miss Marple assim que tivesse levado a refeição de Cedric.

Agora havia apenas uma enfermeira na casa e ela passou por Lucy no patamar, trocando cumprimentos.

Cedric, bem-vestido e com aparência incrivelmente aprumada, estava sentado na cama e ocupava-se de escrever em vários papéis ao mesmo tempo.

— Olá, Lucy — disse ele —, que mistureba dos infernos me traz hoje? Queria que se livrasse daquela enfermeira tenebrosa, ela é travessa demais para eu colocar em palavras. Ela me chama de "nós", sabe-se lá por quê. "E como estamos esta manhã? Nós dormimos bem? Ah, querido, como nós somos levados, desarrumando a roupa de cama desse jeito."

— Ele imitava os sotaques apurados da enfermeira com um falsete agudíssimo.

— O senhor parece alegre — disse Lucy. — No que está tão ocupado?

— Planos — disse Cedric. — Planos quanto ao que fazer com este lugar quando o velho bater as botas. Temos umas terras das boas aqui, sabia? Não consigo me decidir se eu mesmo gostaria de investir ou se venderia os lotes de uma vez. É muito valiosa para fins industriais. A mansão serviria de casa de repouso ou escola. Não sei ao certo se eu devia vender metade do terreno e usar o dinheiro para fazer algo mais impetuoso com a outra metade. O que acha?

— Elas ainda não são do senhor — disse Lucy, áspera.

— Mas serão — disse Cedric. — Não está dividido como o resto. *Eu* vou ficar com tudo. E se eu vender por um preço bom, o dinheiro será capital, não renda, então não terei que pagar impostos. Dinheiro para torrar. Pense só.

— Eu fui levada a pensar que o senhor desprezasse dinheiro — disse Lucy.

— É claro que eu desprezo dinheiro quando eu não tenho — disse Cedric. — É a única coisa digna de se fazer. Que moça adorável você, Lucy. Ou será que a vejo assim porque estou muito tempo sem ver moças bonitas?

— Imagino que seja o caso — disse Lucy.

— Ainda ocupada em deixar tudo e todos em ordem?

— Parece que alguém deixou o senhor em ordem — disse Lucy, olhando para ele.

— Foi aquela enfermeira maldita — disse Cedric, com ênfase. — E quanto a Alfred, já fizeram o inquérito? O que aconteceu?

— Foi adiado — informou Lucy.

— A polícia, sempre sigilosa. Envenenamento em massa deixa a pessoa um tanto assustada, não é? Mentalmente, eu digo. Não me refiro aos aspectos mais óbvios. — Ele complementou: — É melhor você se cuidar, mocinha.

— Eu me cuido — disse Lucy.

— Nosso pequeno Alexander já voltou para o colégio?

— Acho que ele está na casa de Stoddart-West. Creio que as aulas retornarão depois de amanhã.

Antes de pegar o próprio almoço, Lucy foi ao telefone e ligou para Miss Marple.

— Sinto muitíssimo por não ter mais conseguido aparecer, mas ando bastante ocupada.

— É claro, minha cara, é claro. Além disso, não há nada a se fazer no momento. Só temos que esperar.

— Sim, mas estamos esperando o quê?

— Elspeth McGillicuddy deve voltar para casa em breve — disse Miss Marple. — Eu me correspondi com ela e disse para voltar de uma vez. Disse que era seu dever. Portanto, não se preocupe, minha cara. — Sua voz era gentil e reconfortante.

— A senhora não acha… — Lucy começou a falar, mas parou.

— Que haverá mais mortes? Ah, espero que não, minha cara. Mas nunca se sabe, não é? Quando as pessoas são perversas de fato, nunca se sabe. E acho que há muita perversidade nesse caso.

— Ou loucura — disse Lucy.

— É claro. É o jeito moderno de ver as coisas. Eu, de minha parte, não concordo.

Lucy desligou, entrou na cozinha e pegou sua bandeja de almoço. Mrs. Kidder havia tirado o avental e estava prestes a ir embora.

— A senhorita vai ficar bem, não vai? — perguntou ela em tom solícito.

— É claro que sim — retrucou Lucy.

Ela levou sua bandeja não à sala de jantar grande e escura, mas ao pequeno escritório. Estava terminando a refeição quando a porta se abriu e Bryan Eastley entrou.

— Olá — disse Lucy —, que inesperado.

— Imagino que sim — falou Bryan. — Como estão todos?

— Ah, bem melhores. Harold volta para Londres amanhã.

— O que você considera que foi a causa disso? Arsênico mesmo?

— Foi arsênico, sim — respondeu Lucy.

— Ainda não está nos jornais.

— Não, eu creio que a polícia esteja guardando segredo por enquanto.

— Alguém deve estar com a mira seriamente fixada nesta família — disse Bryan. — Quem é que poderia ter entrado aqui e mexido na comida?

— Imagino que eu seja a pessoa mais provável — disse Lucy.

Bryan a encarou com nervosismo.

— Mas não foi você, foi? — perguntou ele um tanto chocado.

— Não, não fui eu — respondeu Lucy.

Ninguém poderia ter adulterado o curry. Ela mesmo havia preparado. Estava sozinha na cozinha e depois levou à mesa. A única pessoa que poderia ter adulterado era uma das cinco que se sentou para o jantar.

— Afinal... por que você faria uma coisa dessas? — disse Bryan. — Eles não significam nada para você, não é? E eu queria dizer — complementou ele — que espero que não se importe de eu ter voltado para cá.

— Não, não, é claro que não. Veio para ficar?
— Bom, eu gostaria, se não for atrapalhar.
— Não, não. Damos um jeito.
— Veja bem: estou desempregado no momento e eu... bom, eu fico entediado. Tem certeza de que não se importa?
— Ah, eu não sou a pessoa a quem você deveria perguntar. É Emma.
— Ah, Emma não se importa — disse Bryan. — Emma sempre foi muito gentil comigo. Ao modo dela, como você sabe. Ela guarda muito para si. Para falar a verdade, é um caixinha de surpresas, a velha Emma. Morar aqui e ficar cuidando do velho seria o fim da picada para a maioria das pessoas. Uma pena que ela nunca tenha se casado. Agora é tarde, creio eu.
— Não creio que seja tarde — disse Lucy.
— Bom... — considerou Bryan, um tanto esperançoso. — Um clérigo, quem sabe. Ela seria útil na paróquia e teria tato com a União das Mães Anglicanas. É União das Mães que chamam, certo? Não que eu saiba o que é, mas às vezes se encontra nos livros. E ela usaria chapéu na igreja aos domingos — complementou ele.
— Não me parece um grande futuro — disse Lucy, levantando-se e pegando a bandeja.
— Deixe que eu levo — ofereceu-se Bryan, tirando a bandeja das mãos de Lucy. Entraram na cozinha juntos. — Quer que eu a ajude com a louça? Eu gosto dessa cozinha. Aliás, eu sei que não é o tipo de coisa que as pessoas gostam hoje em dia, mas gosto da mansão inteira. Uma decoração um tanto chocante, eu sei, mas é o que há. Daria para aterrissar um avião facilmente no gramado — complementou, entusiasmado.

Bryan pegou um pano de prato e começou a secar talheres.

— Para mim vai ser um desperdício ficar tudo com Cedric — comentou ele. — A primeira coisa que ele vai fazer é vender e voltar a ficar à toa pelo exterior. Eu não entendo por que a Inglaterra não basta para a pessoa. Harold também não ia querer esta casa, e é óbvio que ela é grande demais para Emma. Agora, se ela ficasse com Alexander, ele e eu ficaríamos contentes como uma dupla na caixinha de areia. E é claro que seria bom ter uma mulher na casa. — Ele olhou para Lucy, pensativo. — Ah, enfim, de que adianta falar? Para que Alexander ficasse com a mansão, todos os outros teriam que morrer antes, e isso é improvável, não é? Pelo que eu vi do velhão, é fácil que ele venha a viver até os 100, só para incomodar. Imagino que ele nem tenha se comovido com a morte de Alfred, acertei?

Lucy deu uma resposta curta.

— Não, não se comoveu.

— Diabo velho e rabugento — disse Bryan Eastley, com voz animada.

Capítulo 22

— Que horror o que as pessoas ficam dizendo — disse Mrs. Kidder. — Eu não escuto, sabe. Só o que falam perto de mim. Mas você não ia acreditar. — Ela ficou no aguardo, com expectativa.

— É, creio que sim — disse Lucy.

— Sobre o corpo que encontraram no celeiro grande — prosseguiu Mrs. Kidder, andando de ré como um siri, sobre as mãos e joelhos, enquanto esfregava o chão da cozinha —, dizem que era a namoradinha de Mr. Edmund na guerra, que ela veio para cá e que o marido ciumento veio atrás e a matou. É coisa bem provável de estrangeiro fazer, mas é difícil de acreditar depois de tantos anos, né?

— Isso me parece altamente improvável.

— Mas o que dizem é que tem coisa pior — disse Mrs. Kidder. — Essa gente fala de tudo. Você ia se assustar. Há quem diga que Mr. Harold se casou no exterior e que a mulher veio e descobriu que ele era bígamo, porque se casou também com aquela moça, Alice, e que ela ia levá-lo para o tribunal e aí eles se encontraram aqui e Mr. Harold deu um fim nela, e então escondeu o corpo no sarcófago. Veja só!

— Chocante — disse Lucy, com a mente distante.

— É óbvio que eu não dei bola — falou Mr. Kidder com toda sua virtude —, eu não apostaria nesse tipo de história. Não entendo como é que essa gente inventa essas coisas, quanto mais sair falando. Só quero que isso não chegue aos ouvidos de Miss Emma. Ela pode se chatear, e isso eu não quero. É uma moça muito gentil, a Miss Emma, e eu não ouvi uma palavrinha contra ela, nenhuma. E é claro que com Mr. Alfred morto, agora ninguém diz nada contra ele. Nem mesmo que é um julgamento, que é o que podem fazer. Mas que coisas horríveis as pessoas falam, não é, senhorita?

Mrs. Kidder falava com prazer imenso.

— Deve ser muito doloroso de ouvir — disse Lucy.

— É mesmo — concordou Mrs. Kidder. — É sim. Eu digo para meu marido, eu digo: como é que podem?

A campainha soou.

— É o doutor, moça. Você abre para ele ou eu abro?

— Eu vou — disse Lucy.

Mas não era o médico. Na entrada havia uma mulher alta e elegante vestindo um casaco de pele de marta. Na entrada de cascalho, estava parado um Rolls a ronronar, com chofer ao volante.

— Eu poderia falar com Miss Emma Crackenthorpe, por favor?

Era uma voz atraente, com os erres um tanto apagados. A mulher também era atraente. Por volta de seus 35 anos, com os cabelos escuros arrumados de forma cara e bela.

— Sinto muito — disse Lucy. — Miss Crackenthorpe está adoentada, de cama, e não pode atender.

— Sim, eu soube que ela esteve doente; mas é importante que eu a veja.

— Infelizmente... — Lucy começou a falar.

A visitante a interrompeu.

— Creio que você seja Miss Eyelesbarrow, não? — Ela sorriu, um sorriso atraente. — Meu filho falou da senhorita, por isso eu sei. Sou Lady Stoddart-West e Alexander está hospedado na minha casa.

— Ah, compreendo — disse Lucy.

— E é muito importante que eu possa tratar com Miss Crackenthorpe — prosseguiu a outra. — Eu sei tudo a respeito do mal que a acometeu e garanto que não é uma visita social. É em função de algo que os meninos me contaram... que meu filho me contou. Creio que seja assunto de extrema importância e eu gostaria de conversar a respeito com Miss Crackenthorpe. Poderia chamá-la, por favor?

— Entre. — Lucy conduziu a visitante saguão adentro, depois à sala de visitas. Depois disse: — Vou subir e chamar Miss Crackenthorpe.

Ela subiu, bateu à porta de Emma e entrou.

— Lady Stoddart-West está aqui — anunciou. — Ela insistiu para conversar com a senhorita.

— Lady Stoddart-West? — Emma pareceu surpresa. Uma expressão de espanto tomou seu rosto. — Não aconteceu nada com os meninos, aconteceu? Alexander...?

— Não, não — garantiu Lucy. — Tenho certeza de que os meninos estão bem. Parece que é algo que eles contaram ou disseram a ela.

— Ah. Enfim... — Emma hesitou. — Então acho que eu tenho que recebê-la. Estou bem assim, Lucy?

— Está muito bonita — disse Lucy.

Emma estava recostada na cama, com um xale rosa sobre os ombros que destacava o róseo suave das maçãs do rosto. Seu cabelo negro havia sido penteado e escovado pela enfermeira. Lucy havia deixado uma tigela de folhas de outono na penteadeira um dia antes. O quarto estava encantador, e não lembrava o de uma pessoa doente.

— Eu estou me sentindo bem para me levantar — disse Emma. — Dr. Quimper disse que amanhã eu posso.

— A senhora parece a senhora mesma — disse Lucy. — Posso trazer Lady Stoddart-West?

— Sim, por favor.

Lucy desceu a escada de novo.

— A senhora pode vir ao quarto de Miss Crackenthorpe?

Ela escoltou a visitante até em cima, abriu a porta para ela e depois a fechou. Lady Stoddart-West aproximou-se da cama com a mão estendida.

— Miss Crackenthorpe? Peço desculpas por intrometer-me desta maneira. Creio que já vi a senhorita em eventos esportivos do colégio.

— Sim — disse Emma —, lembro muito bem da senhora. Por favor, sente-se.

Lady Stoddart-West sentou-se na cadeira convenientemente disposta ao lado da cama. Ela começou a falar em voz muito baixa:

— A senhorita deve achar muito estranho eu vir aqui desta maneira, mas tenho motivos. Creio que tenha um motivo muito importante. Os meninos, veja bem, têm me contado algumas coisas. A senhorita há de entender que eles estavam muito animados com o assassinato que se deu aqui. Confesso que, naquele momento, não apreciei. Fiquei nervosa. Queria trazer James para casa de uma vez. Meu marido, porém, estava às gargalhadas. Ele disse que obviamente era um assassinato que não tinha nada a ver com a casa e com a família e disse que, pelo que se lembrava de sua meninice e das cartas de James, tanto ele quanto Alexander estavam aproveitando tanto que seria crueldade trazê-los para nossa casa. Então eu cedi e concordei que eles ficassem até o dia combinado para James vir com Alexander.

— A senhora acha que deveríamos ter enviado seu filho para casa mais cedo? — perguntou Emma.

— Não, não, não é o que eu quero dizer. Ah, como é difícil! Mas o que eu tenho a dizer deve ser dito. Veja que os meninos absorveram muita coisa. Eles me contaram que esta mulher... a que foi assassinada... Contaram que a polícia trabalha com a ideia de que pode ser uma francesa que seu irmão mais velho... o que faleceu na guerra, conheceu na França. É isso?

— É uma possibilidade — disse Emma, com a voz falhando levemente — que fomos obrigados a considerar. Pode ter sido.

— Há motivo para crer que o corpo é desta moça, desta Martine?

— Como eu já lhe disse, é uma possibilidade.

— Mas por que... por que eles diriam que era Martine? Ela trazia cartas consigo... documentos?

— Não. Nada disso. Mas veja que eu tinha uma carta dela, de Martine.

— A senhorita tinha uma carta... de *Martine?*

— Sim. Uma carta que dizia que ela estava na Inglaterra e que gostaria de me ver. Eu a convidei para vir à nossa casa, mas recebi um telegrama avisando que ela teria que voltar à França. Talvez tenha voltado. Não sabemos. Mas, de lá para cá, encontrou-se aqui um envelope endereçado a ela. O que parece mostrar que ela esteve aqui. Mas eu não vejo como...

— Emma interrompeu-se.

Lady Stoddart-West interveio rápido:

— A senhorita não percebe mesmo qual é meu interesse? É verdade. No seu lugar, eu também não perceberia. Mas quando ouvi esse... um relato atropelado de todo o caso, melhor dizendo... eu tive que vir para confirmar se era mesmo, se era...

— Sim? — disse Emma.

— Então eu devo lhe contar algo que nunca planejei lhe dizer. Pois veja: *eu sou Martine Dubois.*

Emma fitou a visita como se mal conseguisse absorver o sentido das palavras.

— A senhora? — perguntou ela. — A senhora é Martine?

A outra assentiu com vigor.

— Oras, sim. Tenho certeza de que a deixei surpresa, mas é verdade. Conheci seu irmão Edmund nos primeiros dias da guerra. Ele ficou alojado em nossa casa, aliás. Bom, a senhorita sabe o resto. Nos apaixonamos. Queríamos nos casar, depois houve a retirada para Dunkirk, Edmund foi declarado desaparecido. Depois se informou que havia morrido. Não vou falar daquela época. Faz muito tempo e já terminou. Mas posso dizer que amava muito seu irmão...

— Então começaram as duras realidades da guerra. Os alemães ocuparam a França. Eu comecei a trabalhar para a Resistência. Fui uma das designadas a atravessar ingleses pela França até chegarem à Inglaterra. Foi assim que conheci meu marido atual. Ele era um oficial paraquedista da Força Aérea que estava na França para operações especiais. Quando a guerra acabou, nos casamos. Pensei uma ou duas vezes em corresponder-me com a senhorita ou visitá-la, mas decidi que não. Não faria bem, pensei, remexer em velhas memórias. Eu tinha uma vida nova e não desejava recordar a antiga. — Ela fez uma pausa antes de continuar. — Mas eu lhe digo que tive um estranho prazer ao descobrir que o melhor amigo de meu filho James na escola era um garoto que eu descobri ser sobrinho de Edmund. Alexander, devo dizer, é muito parecido com Edmund, assim como ouso dizer que a senhorita mesmo considere. Então me pareceu uma situação muito feliz que James e Alexander tenham se tornado tão amigos.

Ela se curvou para a frente e pôs a mão sobre o braço de Emma.

— Mas perceba, cara Emma, por favor, que quando ouvi a história do assassinato, a respeito da falecida que se suspeitava que fosse a Martine que Edmund conheceu, eu tive que vir e contar a verdade. Ou você ou eu devemos informar o fato à polícia. Seja quem for a falecida, não é Martine.

— Eu mal consigo processar — disse Emma — que a senhora, a *senhora* seja a Martine de quem meu querido Edmund falou em carta. — Ela deu um suspiro, fez que não com a cabeça, depois franziu as sobrancelhas em perplexidade. — Mas eu não entendo. Então foi a senhora que se correspondeu comigo?

Lady Stoddart-West fez um não vigoroso com a cabeça.

— Não, não, é evidente que não me correspondi.

— Então... — Emma não falou mais.

— Então havia alguém se passando por Martine, que talvez quisesse dinheiro de vocês? É o que parece. Mas quem seria?

Emma falou devagar:

— Imagino que tenha havido outras pessoas com você na época, não?

A outra deu de ombros.

— Provavelmente, sim. Mas não havia nenhuma íntima comigo, ninguém muito próxima. Eu nunca toquei no assunto desde que vim à Inglaterra. E por que esperar esse tempo todo? É curioso, muito curioso.

Emma disse:

— Eu não entendo. Teremos que ver o que o Inspetor Craddock tem a dizer. — Ela olhou para sua visita com olhos repentinamente abrandados. — Fiquei muito contente em finalmente conhecê-la, minha cara.

— Eu digo o mesmo... Edmund falava tanto de você. Ele era muito afeiçoado. Estou contente com minha nova vida, mas, de qualquer modo, eu não esqueço o que passou.

Emma recostou-se e conteve um suspiro.

— É um alívio tremendo — disse ela. — Enquanto temíamos que a falecida fosse Martine... parecia ser algo amarrado à família. Mas agora... ah, é um peso que sai das minhas costas. Não sei quem era a pobre alma, mas ela não tem nada a ver *conosco!*

Capítulo 23

A secretária longilínea trouxe a xícara de chá da tarde a Harold Crackenthorpe.

— Obrigado, Miss Ellis. Hoje vou para casa mais cedo.

— O senhor nem deveria ter vindo, Mr. Crackenthorpe — disse Miss Ellis. — Ainda parece bastante abatido.

— Estou bem — disse Harold Crackenthorpe, embora se sentisse mesmo abatido. Não era por acaso, pois ele tivera um abalo sério. Mas, enfim, estava encerrado.

"É extraordinário", pensou ele, sorumbático, "que Alfred tenha sucumbido e meu pai idoso tenha superado a intoxicação." Afinal, o velho tinha o quê? 73? 74? Era inválido havia anos. Se existia uma pessoa a se imaginar que morreria, seria o pai. Mas não. Tinha sido Alfred. Ele que, até onde Harold sabia, era um sujeito daqueles magros, mas resistentes e saudáveis. Não tinha nada de sério.

Harold encostou-se na cadeira e suspirou. A secretária tinha razão. Ele ainda não se sentia muito bem, mas queria vir ao escritório. Queria ter uma noção de como as coisas estavam indo. Tudo estava em risco, e essa que era a verdade! Tudo em risco. Ele olhou ao redor: o escritório decorado com requinte, a madeira alva reluzindo, as cadeiras caras e modernas, tudo ali parecia opulento, e isso era bom! Era nisso que Alfred havia se enganado. Se você tem aparência de prosperidade, as pessoas vão achar que você prospera.

Ainda não havia rumores circulando quanto a sua estabilidade financeira. De qualquer modo, o baque não ia tardar. Pelo menos se tivesse sido seu pai o falecido e não Alfred... era o que devia ter acontecido, era assim que devia ter sido. O velho praticamente ficava melhor quando tomava arsênico! Sim, se seu pai tivesse sucumbido... bom, não haveria com o que se preocupar.

Ainda assim, o mais importante era não parecer preocupado. Aparência de prosperidade. Não como o pobre Alfred, que sempre parecia puído e preguiçoso, a exata aparência do que ele era de fato. Um desses peixes pequenos na especulação, que nunca ousava ir atrás do dinheiro grande. Que se metia com uma turma suspeita aqui, fazia um acordo duvidoso ali, nunca se tornava passível de processo, mas chegava perto. E aonde isso o tinha levado? Pequenos períodos de afluência e, depois, a volta ao desalinho e à miséria. Não havia perspectiva de longo prazo com Alfred. Considerando tudo isso, não se podia dizer que o irmão tivesse perdido grande coisa. Harold nunca tivera afeição particular por Alfred e com Alfred fora da vista o dinheiro que ia lhe chegar daquele velho sacripanta, seu avô, aumentaria sensivelmente, dividido não em cinco quinhões, mas quatro. Muito melhor.

O rosto de Harold iluminou-se um pouco. Ele se levantou, pegou o chapéu e o casaco e saiu do escritório. Era melhor se aquietar por um ou dois dias. Ele ainda não se sentia robusto. Seu carro estava esperando lá embaixo e logo ele estava circulando pelo trânsito de Londres rumo a sua casa.

Darwin, o criado, abriu a porta.

— A madame acaba de chegar, senhor — informou ele.

Por um instante Harold ficou olhando para ele. Alice! Pelos céus, era hoje que Alice vinha para casa? Ele havia esquecido complemente. Ainda bem que Darwin lhe avisou. Não ia ser bom subir e ficar pasmo ao encontrá-la. Não que fizesse diferença, supôs. Nem Alice nem ele tinham qualquer ilusão quanto ao que um sentia pelo outro. Talvez Alice tivesse alguma afeição por ele... Mas ele não sabia.

No geral, Alice lhe fora uma grande decepção. Ele nunca fora apaixonado por ela, claro, mas mesmo sendo uma mulher sem adereços, era bastante agradável. E não havia dúvida de que sua família e contatos haviam sido úteis. Não tão úteis quanto poderiam ter sido, no caso, pois ao casar-se com Alice ele vinha considerando a situação de hipotéticos filhos. Os filhos teriam ótimas amizades. Mas não vieram nem meninos nem meninas, e tudo que restara eram ele e Alice envelhecendo juntos sem muito a dizer entre si e sem qualquer prazer em particular pela companhia do outro.

Ela passava bastante tempo fora com amigas e, no inverno, geralmente ia à Riviera. Era apropriado para ela e, a ele, não causava preocupações.

Ele subiu à sala de visitas e a recebeu com toda atenção.

— Então já voltou, querida. Desculpe não tê-la encontrado, mas fiquei detido na empresa. Voltei assim que pude. Como estava San Raphael?

Alice lhe contou como estava San Raphael. Era uma mulher magra de cabelo cor de areia, nariz bem arqueado e vagos olhos de mel. Falava com tom cortês, monótono e um tanto deprimente. A jornada de volta havia sido boa, um tanto complicada no Canal. A Alfândega em Dover, como sempre, fora muito cansativa.

— Devia ter vindo de avião — disse Harold, como sempre fazia. — É muito mais simples.

— Eu diria que sim, mas não gosto de viagens aéreas. Nunca gostei. Eu fico nervosa.

— Poupam muito tempo — disse Harold.

Lady Alice Crackenthorpe não respondeu. Talvez o problema em sua vida não fosse como poupar tempo, mas sim como ocupá-lo. Ela perguntou por educação a respeito da saúde do marido.

— O telegrama de Emma me deixou assustada — disse ela. — Todos vocês adoeceram, pelo que entendi.

— Sim, sim — disse Harold.

— Eu li no jornal outro dia — disse Alice — a respeito de quarenta pessoas num hotel que tiveram intoxicação alimentar ao mesmo tempo. Eu acho essas coisas refrigeradas perigosas demais. As pessoas deixam a comida guardada por muito tempo.

— É possível — disse Harold. Ele devia ou não falar do arsênico? De algum modo, ao olhar para Alice, sentiu-se incapaz. "No mundo de Alice", pensou, "não há lugar para envenenamento com arsênico." Isso era coisa que se lia nos jornais. Não era algo que acontecia com você nem com sua família. Mas tinha acontecido na família Crackenthorpe...

Harold subiu até o quarto e deitou-se por uma hora ou duas antes de vestir-se para o jantar. Ao jantar, frente a frente com a esposa, a conversa tomou praticamente os mesmos rumos. Volúvel e educada. Menções a conhecidos e amigos em San Raphael.

— Há um pacote para você na mesa do saguão, um embrulho pequeno — disse Alice.

— Ah, é? Não percebi. Não percebi.

— É muito extraordinário, mas alguém estava me contando que encontraram uma mulher assassinada num celeiro, ou algo assim. Ela disse que foi em Rutherford Hall. Imagino que tenha sido outra Rutherford Hall.

— Não — disse Harold —, não foi. Foi no nosso celeiro, na verdade.

— Ora, Harold! Uma mulher é assassinada num celeiro de Rutherford Hall e você não me conta nada!

— É que não tem sobrado muito tempo — disse Harold. — E é um assunto desagradável. Não tem a ver conosco, na verdade. A imprensa ficou um bom tempo em cima. Evidentemente, tivemos que lidar com polícia e essas coisas.

— Muito desagradável — disse Alice. — Eles descobriram quem cometeu o crime? — complementou ela, com interesse um tanto quanto robótico.

— Ainda não — respondeu Harold.

— Que tipo de mulher era?

— Ninguém sabe. Francesa, parece.

— Ah, uma *francesa* — disse Alice, e, fora a diferença de classe, seu tom não foi dissimilar ao do Inspetor Bacon. — Que incômodo para vocês — concordou ela.

Eles deixaram a sala de jantar e passaram ao pequeno escritório no qual costumavam ficar quando estavam a sós. Harold sentia-se exaurido. "Vou me deitar mais cedo", pensou.

Ele pegou o pequeno pacote na mesa do saguão, o que a esposa havia comentado. Era um pacote em papel encerado, elegante, embrulhado com exatidão meticulosa. Harold o rasgou assim que foi sentar-se em sua poltrona de sempre, perto da lareira.

Dentro havia uma caixinha de comprimidos com a etiqueta "Tomar dois à noite". Junto, uma pequena nota com o cabeçalho do farmacêutico de Brackhampton. "Enviado a pedido do Doutor Quimper", dizia.

Harold Crackenthorpe franziu as sobrancelhas. Ele abriu a caixa e olhou os comprimidos. Sim, pareciam os mesmos que ele já vinha tomando. Mas Quimper havia dito que ele não precisaria tomar mais, não havia? "Agora você não precisa." Foi isso que Quimper dissera.

— O que foi, querido? — perguntou Alice. — Parece preocupado.

— Ah, é que... esses comprimidos. Estou tomando à noite. Mas eu tinha achado que o médico havia dito para parar.

A esposa falou com toda placidez:

— Ele provavelmente disse para não se esquecer de tomar.

— Sim, pode ter sido — disse Harold, ainda em dúvida.

Ele olhou para ela. Ela o estava observando. Por alguns instantes ele considerou — e não costumava fazer considerações quanto a Alice — exatamente o que ela estava pensando. Aquele olhar brando dela não dizia nada. Seus olhos eram como janelas de uma casa vazia. O que Alice pensava dele, sentia em relação a ele? Alguma vez estivera apaixonada por ele? Harold imaginava que sim. Ou teria se casado com ele porque achou que ele estava se dando bem na empresa, e ela estava cansada de sua existência modesta? Bom, em termos gerais, Alice se dera muito bem. Ela conseguira um carro e uma casa em Londres, podia viajar ao exterior a seu bel prazer, assim como comprar roupas caras, embora Deus soubesse que elas nunca caíam bem em Alice. Sim, no geral ela havia se dado muito bem. Harold se perguntava se ela também achava isso. Alice não tinha grande afeição por ele, é claro, mas ele também não tinha por ela. Eles não tinham nada em comum, nada a se falar, nenhuma memória a compartilhar. Se houvesse crianças... mas não houvera criança alguma... era estranho não haver criança alguma na família, fora o garoto da caçula Edie. Ah, Edie. Era uma menininha boba, boba de se casar com pressa durante a guerra. Bom, ele a tinha aconselhado.

Ele dissera: "Sim, é ótimo ver esses pilotos audazes e jovens, o glamour, a coragem e tudo o mais. Mas isso não vai servir para nada em tempos de paz, sabia? Provavelmente ele mal vai conseguir sustentá-la".

Edie respondera: e daí? Ela amava Bryan e Bryan a amava, e ele provavelmente seria morto em breve. Por que eles não podiam ser felizes? Que bem fazia olhar para o futuro quando eles podiam ser bombardeados a qualquer instante? E, afinal, Edie havia dito, o futuro não importava porque algum dia haveria o dinheiro do vovô.

Harold remexeu-se em sua poltrona, inquieto. Ora, o testamento de seu avô havia sido uma perversidade! Deixava todos na corda bamba. O testamento não havia agradado ninguém. Não agradou os netos e deixou o pai em fúria. O velho estava decidido a não morrer. É por isso que se cuidava tanto. Mas em breve teria que morrer. Sim, sim, ele ia morrer em breve. Se não... todas as preocupações de Harold passaram por ele mais uma vez, deixando-o enjoado, cansado e tonto.

Ele percebeu que Alice continuava observando-o. Aqueles olhos pálidos, pensativos, deixavam-no incomodado por algum motivo.

— Acho que eu devia ir para a cama — disse ele. — Foi meu primeiro dia de volta ao trabalho.

— Sim — concordou Alice —, acho uma boa ideia. Imagino que o médico lhe disse para ir com calma no início.

— Médicos sempre dizem essas coisas — disse Harold.

— E não se esqueça dos comprimidos, querido — disse Alice. Ela pegou a caixa e a deu para ele.

Ele deu boa noite e subiu a escada. Sim, precisava dos comprimidos. Seria um erro parar tão cedo. Ele tomou dois e os engoliu com um copo d'água.

Capítulo 24

— Ninguém teria feito mais besteira com este caso do que eu creio que eu fiz — disse Dermot Craddock, com ar triste.

Ele estava sentado, as pernas compridas esticadas, com aparência um tanto incongruente na sala de visitas de mobília um tanto quanto exagerada da fiel Florence. Ele estava absolutamente cansado, triste e desanimado.

Miss Marple dava arrulhos suaves e reconfortantes de discordância.

— Não, não, o senhor fez um ótimo trabalho, meu caríssimo. Um excelente trabalho.

— Eu fiz um trabalho excelente, foi? Deixei uma família inteira ser envenenada. Alfred Crackenthorpe morreu e agora Harold morreu também. Mas que diabos está acontecendo? É isso que eu queria saber.

— Comprimidos com veneno — disse Miss Marple, pensativa.

— Sim. Que ardil diabólico, não? Pareciam os comprimidos que eles estavam tomando. Havia um bilhete: "conforme instruções do Doutor Quimper". Oras, Quimper não deu instrução alguma. Havia etiquetas do farmacêutico. O farmacêutico também não sabia de nada. Nada. Aquela caixa de comprimidos veio de Rutherford Hall.

— O senhor *sabe* que vieram de Rutherford Hall?

— Sim. Fizemos uma conferência meticulosa. Na verdade, é a caixa que continha os sedativos prescritos para Emma...
— Ah, entendi. Para Emma...
— Sim. Tem as digitais dela e as digitais das duas enfermeiras, assim como as do farmacêutico que preparou os sedativos. De ninguém mais, naturalmente. A pessoa que enviou teve muito cuidado.
— E os sedativos foram retirados e substituídos por outra coisa.
— Isso. Esse que é o terror com comprimidos. Um é exatamente igual a outro.
— O senhor tem razão — concordou Miss Marple. — Eu me lembro muito bem, dos meus tempos de jovem, o xarope *escuro*, o xarope *marrom* (o xarope para tosse, no caso), o xarope *branco* e o xarope *rosa* do Doutor Sei-Lá-O-Quê. As pessoas não misturavam as coisas tanto quanto hoje. Aliás, veja que, no meu vilarejo em St. Mary Mead, ainda gostamos de remédios assim. O que as pessoas querem é um frasco, não comprimidos. Os comprimidos eram de quê? — perguntou ela.
— Acônito. Eram o tipo de comprimido que se guardava em um frasco de veneno, diluídos um para cem para uso externo.
— Então Harold tomou e morreu — disse Miss Marple, pensativa. Dermot Craddock pronunciou algo que parecia um resmungo.
— Por favor, não dê bola para meu desabafo — disse ele.
— "Vou contar tudo para Tia Jane": é a única coisa de que tenho vontade!
— Muito, muito gentil de sua parte — disse Miss Marple —, e eu agradeço. Como afilhado de Sir Henry, minha relação com o senhor é muito diferente da que tenho com qualquer outro inspetor-detetive.
Dermot Craddock lhe dirigiu um sorriso breve.
— Mas mantém-se o fato de que eu fiz uma bagunça medonha no caso — disse ele. — O Chefe de Polícia daqui chama a Scotland Yard e ganha o quê? Eu, para fazer um fiasco!

— Não, não — disse Miss Marple.

— Sim, sim. Eu não sei quem envenenou Alfred, não sei quem envenenou Harold e, para fechar a conta, não tenho a menor ideia de quem é a falecida que começou tudo isso! Esse negócio com Martine parecia aposta garantida. Tudo parecia se encaixar. E agora acontece o quê? A Martine real aparece e se descobre a coisa mais improvável possível: que é a esposa de Sir Robert Stoddart-West. Então quem é a mulher no celeiro? Sabe-se lá. Primeiro eu aposto na ideia de que seja Anna Stravinska, então *ela* sai do jogo...

Craddock foi interrompido por Miss Marple, dando uma de suas tossidas contidas, porém peculiares.

— Mas saiu mesmo? — perguntou ela, baixinho.

Ele a encarou.

— Bom, aquele cartão-postal da Jamaica...

— Sim — disse Miss Marple —, mas aquilo não é uma prova de verdade, é? Quero dizer, qualquer pessoa pode enviar um cartão-postal de onde quiser. Lembro de Mrs. Brierly, que teve aquele colapso terrível. Ao fim, disseram que ela devia ir para o hospital psiquiátrico para observação, e ela estava tão preocupada que os filhos descobrissem que escreveu catorze cartões-postais e dispôs de uma forma que fossem postados de vários lugares no exterior, dizendo-lhes que mamãe estava de férias. — Ela complementou, olhando para Dermot Craddock. — O senhor me entende.

— Sim, é claro — disse Craddock, olhando para ela. — Naturalmente, teríamos conferido o cartão-postal, se a teoria de a morta ser Martine não se encaixasse tão bem.

— Tão conveniente — murmurou Miss Marple.

— Amarrava as pontas — disse Craddock. — Afinal, temos a carta que Emma recebeu, assinada por Martine Crackenthorpe. Lady Stoddart-West não a enviou, mas *alguém* enviou. Alguém que ia fingir ser Martine e que ia tirar a sorte grande, se possível, por ser Martine. *Isso não dá para negar.*

— Não, não.

— E, depois, o envelope da carta que Emma escreveu a ela com o endereço de Londres. Encontrado em Rutherford Hall, mostrando que ela esteve mesmo lá.

— Mas a vítima *não* esteve lá! — ressaltou Miss Marple.

— Não no sentido que o *senhor* está falando. *Ela* só veio a Rutherford Hall *depois de ser morta*. Jogada do trem no barranco onde passa a ferrovia.

— Ah, sim.

— O que o envelope prova de fato é que o *assassino* esteve lá. Supostamente, ele tirou o envelope dela junto a documentos e outras coisas, e deixou cair por engano. Ou será que... Agora me pergunto se foi mesmo um engano. É claro que o Inspetor Bacon e seus homens fizeram uma revista minuciosa do local, não fizeram? E não acharam nada. O envelope só apareceu depois, na casa da caldeira.

— É compreensível — disse Craddock. — O velho jardineiro costuma espetar qualquer coisa que esteja solta e enfiar lá.

— Onde os meninos poderiam encontrar facilmente — disse Miss Marple, pensativa.

— Está achando que alguém queria que encontrássemos?

— Bom, eu apenas me questiono. Afinal, seria muito fácil saber onde os meninos iam procurar a cada momento, ou mesmo sugerir a eles... É o que fico me questionando. Fez você parar de pensar em Anna Stravinska, não fez?

Craddock disse:

— E a senhora acha que podia ser ela o tempo todo?

— Eu penso que *alguém* pode ter ficado alerta quando o senhor começou a fazer perguntas a respeito dela, apenas isso... Acho que alguém não queria que essas perguntas fossem feitas.

— Vamos nos ater ao fato elementar de que alguém ia se fazer passar por Martine — disse Craddock. — E aí, por algum motivo, não foi. Por quê?

— É uma pergunta muito interessante — disse Miss Marple.

— Alguém enviou uma mensagem dizendo que Martine ia voltar à França, depois organizou uma viagem com a moça na qual iria matá-la. Estamos de acordo até aqui?

— Não exatamente — disse Miss Marple. — Eu creio que o senhor poderia simplificar ainda mais.

— Simplificar! — exclamou Craddock. — A senhora está me deixando confuso — reclamou ele.

Com voz agoniada, Miss Marple falou que estava *longe* de ser sua intenção.

— Venha, me conte — disse Craddock —, a senhora sabe ou não sabe quem era a mulher assassinada?

Miss Marple deu um suspiro.

— É tão difícil — disse ela — colocar do jeito certo. No caso, eu não sei *quem* ela era, mas ao mesmo tempo tenho plena certeza de quem ela *era,* se é que me entende.

Craddock jogou a cabeça para trás.

— Se eu a entendi? Não tenho a mínima ideia do que está falando. — Ele olhou pela janela. — Lá vem Lucy Eyelesbarrow para ver a senhora — disse ele. — Bom, estou de saída. Meu *amour propre* está em baixa esta tarde, e uma jovem chegando, irradiando eficiência e êxito, será mais do que eu consigo suportar.

Capítulo 25

— Procurei *tontina* no dicionário — comentou Lucy.

As saudações iniciais já haviam se encerrado e Lucy estava vagando sem rumo pela sala, tocando um cachorrinho de porcelana aqui, uma capa de móvel ali, a caixa de costura perto da janela.

— Achei que fosse procurar — disse Miss Marple calmamente.

Lucy falou devagar, citando a explicação.

— "Lorenzo Tonti, banqueiro italiano, originador, em 1653, de uma forma de pecúlio na qual a parte dos contribuintes que morrem é somada às partes de lucro dos sobreviventes." — Ela fez uma pausa. — É isso, não é? Encaixa muito bem, e a senhora estava pensando nisso já *ali,* antes das últimas duas mortes.

Ela retomou seu perambular quase impaciente e sem rumo pela sala. Miss Marple ficou observando-a. Era uma Lucy Eyelesbarrow muito diferente da que ela conhecia.

— Imagino que fosse o esperado — disse Lucy. — Um testamento como esse, que prevê que, se houver apenas um sobrevivente, ele ficará com tudo. Ainda assim... é muito dinheiro, não é? É de se pensar que haveria bastante mesmo se fosse dividido... — Ela fez uma pausa e as palavras ficaram no ar.

— O problema é que — disse Miss Marple — as pessoas são gananciosas. Algumas são. Muitas vezes é assim que começa. Não pelo assassinato, com uma vontade de matar ou mesmo um pensamento nesse sentido. Não. Começa pela ganância, por querer mais do que terá. — Ela deixou o crochê sobre o colo e ficou fitando o nada. — Foi assim que conheci o Inspetor Craddock, sabia? Um caso no interior. Perto de Medenham Spa. Começou do mesmo jeito: uma figura fraca e afável que queria muito dinheiro. Dinheiro a que essa pessoa não tinha direito, mas parecia haver um jeito fácil de conseguir. Não por assassinato, no caso. Uma coisa tão fácil e simples que não parecia errada. Foi assim que as coisas começaram... Mas terminou com três mortos.

— Foi bem assim — disse Lucy. — Já tivemos três assassinatos. A mulher que se fez passar por Martine e que poderia reclamar uma parte para o filho, depois Alfred, depois Harold. E agora temos apenas dois, não é?

— Você se refere — disse Miss Marple — a só terem restado Cedric e Emma?

— Emma, não. Emma não é um homem alto e moreno. Estou falando de Cedric e Bryan Eastley. Nunca tinha pensado em Bryan porque ele é loiro. Ele tem um bigode loiro e olhos azuis, mas veja que, no outro dia... — Ela fez uma pausa.

— Sim, prossiga — disse Miss Marple. — Pode me contar. Aconteceu algo que a deixou bastante incomodada, não foi?

— Foi logo depois de Lady Stoddart-West ir embora. Ela havia se despedido e de repente virou-se para mim, quando estava entrando no carro, e perguntou: "Quem era aquele homem alto e moreno parado na varanda, quando eu cheguei?". De início não entendi a quem ela se referia, porque Cedric ainda estava de cama. Então, perguntei, bastante confusa: "A senhora se refere a Bryan Eastley?". E ela disse: "É claro, o Líder de Esquadra Eastley. Ele ficou escondido em nosso sótão na França certa vez, durante a Resistência. Lembro de seu porte, do tamanho dos ombros. Gostaria de revê-lo", ela disse. Mas não o encontramos.

Miss Marple não disse nada, apenas esperou.

— E depois — disse Lucy —, depois eu olhei para ele... Ele estava de costas para mim e eu vi o que deveria ter visto antes. Que mesmo quando um homem é loiro, seu cabelo fica escuro porque ele emplastra com esses produtos. O cabelo de Bryan é castanho claro, eu diria, mas pode *parecer* escuro. Então veja que podia ter sido *Bryan* que sua amiga viu no trem. Podia...

— Sim — disse Miss Marple. — Eu pensei nessa possibilidade.

— A senhora pensa em tudo! — disse Lucy, amargurada.

— Ora, querida, mas é o necessário.

— Mas não entendo o que Bryan ia ganhar com isso. O dinheiro iria para Alexander, não para ele. Imagino que renderia uma vida mais fácil, que eles teriam um pouco mais de luxo, mas ele não teria como acessar o capital para seus projetos nem nada assim.

— Mas se algo acontecesse com Alexander antes dos 21 anos, Bryan receberia o dinheiro como pai e parente mais próximo — ressaltou Miss Marple.

Lucy lhe lançou um olhar de terror.

— Ele nunca faria uma coisa *dessas*. Nenhum pai faria uma coisa dessas apenas... apenas por dinheiro.

Miss Marple deu um suspiro.

— As pessoas fazem, minha cara. É muito triste, muito horrível, mas fazem. As pessoas cometem horrores — prosseguiu Miss Marple. — Sei de uma mulher que envenenou três dos seus filhos só para receber um dinheirinho do seguro. E havia uma senhora da idade, uma senhora muito gentil às aparências, que envenenou o filho quando ele foi tirar uma folga em casa. E teve a velha Mrs. Stanwich. Esse caso chegou aos jornais, aposto que você leu. A filha faleceu, depois faleceu o filho, e então ela disse que tinha sido envenenada também. *Havia* veneno no mingau, mas se descobriu que ela mesma havia colocado. Ela estava planejando envenenar a filha mais nova. Não foi exatamente por dinheiro.

Ela tinha inveja deles por serem mais novos e mais vivazes, e tinha medo... é uma coisa terrível de se dizer, mas é verdade... que eles iam aproveitar muito mais depois que ela se fosse. Ela sempre havia sido muito controladora das finanças. Sim, claro que ela era extremamente atípica, como se diz, mas eu nunca considero *isso* uma desculpa. A pessoa pode ser atípica em tantos sentidos. Às vezes você começa a distribuir suas posses e a escrever cheques em contas bancárias que não existem para beneficiar os outros. Mostra, veja só, que por trás de ser atípica você tem uma disposição grande. Mas é claro que, se você for atípica, e por trás disso ainda tiver disposição para o mal... bom, aí está. Isso a ajuda de alguma maneira, cara Lucy?

— Se o que me ajuda? — perguntou Lucy, pasma.

— O que estou lhe contando — disse Miss Marple. Ela complementou com delicadeza: — Você não devia se preocupar. Não devia mesmo. Elspeth McGillicuddy está para chegar a qualquer dia.

— Não entendo que relação teria.

— Não, querida, pode ser que não. Mas *eu* creio que será importante.

— Não posso deixar de me preocupar — disse Lucy. — Eu fiquei investida naquela família.

— Eu sei, querida, é muito difícil, pois você tem uma ligação forte com os dois, não tem? Em sentidos muito distintos.

— Como assim? — perguntou Lucy. Seu tom foi afiado.

— Eu estava falando dos dois filhos da casa — disse Miss Marple. — Ou melhor, do filho e do filho por casamento, o genro. É uma infelicidade que os dois mais desagradáveis da família tenham falecido e que tenham sobrado os dois mais atraentes. Eu percebo que Cedric Crackenthorpe é muito atraente. Ele é disposto a se fazer de pior do que é e tem algo de provocador.

— Às vezes ele me deixa louca das ideias — disse Lucy.

— Sim — disse Miss Marple —, e você gosta disso, não gosta? Você é uma menina muito espirituosa e gosta de uma batalha. Sim, eu entendo a atração. E Mr. Eastley é um tristonho, tal como um garotinho infeliz. Isso também é atraente.

— E um deles é um assassino — disse Lucy, amargurada —, e ambos podem ser. Não há o que escolher entre os dois. Temos Cedric, que não deu a mínima para a morte do irmão Alfred, nem para a de Harold. Ele apenas fica recostado, com aquela expressão satisfeita, cheio de planos sobre o que fará com Rutherford Hall, e fica dizendo que vai precisar de muito dinheiro para investir do jeito que quer. Claro que eu sei que ele é o tipo de pessoa que exagera na própria insensibilidade e tudo o mais. Mas isso também pode ser fachada. Todos dizem que as pessoas são mais insensíveis do que são de fato. Mas não é o caso. A pessoa pode ser ainda mais insensível do que parece!

— Lucy, minha querida Lucy, eu sinto muito.

— E, depois, Bryan — prosseguiu Lucy. — É uma coisa extraordinária, mas parece que Bryan quer morar lá. Ele diz que ele e Alexander achariam divertidíssimo e ele é cheio de projetos.

— Ele está sempre com algum plano, não é?

— Sim, creio que sim. Todos *parecem* maravilhosos... mas fiquei com a sensação de que nenhum daria certo. Não são pragmáticos, no caso. A *ideia* parece boa... mas creio que ele nem considera as dificuldades operacionais.

— A imaginação dele voa alto, por assim dizer?

— Sim, em vários sentidos. Eu digo que literalmente voa. São todos planos no ar. Pode ser que um piloto de caça nunca consiga pôr os pés no chão...

Ela complementou:

— E ele gosta tanto de Rutherford Hall porque o faz se lembrar da grande casa vitoriana em que ele morava quando criança.

— Eu entendo — disse Miss Marple, pensativa. — Sim, entendo...

Então, com um relance veloz para Lucy, ela disse com uma espécie de bote verbal:

— Mas isso não é tudo, não é, querida? Tem algo mais.

— Ah, sim, tem algo mais. Uma coisa que eu só fui perceber há poucos dias. Bryan podia estar naquele trem.

— No das 16h33 de Paddington?

— Sim. Veja que Emma pensou que deveria relatar a movimentação *dela* em vinte de dezembro e repassou tudo meticulosamente: uma reunião de comitê pela manhã, depois compras à tarde e chá no Trevo Verde, e depois, ela disse *que foi encontrar Bryan na estação*. O trem que ela esperava era o das 16h50 de Paddington, mas ele podia estar num trem anterior e fingiu vir no seguinte. Ele me disse com toda casualidade que seu carro havia sofrido um baque e estava no conserto e por isso ele teve que vir de trem... um tédio, ele disse, pois ele odeia trens. Ele parecia totalmente natural ao falar disso... Pode ter sido nada... mas, de algum modo, eu gostaria que ele não tivesse vindo de trem.

— Dentro do trem — disse Miss Marple, pensativa.

— Não prova nada. O pior é essa desconfiança. Não *saber*. E talvez nunca saibamos!

— É claro que vamos saber, querida — disse Miss Marple, vivaz. — Quero dizer que não vai parar nesse ponto. O que eu *sei* sobre assassinos é que eles nunca podem ser deixados a sós. Ou talvez seja melhor dizer... por si sós. De qualquer modo — prosseguiu Miss Marple, com objetividade —, não há como, depois que cometem o segundo assassinato. Não fique tão chateada, Lucy. A polícia está fazendo tudo que pode, e cuidando de todos... e o bom é que Elspeth McGillicuddy chegará em breve!

Capítulo 26

— Então, Elspeth, está tudo claro quanto ao que quero que faça?

— Estou bem esclarecida — disse Mrs. McGillicuddy —, mas o que eu lhe digo, Jane, é que parece *estranho*.

— Não há nada de estranho — disse Miss Marple.

— Bom, eu acho que sim. Chegar numa casa e perguntar, quase de imediato, se eu poderia ir... hã... ao andar de cima.

— Está fazendo muito frio — comentou Miss Marple comentou — e, afinal, você pode ter comido algo que lhe faz mal e... hã... tem que ir ao andar de cima. Oras, essas coisas acontecem. Lembro da pobre Louisa Felby, que veio me visitar certa vez e teve que subir cinco vezes em questão de meia hora. Isso — complementou Miss Marple, em parênteses — foi obra de um pastelão da Cornualha estragado.

— Se pelo menos você me dissesse aonde quer chegar, Jane — disse Mrs. McGillicuddy.

— É isso que eu não quero fazer — falou Miss Marple.

— Como você é irritante, Jane. Primeiro me faz voltar até a Inglaterra antes do...

— Peço desculpas — disse Miss Marple —, mas eu não tinha mais o que fazer. Outra pessoa, como você sabe, pode ser morta a qualquer momento. Eu sei que estão de guarda e que a polícia está tomando todas as precauções possíveis, mas sempre fica a hipótese remota de que o assassino possa ser mais esperto. Portanto, Elspeth, voltar era seu dever. Afinal, eu e você fomos criadas para cumprir nossos deveres, não fomos?

— Com certeza fomos — concordou Mrs. McGillicuddy.

— Na nossa juventude não havia como relaxar.

— Então está tudo certo — disse Miss Marple —, e aí está o táxi — complementou, quando se ouviu um leve som de motor vindo de fora.

Mrs. McGillicuddy vestiu o casaco cinza-mesclado grosso e Miss Marple enrolou-se com vários xales e cachecóis. Depois as duas senhoras entraram no táxi e foram guiadas até Rutherford Hall.

— Quem será que está chegando? — perguntou Emma, olhando pela janela enquanto o táxi passava. — Creio que seja a tia velha de Lucy.

— Que tédio — disse Cedric.

Ele estava recostado numa cadeira comprida, lendo a revista *Country Life* com os pés repousados no canto do consolo da lareira.

— Diga que você não está em casa.

— Quando você me diz para falar que não estou em casa, quer dizer que eu devia ir lá e *falar?* Ou que eu devia dizer a Lucy para dizer isso à tia dela?

— Eu não tinha pensado nisso — disse Cedric. — Imagino que estava pensando em nossos tempos de mordomo e lacaio, se é que já tivemos. Acho que me lembro de um lacaio antes da guerra. Ele teve um caso com uma ajudante de cozinha e houve muito alvoroço. Não tem uma dessas bruxas velhas por aí fazendo faxina?

Mas naquele instante a porta foi aberta por Mrs. Hart, cuja tarde estava dedicada a limpar a prataria, e Miss Marple entrou, esvoaçante, com um rodopio de xales e cachecóis, e uma figura firme atrás de si.

— Espero muitíssimo — disse Miss Marple, tomando a mão de Emma — que não estejamos atrapalhando. Mas veja que depois de amanhã volto para minha casa e não ia suportar não vir aqui e me despedir, e agradecer de novo pela bondade que a senhorita demonstrou a Lucy. Ah, esqueci. Posso apresentar minha amiga, Mrs. McGillicuddy, que está ficando comigo?

— Como vai? — disse Mrs. McGillicuddy, olhando para Emma com atenção total e depois passando seu olhar para Cedric, agora de pé. Lucy entrou na sala naquele instante.

— Tia Jane, eu não tinha ideia...

— Eu tinha que vir me despedir de Miss Crackenthorpe — disse Miss Marple, virando-se para ela —, que lhe tem sido tão, tão carinhosa, Lucy.

— É Lucy que tem sido muito carinhosa conosco — falou Emma.

— Sim, é verdade — disse Cedric. — Nós estamos explorando-a como uma escrava na galé. Cuidando dos enfermos, subindo e descendo escadas, fazendo comida para os inválidos...

Miss Marple interveio.

— Fiquei muito, muito chateada ao saber de sua moléstia. Espero que esteja recuperada, Miss Crackenthorpe.

— Ah, já estamos todos bem — disse Emma.

— Lucy me contou que todos aqui ficaram doentes. Que perigo, não é, a intoxicação alimentar? Foram cogumelos, pelo que eu soube.

— A causa ainda é um mistério — disse Emma.

— Não creio — disse Cedric. — Aposto que já ouviu os rumores que estão circulando, Miss... hã...

— Marple — completou Miss Marple.

— Bom, como eu ia dizendo, aposto que já ouviu os rumores que estão circulando. Nada como arsênico para despertar um leve alvoroço na vizinhança.

— Cedric — disse Emma —, eu preferia que você não falasse. Você sabe o que o Inspetor Craddock disse...

— Ora — disse Cedric. — Todos já sabem. Até vocês já ouviram falar, não ouviram? — Ele se virou para Miss Marple e Mrs. McGillicuddy.

— De minha parte — falou Mrs. McGillicuddy —, acabei de voltar do exterior... anteontem — complementou ela.

— Ah, sim, ainda não está sabendo sobre nosso escândalo local — disse Cedric. — Arsênico no curry, foi isso. Aposto que a tia de Lucy sabe de tudo.

— Bom — disse Miss Marple —, eu acabei de ouvir... quer dizer, foi só uma *insinuação*, mas claro que eu não queria envergonhá-la, Miss Crackenthorpe, de maneira alguma.

— Não dê atenção ao que meu irmão diz — falou Emma. — Ele gosta de fazer os outros se sentirem mal. — Ela lhe deu um sorriso afetuoso enquanto falava.

A porta se abriu e Mr. Crackenthorpe entrou, batendo a bengala em fúria.

— Onde está o chá? — perguntou ele. — Por que o chá não está servido? Você! Menina! — Ele se dirigiu a Lucy. — Por que ainda não trouxe o chá?

— Está quase pronto, Mr. Crackenthorpe. Eu já ia levar. Estava arrumando a mesa.

Lucy saiu da sala de novo e Mr. Crackenthorpe foi apresentado a Miss Marple e Mrs. McGillicuddy.

— Gosto de minhas refeições no horário certo — disse Mr. Crackenthorpe. — Pontualidade e economia. Esse é meu lema.

— Qualidades necessárias, decerto — disse Miss Marple —, especialmente nestas épocas de tantos impostos e tudo o mais.

Mr. Crackenthorpe bufou.

— Os impostos! Não me venha falar desses larápios. Um indigente miserável... é isso que eu sou. E vai piorar, não melhorar. Você só veja, meu garoto — dirigiu-se a Cedric —, quando você pegar esta casa, aposto dez para um que os socialistas vão tomá-la para transformar num Centro de Assistência ou algo do tipo. *E vão tomar toda a sua renda para manter!*

Lucy ressurgiu com a bandeja de chá, Bryan Eastley a seguiu carregando uma bandeja de sanduíches, pão, manteiga e bolinhos.

— O que é isso? O que é isso? — Mr. Crackenthorpe inspecionou a bandeja. — Bolo com glacê? Vamos ter festa hoje? Ninguém me avisou.

Um leve enrubescer subiu ao rosto de Emma.

— Dr. Quimper vem para o chá, pai. Hoje é aniversário dele e...

— Aniversário? — bufou o idoso. — O que ele quer com aniversário? Festas de aniversário são coisas de criança. Eu nunca conto meus aniversários e não vou deixar ninguém comemorar.

— Muito mais barato — concordou Cedric. — Já é uma economia só de pensar nas velas do bolo.

— Já chega de você, garoto — disse Mr. Crackenthorpe.

Miss Marple estava apertando a mão de Bryan Eastley.

— É claro que já ouvi falar do senhor — disse ela —, por Lucy. Nossa, você me lembra *tanto* alguém que eu conhecia em St. Mary Mead. É o vilarejo em que morei por muitos anos, sabia? Ronnie Wells, o filho do advogado. Parece que não se acertou bem quando entrou no negócio do pai. Ele foi para a África Oriental e começou uma empresa de navios de carga num lago. Victoria, Nyanza... seria Albert? Enfim, sinto dizer que não fez sucesso e perdeu *todo* o capital. Que infelicidade! Não é seu parente, creio eu? A semelhança é tão grande.

— Não — respondeu Bryan —, não creio que eu tenha um familiar chamado Wells.

— Ele era noivo de uma moça muito bonita — contou Miss Marple. — Muito sensata. Ela tentou dissuadi-lo, mas ele não queria saber. Ele estava errado, é claro. As mulheres têm muito juízo, sabe, quando se trata dessas questões. Não de grandes finanças, claro. Mulher nenhuma entende *dessas* coisas, como dizia meu caro pai. Mas o contar das moedas do dia a dia... disso, sim. Que vista maravilhosa dessa janela — complementou, atravessando a sala e olhando para fora.

Emma foi acompanhá-la.

— Que extensão de gramado! Como fica pitoresco o gado entre as árvores. Ninguém ia imaginar que se está no meio da cidade.

— Somos um anacronismo, creio eu — disse Emma. — Se as janelas estivessem abertas, a senhora ouviria o barulho do trânsito.

— Ah, claro — disse Miss Marple —, há barulho por tudo, não é mesmo? Até em St. Mary Mead. Estamos muito perto de uma pista de pouso, sabia, e o jeito como aqueles jatos passam lá no alto! Assustador. Esses dias quebraram duas vidraças na minha estufa. Parece que rompem a barreira do som, ou algo assim, mas o que isso quer dizer eu nunca entendo.

— É bastante simples, na verdade — disse Bryan, aproximando-se amigavelmente. — É mais ou menos assim.

Miss Marple soltou sua bolsa e Bryan educadamente a pegou do chão. No mesmo instante, Mrs. McGillicuddy chegou perto de Emma e balbuciou, com voz angustiada... a angústia era genuína, já que Mrs. McGillicuddy desprezava a função que estava cumprindo:

— Eu queria... eu poderia subir por um instante?

— É claro — respondeu Emma.

— Eu levo a senhora — disse Lucy.

Lucy e Mrs. McGillicuddy saíram do recinto juntas.

— Muito frio no carro — disse Miss Marple, em leve tom explicativo.

— Quanto à barreira do som — disse Bryan —, acontece o seguinte... Ah, olhem só, é o Dr. Quimper.

O médico chegou no próprio carro. Ele veio roçando as mãos e dando a entender que passava frio.

— Vai nevar — anunciou ele —, aposto que vai. Olá, Emma, como está? Meu Deus, o que é isso tudo?

— Preparamos um bolo de aniversário — disse Emma. — Está lembrado? O senhor me disse que hoje era seu aniversário.

— Eu não esperava tanto — disse Quimper. — Vocês sabem que faz anos... oras, mas deve fazer... isso, dezesseis anos desde a última vez que alguém se lembrou do meu aniversário. — Ele parecia comovido num nível desconfortável.

— Conhece Miss Marple? — Emma o apresentou.

— Ah, sim — disse Miss Marple —, eu conheci o Dr. Quimper aqui e ele veio e me viu quando eu tive um abatimento horrível no outro dia. Foi muito gentil.

— Tudo bem agora, assim espero? — perguntou o médico.

Miss Marple lhe garantiu que agora estava muito bem.

— Você não tem *me* visto, Quimper — disse Mr. Crackenthorpe. — Eu podia estar morrendo, de tanto que você me dá atenção!

— Não vejo o senhor morrendo tão cedo — disse Dr. Quimper.

— Não pretendo — disse Mr. Crackenthorpe. — Venha, vamos tomar chá. Estamos esperando o quê?

— Ah, por favor — falou Miss Marple —, não esperem pela minha amiga. Ela ficaria muito chateada.

Eles se sentaram e começaram o chá. Miss Marple aceitou um pedaço de pão e manteiga primeiro, depois passou a um sanduíche.

— Seria de...? — Ela hesitou.

— Atum — disse Bryan. — Eu ajudei a preparar.

Mr. Crackenthorpe deu um gargalhada.

— Patê de atum com veneno — disse ele. — É isso que é. Coma por sua conta e risco.

— Por favor, pai!

— Tem que se cuidar com a comida nessa casa — disse Mr. Crackenthorpe a Miss Marple. — Dois dos meus filhos foram assassinados, como se fossem moscas. Quem está matando... é isso que eu quero saber.

— Não deixe que ele a chateie — disse Cedric, entregando o prato mais uma vez a Miss Marple. — Um toque de arsênico melhora a compleição, dizem, desde que você não coma demais.

— Coma um você, garoto — disse o velho Mr. Crackenthorpe.

— Quer que eu seja o provador oficial? — perguntou Cedric. — Aí vai.

Ele pegou um sanduíche e o colocou inteiro na boca. Miss Marple deu uma risadinha suave, senhoril, e pegou um sanduíche para si. Deu uma mordida e depois disse:

— Eu acho muito corajoso de sua parte fazer essas piadas. Sim, vocês são muito corajosos. Admiro a coragem.

Ela deu um arquejo repentino e começou a se engasgar.

— Espinha — falou ela, ofegante — na garganta...

Quimper levantou-se depressa. Foi até ela, levou-a de costas até a janela e disse para a senhorinha abrir a boca. Tirou um estojo do bolso, escolhendo um fórceps que havia dentro. Com habilidade profissional veloz, ele espiou a garganta da idosa. Naquele instante, a porta se abriu e Mrs. McGillicuddy, seguida de Lucy, entrou. Mrs. McGillicuddy perdeu o ar repentinamente quando seus olhos recaíram no quadro vivo à sua frente: Miss Marple recostada e o médico segurando seu pescoço, inclinando sua cabeça.

— Mas é *ele*! — berrou Mrs. McGillicuddy. — É o homem do trem...

Com incrível velocidade, Miss Marple saiu das mãos do médico e veio na direção da amiga.

— Eu *achei* que você o reconheceria, Elspeth! — disse ela.
— Não. Não me diga mais uma palavra. — Ela se voltou em triunfo para Dr. Quimper. — O senhor não sabia, não é, doutor, quando estrangulou aquela mulher no trem, que *havia uma testemunha?* Foi minha amiga aqui, Mrs. McGillicuddy. *Ela viu.* Entendeu? *Viu com os próprios olhos.* Ela estava no outro trem que corria paralelo ao seu.

— Mas que diabo? — Dr. Quimper deu um passo acelerado na direção de Mrs. McGillicuddy, mas mais uma vez veloz, Miss Marple se posicionou entre ele e ela.

— Sim — disse Miss Marple. — Ela viu o senhor, *ela o reconheceu agora* e é isso que vai afirmar em tribunal. Não é frequente, creio eu — Miss Marple seguiu com sua voz lastimosa —, que alguém testemunhe o cometimento de um crime por acaso. Geralmente só se tem uma evidência circunstancial. Mas neste caso as condições eram incomuns. Havia *uma testemunha ocular do crime*.

— Sua velha diabólica — disse Dr. Quimper. Ele se jogou contra Miss Marple, mas desta vez foi Cedric quem o pegou pelo ombro.

— Então *você* que é o diabo do assassino, é? — perguntou Cedric, antes de lhe desferir um soco. — Eu nunca gostei de você e sempre achei que fosse um dissimulado, mas Deus sabe que nunca suspeitei.

Bryan Eastley chegou rápido para ajudar Cedric. Inspetor Craddock e Inspetor Bacon entraram na sala pela porta oposta.

— Dr. Quimper — disse Bacon —, devo lhe advertir que...

— Pode levar suas advertências para o inferno — disse Dr. Quimper. — Acha que alguém vai acreditar no que duas velhas corocas ficam falando? Quem já ouviu dessa conversa fiada sobre um trem!

Miss Marple disse:

— Elspeth McGillicuddy informou o assassinato à polícia de imediato, no dia vinte de dezembro, e deu uma descrição do homem.

Dr. Quimper deu um repentino levantar de ombros.

— Se algum homem já teve azar mais diabólico — disse Dr. Quimper.

— Mas... — disse Mrs. McGillicuddy.

— Fiquei quieta, Elspeth — disse Miss Marple.

— Por que eu iria assassinar uma estranha? — perguntou Dr. Quimper.

— Não era uma estranha — respondeu Inspetor Craddock. — *Era sua esposa.*

Capítulo 27

— Pois veja — disse Miss Marple —, no final se descobriu, como eu havia começado a suspeitar, que era muito, muito simples. O crime mais simples que há. Existem muitos homens que assassinam as esposas.

Mrs. McGillicuddy olhou para Miss Marple e o Inspetor Craddock.

— Ficaria muito grata — disse ela — se você me deixasse mais a par.

— Ele percebeu a chance — disse Miss Marple — de ter uma esposa rica, Emma Crackenthorpe. Mas não podia se casar com ela porque já era casado. Eles estavam separados havia anos, mas ela não queria o divórcio. Isso se encaixava muito bem no que o Inspetor Craddock havia me dito sobre essa garota que atendia por Anna Stravinska. *Ela* tinha um marido inglês, então contou a uma de suas amigas, e também se disse que era católica devota. Dr. Quimper não podia se arriscar a se casar com Emma e incorrer em bigamia, então, sendo homem implacável e de sangue frio, decidiu que ia livrar-se da esposa. A ideia de assassiná-la no trem e depois colocar o corpo no sarcófago do celeiro foi muito inteligente. Ele tinha a intenção de atribuir o assassinato à família Crackenthorpe. Antes, ele havia escrito uma carta a Emma que supostamente era de Martine, a moça com quem Edmund Crackenthorpe havia falado em se casar. Notem que

Emma havia contado ao Dr. Quimper tudo a respeito do irmão. Quando surgiu a chance, ele a incentivou a ir à polícia e contar a história. Ele queria que a falecida fosse identificada como Martine. Acho que ele pode ter ouvido que a polícia de Paris estava fazendo uma investigação sobre Anna Stravinska, então arranjou que um cartão-postal da Jamaica chegasse com o nome dela.

"Foi fácil para ele encontrar a esposa em Londres, para lhe dizer que esperava se reconciliar e que gostaria que ela viesse 'conhecer a família'. Não vamos falar da próxima parte, que é algo muito desagradável de se falar. O doutor era um homem ganancioso, é claro. Quando ele pensava em impostos e como eles afetariam a renda, começou a pensar que seria bom ter capital de sobra. Talvez ele já tivesse pensado nisso antes de decidir assassinar a esposa. De qualquer modo, começou a espalhar rumores de que alguém estava tentando envenenar o velho Mr. Crackenthorpe para preparar o terreno e terminou administrando arsênico à família. Não muito, é claro, pois ele não queria que o velho Mr. Crackenthorpe falecesse."

— Mas ainda não entendo como ele conseguiu — disse Craddock. — Ele não estava na casa quando o curry estava sendo preparado.

— Ah, mas não havia arsênico no curry *naquela hora* — disse Miss Marple. — Ele acrescentou ao curry depois que o levou para o teste. Provavelmente colocou o arsênico na jarra de coquetel, mais cedo. Depois, é claro, foi fácil para ele, no papel de médico presente, envenenar Alfred Crackenthorpe e enviar os comprimidos a Harold em Londres, tendo garantido sua inocência ao contar a Harold que ele não precisaria de mais remédios. Tudo que Dr. Quimper fez foi obra do destemor, da audácia, da crueldade e da ganância. Eu acho lamentável, extremamente lamentável — encerrou Miss Marple, com o olhar mais feroz que se pode ver numa senhorinha —, que tenham abolido a pena capital, pois se alguém deveria ser enforcado, este alguém é o Dr. Quimper.

— Apoiada! — disse o Inspetor Craddock.

— E me ocorreu, sabe — prosseguiu Miss Marple —, que mesmo quando se enxerga uma pessoa pelas costas, por assim dizer, mesmo assim uma vista das costas é característica. Pensei que se Elspeth visse Dr. Quimper exatamente na mesma posição que o tinha visto no trem, ou seja, de costas para ela, curvado sobre uma mulher que ele segurava pelo pescoço, com certeza o reconheceria ou faria alguma exclamação de susto. Por isso eu tive que traçar meu pequeno plano com a gentil assistência de Lucy.

— Devo dizer — disse Mrs. McGillicuddy — que me deu um grande susto. Eu falei: "É ele" antes de conseguir me segurar. E eu não havia visto o rosto do homem, nem...

— Eu tinha medo de que você fosse dizer isso, Elspeth — disse Miss Marple.

— Eu ia — falou Mrs. McGillicuddy. — Eu ia dizer que não tinha visto o *rosto*.

— Isso — disse Miss Marple — teria sido fatal. Pois veja, minha cara, ele achou que você o *havia* reconhecido. *Ele* não tinha como saber que você não havia visto seu rosto.

— Ainda bem que contive minha língua, então — disse Mrs. McGillicuddy.

— Eu não ia deixar você dizer outra palavra — disse Miss Marple.

Craddock riu de repente.

— Vocês duas! — disse ele. — Vocês são uma dupla maravilhosa. E agora, Miss Marple? Qual é o final feliz? O que acontecerá com Emma Crackenthorpe, para começar?

— Ela vai esquecer do médico, é claro — disse Miss Marple —, e eu ouso dizer que, se o pai dela morresse em breve... pois creio que ele não seja tão robusto quanto diz... que ela iria fazer um cruzeiro ou quem sabe ficasse no exterior como Geraldine Webb, e ouso dizer ainda que algo possa sair daí. Um homem *melhor* do que o Dr. Quimper, assim espero.

— E quanto a Lucy Eyelesbarrow? Também se ouve os sinos da igreja?

— Talvez — respondeu Miss Marple. — Eu não me surpreenderia.

— Qual deles ela vai escolher? — perguntou Dermot Craddock.

— O senhor não sabe? — disse Miss Marple.

— Não, não sei — respondeu Craddock. — A senhora sabe?

— Ah, sim, creio que sei — disse Miss Marple.

E deu uma piscadela para o inspetor.

Notas sobre
A testemunha ocular do crime

Este é o 49º romance policial de Agatha Christie e o décimo, entre romances e coleções de contos, que estrela a detetive amadora Jane Marple, ou Miss Marple. A história foi originalmente publicada em capítulos na revista britânica *John Bull* e no jornal norte-americano *Chicago Tribune* entre outubro e dezembro de 1957, com o título *Eyewitness to Death*. Na versão em livro, ganhou o título *4.50 from Paddington,* sendo que a primeira edição foi lançada na Inglaterra em novembro de 1957, quando a autora tinha 67 anos.

No manuscrito original, o livro chamava-se *4.54 from Paddington,* mas o horário do trem foi alterado para *4.50* (ou 16h50) na última hora. Na edição norte-americana, publicada no mesmo mês que a britânica, o livro saiu com o título *What Mrs. McGillicuddy Saw!* ("O que Mrs. McGillicuddy viu!") — e, como os editores não foram avisados, na trama o trem partia de Paddington às 16h54.

A estação de Paddington é uma das mais movimentadas de Londres. É um terminal de onde partem e chegam trens oriundos e com destino a várias regiões da cidade e do país, sendo integrado aos serviços do metrô municipal. É também das estações mais antigas do Reino Unido e do mundo: está em funcionamento desde 1838.

Com a óbvia exceção de Londres e outras cidades grandes como Wolverhampton e Birmingham, quase todas as cidades citadas na história são fictícias, incluindo o famoso vilarejo onde mora Miss Marple, St. Mary Mead, apesar de enganarem bem como nomes de cidadezinha do interior inglês.

Market Basing, citada brevemente como uma das paradas de trem no livro, também é fictícia e aparece em mais de dez livros de Agatha Christie, tendo sido criada pela autora no conto "O Mistério de Market Basing", de 1923 (parte do livro *Os primeiros casos de Poirot*).

O Inspetor Dermot Craddock figurava nas histórias de Miss Marple desde *Convite para um homicídio,* de 1950, e, além de sua participação em *Paddington,* está presente em mais um conto e no livro *A maldição do espelho,* de 1962. Nessa mesma obra também aparece Frank Cornish, o sargento que atende Miss Marple e Mrs. McGillicuddy em St. Mary Mead no Capítulo 2. Por fim, personagens como Griselda Clement, Henry Clithering e Raymond West, são presença praticamente constante nas histórias de Miss Marple.

No Capítulo 8, quando Bryan Eastley fala em "assados do velório", ele está citando *Hamlet,* de William Shakespeare, especificamente o Ato 1, Cena 2. Trata-se de um comentário do próprio Hamlet quanto ao novo casamento de sua mãe, que ocorreu tão rápido após a morte de seu pai que a comida do funeral poderia ter sido aproveitada na festa do casamento.

"O caso de Little Paddocks", mencionado nos Capítulos 3 e 10, é uma referência ao livro *Convite para um homicídio* e ao caso em que Miss Marple e o Inspetor Craddock trabalharam juntos. Little Paddocks é a casa onde acontece o assassinato que inicia a trama.

A mansão dos Crackenthorpe tem um fogão AGA, citado nos Capítulos 4 e 8. Na época, o fogão da marca sueca — mas produzido na Inglaterra — era um ícone das mansões rurais inglesas.

Somerset House é o palácio em Londres onde ficava o Registro Geral do Reino Unido. Além de certidões de nascimento, casamento e óbito, era lá que deveriam ser homologados os testamentos — como o da família Crackenthorpe, que o Inspetor Craddock diz ter intenções de consultar no Capítulo 8.

A Batalha de Dunkirk, citada duas vezes no livro, aconteceu entre 26 de maio e 4 de julho de 1940 e foi uma das mais marcantes da Segunda Guerra Mundial. Foi uma derrota para os Aliados, principalmente para as forças britânicas, que tiveram que se retirar do porto francês de Dunkirk frente à potência da Alemanha nazista.

Cedric Crackenthorpe menciona a Cook's no Capítulo 18. Thomas Cook & Son, agência de viagens famosa entre os britânicos que funcionava desde a década de 1840. À época de *Testemunha Ocular do Crime,* a agência havia sido nacionalizada pelo governo e era conhecida principalmente pelos pacotes de viagem ao exterior.

***Syllabub*,** a sobremesa que Lucy Eyelesbarrow serve no jantar do Capítulo 19, é uma mistura de creme de leite com vinho que forma um creme espesso. É típica da Cornualha e foi mais consumida entre os séculos XVI e XIX.

Já a sopa *mulligatawny*, que Mrs. Eyelesbarrow planejava fazer com as sobras do curry, é um prato que tem origem no Sri Lanka e foi invenção dos cozinheiros da região durante o Raj Britânico para aplacar os britânicos que insistiam em comer sopa nas refeições. O nome significa "água com pimenta" em tâmil e tem como base frango ou carne vermelha, além cebola, aipo, leite de coco, maçã e, claro, curry.

Este livro foi impresso pela Santa Marta,
em 2022, para a HarperCollins Brasil.
A fonte usada no miolo é Cheltenham, corpo 9,5/13,5pt.
O papel do miolo é pólen natural 80g/m²,
e o da capa é couché 150g/m² e cartão paraná.